季羡林的朋友圈

梁志刚 ○ 著

北京时代华文书局

图书在版编目（CIP）数据

季羡林的朋友圈 / 梁志刚著. -- 北京：北京时代华文书局，2017.6
ISBN 978-7-5699-1608-9

Ⅰ.①季… Ⅱ.①梁… Ⅲ.①散文集—中国—当代 Ⅳ.①I267

中国版本图书馆CIP数据核字（2017）第125453号

季羡林的朋友圈

JI XIAN LIN DE PENG YOU QUAN

著　　者 | 梁志刚

出 版 人 | 王训海
选题策划 | 王　水　黄思远
责任编辑 | 宋　春　龙凤鸣
装帧设计 | 孙丽莉　王艾迪
责任印制 | 刘　银　訾　敬

出版发行 | 北京时代华文书局 http://www.bjsdsj.com.cn
　　　　　北京市东城区安定门外大街136号皇城国际大厦A座8楼
　　　　　邮编：100011　电话：010-64267955　64267677

印　　刷 | 三河市祥达印刷包装有限公司　（0316）3656589
　　　　　（如发现印装质量问题，请与印刷厂联系调换）

开　　本 | 710mm×1000mm　1/16　印　张 | 20.75　字　数 | 283千字
版　　次 | 2017年9月第1版　　　　　　印　次 | 2017年9月第1次印刷
书　　号 | ISBN 978-7-5699-1608-9
定　　价 | 42.00元

版权所有，侵权必究

前言

有人说:"季羡林先生之所以能成为大学问家,全靠苦行僧式的修炼和独行侠式的奋斗。"我说:"此言差矣!请看,他在《留德日记》里是这样说的,'我真觉得朋友是世界上最可爱的东西。若我没有朋友,我从什么地方得到安慰呢?我没朋友,我一定会死。我在世界上所有一切值得留恋的就只有朋友了。我预备写一篇文章,就叫《朋友》。'"

季羡林先生一生提倡并身体力行八个字:爱国、孝亲、尊师、重友。足见与朋友的交往在他生命的历程中占有举足轻重的地位。

在中国人的人际关系中,朋友被列为"六纪"之一,是相当重要的。季羡林一生结交了许多朋友。虽说"君子之交淡如水",但朋友绝对不可或缺。季羡林和自己的朋友们在政治上互相爱护,学术上互相切磋,生活上互相关照,同欢欣,共患难,相扶相伴,走过了一段又一段崎岖不平的人生之路。

季羡林小时候的玩伴是杨狗和哑巴小,当年三个小伙伴每日形影不离。后来,杨狗一辈子在村里务农。季羡林晚年回官庄,多次去看望这位老朋友,还叮嘱晚辈,尽量给杨狗一些帮助。哑巴小后来进入绿林,劫富济贫,可惜被官府砍了头。

季羡林的亲密学友有李长之、吴组缃和林庚,他们当年都是文学青年,志同道合,号称清华园"四剑客";乔冠华和胡乔木也是他的好友,后来当了高官。季羡林敬官而远之,可同他们的友谊保持了几十年。在留学时结交的一位朋友是章用,可惜他英年早逝;张维也是季羡林的好友,他们一直保持着联系。2005年4月,北大中文系为林庚筹备95岁生日。季羡林从医院写来"相期以茶"的条幅,还有亲笔贺信,信中回顾了他们70多年的交往,并说:"我们都是老实人,不愿意作惊人之笔。"

季羡林还同许多老一辈学人保持着亦师亦友的关系,"平生风义师友间"。例如,作家巴金、老舍、沈从文、冰心,诗人冯至、臧克家、李广田,历史学家郑天挺、向达,敦煌学家常书鸿,民俗学家钟敬文,物理学家周培源,语言学家王力,等等。他们是感情很深的好友。

季羡林在同辈及晚辈中的好朋友很多。大家熟知的有国学家饶宗颐、启功、汤一介,画家吴作人、范曾,书法家欧阳中石、胡絜青、梁披云,剧作家吴祖光,评剧表演艺术家新凤霞,红学家周汝昌、冯其庸,历史学家范文澜、周一良、翁独健、马石江、白寿彝,哲学家任继愈,历史地理学家侯仁之,作家张中行、李广田、金庸、韩素音、徐城北,物理学家王选,语言学家许国璋、于道泉,社会学家费孝通,摄影艺术家邵华,出版家石景宜,还有日本著名学者池田大作、中村元、室伏佑后,韩国的金俊烨,泰国的郑午楼、陈贞煜,等等。他们互为知音,志趣相投,惺惺相惜。

在季羡林的众多弟子和读者中,被季羡林引为知己、称为朋友的人不在少数。就是朋友的朋友,弟子的下一代甚至第三代,季羡林也以"老友"或"小友"称呼他们。

是不是季羡林跟所有的人都交朋友呢?那倒不是。"物以类聚,人以群分。"古希腊哲人说:"告诉我你的朋友是谁,我就知道你是谁。"季羡林也把他交往的对象分为"朋友"和"非朋友"——非朋友不一定就是仇敌。

季羡林在总结自己的交友之道时说:

> 我交了一辈子朋友,我究竟喜欢什么样的人呢?……我喜欢的人

约略是这样的：质朴，淳厚，诚恳，平易；骨头硬，心肠软；怀真情，讲真话；不阿谀奉承，不背后议论；不人前一面，人后一面；无哗众取宠之意，有实事求是之心；不是丝毫不考虑自己的利益，而是能多为别人考虑；最重要的是能分清是非，又敢于分清，因而敢于路见不平，拔刀相助，嫉恶如仇；关键是一个"真"字，是性情中人；最高水平当然是孟子所说的"富贵不能淫，贫贱不能移，威武不能屈"。……古人说"金无足赤，人无完人"，我自己不能完全做到上面讲到的那一些境界，也不期望我的朋友们都能完全做到。但是，必须有向往之心，虽不中，不远矣。简短一句话，我追求的是古人所说的"知音"。（《佛山心影》）

季羡林选择朋友的标准是很高的，同这些标准相悖的人，季羡林是归入"非朋友"之类的。季羡林所谓的"重友"，就是用这些标准来要求和规范自己行为的人。

季羡林先生是一位世纪老人，在他98年的人生经历中，过从较多，称得上是朋友的，保守估计也有数百人之多。本书大体以时间为序，梳理一下季羡林的朋友圈，讲述百位有代表性的人物，有幼时玩伴，青年密友，学校师长，学界同道，"文革"中的"棚友"，忘年之交，还有海外知音，等等。讲一讲他们相互交往的往事。孔子说："无友不如己者"，季羡林认为，"如字有二解，一是比得上，二是像。我取后者。"以季羡林的交友条件来看，他们都有某些方面算得上"如己者"。在此说明一点，限于作者认识水平和资料有限，难免挂一漏万，而且有不少与季老过从甚密者，未能录入，只好留待将来再行补充。同时还要说明一点，就是季羡林先生常说的，"大事不糊涂，小事不一定不糊涂"。他是个大学问家不假，但相人之术却未必十分高明。著名学者王元化在致李普的一封信中说：

兄称季羡林老先生是个好人，确实如此。但他对学术以外的东西，往往分辨不清。他在大是大非问题上是好的，看人则有时难免有误。

（转引自蔡德贵《季羡林年谱长编》，长春出版社2010年版，第197页。）

笔者以为此言不谬。本书不可能对所涉及的人和事做全面评价，只是本着实事求是的态度，叙述季羡林生前与朋友交往的点点滴滴，读者可以从一个侧面一睹20世纪中国知识界的星空。

季羡林是一座文化重镇，他的朋友中不乏学术大家。笔者作为门外汉，难睹其庙堂之玄奥。书中虽是就事论事，但难免涉及诸位大家的学术观点与学术成就，酷似盲人摸象，不过鼎尝一脔。读者诸友欲知其详，当亲阅其本人原著，特此说明。

目录 Contents

前言_001

第一章 总角之交
乡间发小杨狗和哑巴小_002
青梅竹马彭家姐妹_005
蝙蝠脸的老人_008

第二章 清华剑客
文学批评家李长之_012
小说家吴组缃_015
诗人林庚_018

第三章 青年伙伴
革命家胡乔木_022
"官家"子弟章用_026
"特异功能"张天麟_031
异国恋情伊姆加德_033

| 第四章　六位恩师

教授的教授陈寅恪_038
北大校长胡适_043
蔼然仁者汤用彤_049
"博士父亲"瓦尔德施密特_054
吐火罗语大师西克_061
命中贵人哈隆_066

| 第五章　师辈友人

老校长鞠思敏_070
文学引路人胡也频和董秋芳_072
前清状元王寿彭_076
古貌古心吴雨僧_079
英文教授叶公超_082
庄严敦厚郑振铎_085
文坛明灯巴金_088
不忘旧谊梁实秋_091
龙虫并雕王力_094
一身正气周培源_097
佛学大家赵朴初_102
三松堂主冯友兰_105
美学巨擘朱光潜_109
逻辑学家金岳霖_112

| 第六章　文坛密友

"京味"作家老舍_118
终生挚友臧克家_121
汉园诗人李广田、卞之琳、何其芳_127
武侠小说宗师金庸_132

淡泊宁静张中行_136
兄弟系主任冯至_140
忠厚长者曹靖华_144
比较文学扛旗者乐黛云_147
大百科之父姜椿芳_150
书画名家范曾_154

| 第七章
同道中人

知心画家吴作人_158
民俗学家钟敬文_162
史学史家白寿彝_165
英语教授许国璋_168
宋史权威邓广铭_172
明清史专家郑天挺_177
铁骨仁心马石江_180
红学权威周汝昌_183
书法教育家欧阳中石_186
哲学大家任继愈_190
历史地理学家侯仁之_193
自学成才金克木_196
敦煌守护神常书鸿_200

| 第八章
海外知音

惺惺相惜饶宗颐_206
赠书报国石景宜_218
"一见倾心"梁披云_222
英籍作家韩素音_227
印度友人普拉萨德_232

日本友人池田大作_236
室伏佑厚一家人_239
梅特丽耶·黛维夫人_244
泰国侨领郑午楼_248
德国汉学家傅吾康_253
新加坡华人陈瑞献_257

| 第九章
高足爱徒

早年学生牟善初_262
"鼎谈"学者蒋忠新_266
黄宝生、郭良鋆夫妇_270
英年早逝赵国华_274
亲炙弟子张保胜_277
入室弟子王邦维_286
突厥语权威耿世民_289
"非你莫属"王树英_294
日本学生辛岛静志_297
散文妙笔卞毓方_299
敢闯敢拼唐师曾_304
经典互译薛克翘_308
评传作者郁龙余_312

跋_316

第一章

总角之交

乡间发小杨狗和哑巴小

季羡林小时候是个贪玩的孩子,在官庄老家,杨狗和哑巴小是他形影不离的玩伴。杨狗大名杨继发,1910年生人,属狗,比季羡林大一岁,因属相而得此乳名。他人很本分,一辈子当农民,一辈子没有上过学,一辈子没有离开过官庄。哑巴小姓马,不知其大名或小名,只知道他的父亲是个哑巴。

季家住在官庄村南,当时离村口还有一段距离,算是村外。现在村子扩大,季羡林的故居已经在村子里了。当年季家东边是一片枣树林子,西边不远处是一株大杨树,下面是季羡林爷爷奶奶的坟墓。后来,他的父母也长眠在那里。房后是一个大水塘,水塘边长满了茂密的芦苇。水里有青蛙,有小鱼小虾。树上有鸟窝,鸟儿在树枝上鸣唱,夏天还有一天到晚尖叫不止的知了。

那时候,他还没有季羡林这个名字,父母和村里人都叫他喜子。喜子要找小朋友玩,只能进村去找两个和他要好的小伙伴。喜子不进村的时候,他俩必定到村外来找他。三个小伙伴天天在一起。在一起玩什么呢?没有玩具,村子附近的枣树林里、苇子坑边、庄稼地里都有无限的乐趣。春天,在路旁、田埂采野花、挖野菜,还可以到水塘边掰苇芽、挖芦根。苇芽嫩嫩的,味道像鲜竹笋,芦根有点儿甜味,可以嚼着吃,也能泡水喝。夏天上树摘杏子,采桑葚,捉蜻蜓,逮知了。树林里知了很多,他们就找来一把麦粒,放进嘴里嚼出面筋来。这东西很粘,粘在一根长竹竿的顶端,双手举着,对准树上的知了,一粘就是一只。晚上,逮知了就更容易了,只需在树下点一堆篝火,使劲摇动树干,那知了就噼里啪啦掉下来了。这种把戏，他们往往要玩到深夜。

村子周围有好几个大水坑。他们在苇坑里摸小鱼小虾，捉蝌蚪，钓青蛙。如果早晨起得早，还可以在芦苇丛里捡到又大又白的野鸭蛋。最让他们高兴的是玩水，他们每天在水塘里嬉戏、洗澡、打水仗，无师自通地学会了游泳。秋天苇塘芦花一片银白。他们在苇丛中捉迷藏，在枣树林子里打枣子，在地里偷地瓜、毛豆烤着吃，还可以在豆子地里捉到肥胖的蝈蝈和蚂蚱。冬天，他们打雪仗、堆雪人，在结了冰的水面上抽陀螺。在没有雪的时候，他们会到树林里拣拾被大风吹落的枯树枝，拿回家当柴烧。身手敏捷的哑巴小还爬上高高的大树去掏鸟窝。那年月，虽然日子过得苦，但是孩子们有自己的快乐。三个小朋友长大以后，走上了完全不同的人生道路，而他们的心始终是亲近的。

季羡林六岁去济南读书，从上小学到大学毕业只回过官庄四次，其中三次是奔丧。一次是为疼爱他的大奶奶，一次是为父亲，最后一次是为母亲。每次都来去匆匆，心情很坏，儿时的朋友也没有机会相聚。"文革"期间，季羡林因为反对北大那个不可一世的"老佛爷"，被关进"牛棚"，专案组为罗织罪名，两次派人去官庄调查，企图把季羡林打成地主分子。杨狗和乡亲们仗义执言，说："如果让全官庄的人诉苦，季羡林应该是第一家。他们家比贫农还穷，连贫农都够不上。"专案组的人只好悻悻而归。

1973年8月，季羡林带着老伴和儿子季承，孙子季弘、孙女季清回到官庄，对仗义执言保护过自己的乡亲们表示感谢。他与杨狗久别重逢，两人十分激动。让季羡林感到意外的是，哑巴小的父亲、83岁的马洪宝老人也来看望他。季羡林连忙站起来给老人让座敬茶。

1982年季羡林再次回到官庄，带着礼物去看望杨狗，杨狗已经是一位七十多岁的老人了。当年的小兄弟如今成了名副其实的老兄弟。世事沧桑，白云苍狗，令人唏嘘不已。他们不约而同地谈起了共同的朋友哑巴小。哑巴小在旧社会为生活所迫，成了一名绿林好汉。他练就了一身飞檐走壁的好功夫，蹿房越脊如履平地。用手指抓着椽子，把身体悬空，可以在大庙顶上"走"一圈。他打家劫舍，劫富济贫。可是，"盗亦有道"，他懂得兔子不吃窝边草的道理，从来不在家乡作案。后来被官府捉住，打得皮开肉绽，十冬腊月，被扒掉衣服，泼上凉水，倒吊在外边，过了一夜，居然还活着。真是一条好汉！最终还是被砍了脑袋。说起老话来，他们都为有这样的朋友而自豪。

青梅竹马彭家姐妹

季羡林上小学的时候,家住在济南南关佛山街柴火市。季家和彭家分别住在外院和里院,两家的孩子天天在一起玩耍。彭家人口多,有五男四女九个孩子。二姑娘冠华,季羡林叫她小姐姐,比季羡林大五六岁,正值美妙年华,出落得楚楚动人。在刚刚进城没几年的季羡林眼里,小姐姐就是女神一般的人物。不但长得美,还十分善良。她家有位使女患麻风病,别人躲避犹恐不及,她却从不嫌弃。那时候季羡林胆子小,也很自卑。他肯定不敢当面赞美这位小姐姐。过了80年,已到垂暮之年的季羡林说起小姐姐来不吝赞美之词。他抄录了苏东坡的四段美词来形容当年这位小姐姐。其中一首《鹧鸪天》:

罗带双垂画不成,殢人娇态最轻盈。酥胸斜抱天边月,玉手轻弹水面冰。

无限事,许多情。四弦丝竹苦丁宁。饶君拨尽相思调,待听梧桐叶落声。

他还说,宋人描绘的多是虚无缥缈的美人,而小姐姐是活灵活现、真实存在的。读者诸君千万不要以为,这位小姐姐就是季羡林初恋的梦中情人。非也。他的描写不过是一种有意的赞美。他真正的梦中情人另有其人。她不是别人,正是小姐姐的四妹,是后来成为季羡林夫人的彭德华的堂妹蓉华,季羡林叫她"荷姐"。

这位荷姐比季羡林大不了多少,当时还是个丑小鸭。虽然算不得花容月貌,但也是一个大好姑娘。她性情活泼,伶俐乖巧,情窦初开,最重要的是善解人意。她经常到季羡林住的前院北屋来找他闲聊,两人志趣相投,有说不完的知心话。在少年季羡林的内心深处,朦朦胧胧地觉得,她就应该是自己未来的媳妇。荷姐呢?虽然没有说破,她肯定认为季羡林是理想的夫君。要不,她干吗老往前院跑呢?可惜,这是20世纪20年代,婚姻大事必须经由父母之命、媒妁之言。

过了二十来年,当上了北京大学教授的季羡林衣锦还乡,又见到了小姐姐,也见到了荷姐。荷姐嬉皮笑脸地左一个"季大博士"、右一个"季大教授",跟他开着玩笑。而季羡林分明听出了她内心的酸楚。有缘无分,如之奈何!没有什么办法,季羡林只能请彭家姐妹,当然还要加上一大堆别的女眷,在济南有名的饭庄聚丰德吃一顿上好的酒席。席间,季羡林满脸堆笑,眼泪却流在心里。他只能请心上人努力加餐,默默地祝福她了。

彭家姐妹,当年季羡林仰慕的是二姑娘,心仪的是四姑娘,娶的却是三姑娘。这对当事人来说,无论如何是件痛苦的事。其中的原委如何,我们来看看他的儿子季承是怎么说的:

> 那时我们家住在佛山街中段柴火市对面的地方,租用的是马家的房子。整个院子呈长方形,前院由季家居住,后院由彭家居住。彭家的来源我不甚了解,据说是发源于南方的大姓。当时彭家有四位兄弟,彭家的二大爷和二大娘除了生有我的大舅、三舅、四舅外,还生有三个女孩,就是我的大姨、二姨、四姨。四大爷,也就是我的亲外公,生有一个男孩,就是我的二舅,还有一个女孩,就是我的母亲,排行第三。还和续弦的夫人生了一个男孩,就是我的五舅。所以总起来说,我有五个舅舅,三个姨。当时,我父亲和这四位姑娘同院居住,虽然是前后院,

但交往仍然颇多。论美,父亲最为称赞的是叫作"小姐姐"的二姐,说她形象"不同凡俗(的)标致",用什么"沉鱼落雁""闭月羞花"来形容,都嫌不恰当,甚至可笑。(中略)不过赞慕归赞慕,他可没有想娶她的想法。因为,父亲颇有自知之明,按当时他自己的说法,当时的他"语不惊人,貌不压众,只不过是寄人篱下的一只丑小鸭",不敢有非分之想。那时,父亲尽管"仍然处于丑小鸭阶段",可是和被称作"荷姐"的四姐关系非常好。四姐"虽然比不上她姐姐的花容月貌,但看上去也赏心悦目、伶俐、灵活,颇有些耐看的地方"。她经常到前院和父亲谈天说笑,恐怕心里也已经有意于父亲。在那个年代,男女即便已经互相爱慕,也只能心照不宣。在父亲的心里,四姐就是他心里想望的理想夫人。在四姐心里至少也是喜欢父亲,并愿意嫁给他的。但是,这种事情哪能够由他们自己来决定!荷姐的母亲二大娘看不上丑小鸭,因为那时叔祖父并未发达,父亲刚从农村来,土气未消,貌不出众,她哪能把自己的亲女儿嫁给这么个农村娃?而叔祖父也不知道侄子已经有了意中人,当然不会去指婚、撮合。于是两家议定,将四大爷的女儿三姐彭德华嫁给父亲。其中原因,虽然不能摆在桌面上,但是后来从四姐嫁给殷实富户的子弟刘少言家的情况来看,便可以推测,那是二大娘偏心眼的结果。后来,当父亲从德国留洋回来成了博士、教授,而刘家已渐行破落,那时便有人说,三姐命好,有福人不用忙,称赞母亲嫁得好。(季承《儿子眼中的父亲》,见卞毓方主编《华梵共尊——季羡林和他的家人弟子》,广东教育出版社2010年版,第8—10页。)

蝙蝠脸的老人

1917年春节刚过,季羡林跟着父亲骑上毛驴到济南去。一个六岁的孩子依依不舍地告别了母亲和妹妹,离开了亲切而又贫穷的故乡,走上了一条艰辛的漫漫求学之路。今日临清到济南的柏油马路宽阔而平坦,从官庄到省城不过两三个小时的车程。可是那时候,他和父亲在崎岖不平、尘土飞扬的黄土路上,足足跋涉了两整天。

季羡林和父亲在毛驴背上颠簸着,听着驴子单调的铃声,看着似乎没有尽头的黄土路,一路向东走来。季羡林在平原上生活了六年,从来没有见过山的模样。当天边的山影从无到有,越来越近,待到南山清晰可见的时候,他们来到了济南。父子二人进入市区,穿过迷宫似的大街小巷,来到济南南关佛山街柴火市对面一个有石头台阶的古旧大门前,进了大门,院子里长着一株高高的枸杞树,凌乱的枝条上生出了米粒儿般的小芽……这里就是季羡林的叔父季嗣诚的家。

说来也巧,季羡林刚来到叔父家,便看到了一位颇为怪异的老人。老人灰白稀疏的胡子,谈话时不停地上下抖动,头顶上同样是灰白而更加稀疏的头发,在胡子和头发中间夹着一张黧黑的脸,如同一只黑色的蝙蝠。这副模样在一个六岁的孩子看来十分可怕,尤其晚上做梦时,他几次被吓醒。可是,一个乳臭未干的孩子竟然很快与这个老人熟识起来,渐渐觉得那张蝙蝠形的脸可爱起来。究其原因,大概是来自乡下的孩子与这位同样来自乡下的泥瓦匠很投缘吧。

光阴似箭,季羡林一天天长大,老人的处境却一天不如一天。起初,老人尚可寄身于季家后院的一间黑洞似的草棚,后来被迫搬到一座古庙里去住,孤零零地一个人和那些泥塑的神像和鬼卒为伍。老人的身体虚弱得很,已经不能再做泥瓦匠了,只靠别人送饭给他吃。可是,他对生活并未丧失信心。当季羡林来到古庙看他的时候,他说自己还想壮壮实实地活几年。接着,他的脸上出现了美好的笑容,眼睛闪出期待的亮光,十分激动地说:"昨晚我做了一个梦,梦见双手托着一个太阳。这是好兆头啊!托老天爷的福,我的身体会慢慢好起来的!"接着,"蝙蝠形的脸缩成一个奇异的微笑。从他的昏暗的眼里蓦地射出一道神秘的光,仿佛在前途还看到希望的幻影"。

见此情景,季羡林仿佛觉得自己看到了一个奇迹,虽然当他走出庙门时,"好像从一个虚无缥缈的魔窟里走出来"一样。

季羡林中学毕业考取了清华大学,老人知道这个消息特意来看他,"没进屋门,老远就听到哼哼的声音。坐下以后,在断断续续的哼声中好歹努着力迸出几句话来,接着又是成排的连珠似的咳嗽"。可是,季羡林"又看到同样神秘的光芒从他的眼里射了出来,他仿佛又在前途看到希望的幻影"。

季羡林寒假时回到家里,原以为老人已经不在人世了,他的"墓上的衰草正在严冬下做着春的梦",然而,到家后第五天,老人又来到他家,告诉他又被迫搬到靠近圩子墙的黑洞里。当季羡林又去看他时,只见此处附近纵横排列着一座座坟,心想,这样一个土洞不正同坟墓一样吗?但他同老人谈话时,看见"他仍然同平常一样地镇定;而且在镇定中还加入了点悠然的意味。神秘的充满了生之力的光不时从眼里射出来"。

大学四年,季羡林寒暑假回家总能与老人见上一面,每逢离开时总觉得他不久即将离开人世。然而直到他大学毕业回到济南高中教书,老人仍然顽强地活着。在这一年里,他多次见过这个老人,"看到他低垂着注视着地面的眼光,充满了神秘的生命力,这眼光告诉我们,他永远不回头看,他只向前看,而且在前面他真的又看到闪烁的希望"。此时，季羡林迷惑了，他写道："对我，这蝙蝠脸是个谜，这从昏暗的眼里射出的神秘的光更是个谜。就在这两重谜里，这老人活在我的眼前，活在我的心里。谁知道这神秘的光会把他带到什么地方去呢！"

第二章

清华剑客

文学批评家李长之

季羡林在清华上大学的时候，有不少要好的同学和朋友，其中最亲近的是与他一起组成"四剑客"的趣味相投的文学青年，他们是李长之、吴组缃和林庚。

李长之（1910—1978），本名李长植，是山东利津人，季羡林的小学同学，比季羡林年长一岁。他1929年上北大预科，1931年考入清华，起初读生物学，后改学哲学。他酷爱文学，长于文学评论，上学时出过诗集，写过《〈红楼梦〉批判》《王国维文艺批评著作批判》《鲁迅批判》等。在后一本书中，他说："鲁迅在情感上是病态的，在人格上是全然无缺的。"这话很有见地，颇有剑客味道。请读者诸君注意，在20世纪30年代早期，李长之使用"批判"一词，是从日文借用的，其意思无非是"评论"。这个词在中文中的含义后来发生了较大变化。于是这成了李长之的"罪状"之一，这是后话。上清华时，李长之当过《清华周刊》文艺副刊的主编。

1934年5月17日的《清华周刊》上发表了李长之的一篇《清华园的绿》，记述了他与季羡林1930年古城寻绿的往事：

> 我记得，那是我刚到北平不过一年，人既是已被灰色的古城窒息惯了的缘故了。我就没想到我生命上有着缺陷。却是在这时候，希逋（季羡林字希逋）来北平了，他因为住的日子还浅，而且究记他的诗人的锐感，似乎比我强太多了。一天同我说：为什么北平没有绿东西？在

哪里可以看看绿东西吗？我才忽然惊醒了，原来在灰色的古城中，除了灰色，还是灰色，委实是没有绿东西呵。我提议到城外去，我们就没有目的的出了西门，却折而向南，进了阜成门，多少看见点绿东西，而欣然，而多少以为把生命滋润了一点，而回来了。

季羡林与李长之过往甚密，受他的影响和鼓励，立志要成为一个作家。李长之对德国文学也很感兴趣，他建议成立德国文学研究会，请杨炳辰教授作指导。季羡林写作遇到困难，喜欢找李长之商量，有新作品脱稿，也往往找李长之看，征求他的意见。季羡林写文章主张惨淡经营，追求完美，有时候陷于不知如何是好，李长之鼓励他说："不要管那么多，想好题目，捉笔就写，让灵感推着走，逢山爬山，遇水涉水，随弯转向，顺风扯篷，见好就收。"按照李长之的建议，季羡林一挥而就，写了散文《枸杞树》，李长之看了，直接寄给沈从文。沈从文很快就编发了这篇文章，还来信邀季羡林见面。季羡林受到极大鼓励，很快《黄昏》《回忆》《寂寞》《老妇人》等散文相继问世。

季羡林也并非事事都听李长之的。文稿《年》，季羡林自认为写得好，不料被《现代》杂志退稿，他颇有些不平，拿给李长之看，想让李长之说几句公道话。谁知李长之也不看好这篇文章，而对季羡林认为不理想的《兔子》大加赞扬。季羡林这次没听他的，就去找自己的英文教授叶公超。叶公超很欣赏季羡林的作品，还指点他"文章要坚持朴实，写扩大的意识"。经叶先生推荐，《年》发表在《学文》杂志上。这篇文章的结尾写道："当我们还没有到达以前，脚下又正在踏着一块界石的时候，我们命定只能向前看，或向后看。向后看，灰蒙蒙，不新奇了。向前看，灰蒙蒙，更不新奇了。然而，我们可以做梦。再要问，我们要做什么样的梦呢？谁知道——一切交给命运去安排吧。"这被当时的左派刊物抓住了辫子，遭到嘲讽，说是"发出了没落的教授阶级垂死的哀鸣"。其实季羡林只是一个穷学生，连伙食费都是靠家乡的县政府资助的，说他是教授可真是抬举他了。

　　1935年夏天，季羡林去德国留学，临行前林庚、李长之、王锦第、张露薇等在北海公园为他饯行，李长之还在《益世报》上发表长文为他送行。11年后，季羡林从欧洲回来，在南京住不起旅馆，就在李长之的办公室里住了一段时间。那时李长之在编译馆工作，还介绍季羡林结识了梁实秋先生。李长之为季羡林详细介绍国内情况，特别是国民党接收大员中饱私囊的情况。他还提醒季羡林，济南一中的某某同学是军统特务，同他说话要格外小心。季羡林说，一回国，李长之就当了自己的政治指导员。

　　李长之解放后曾任西南土改工作团副团长、北京师范大学教授，1957年被错划为"右派"，后来虽然"摘帽"，李长之害怕连累老朋友，从不敢到北大来。"四人帮"垮台后李长之彻底平了反，他才到燕园看望三位老朋友。1978年12月李长之与世长辞，此时季羡林随友协代表团出国访问，没能见老朋友最后一面。

小说家吴组缃

吴组缃（1908—1994），原名吴祖襄，字仲华，安徽泾县茂林人。早年先后在宣城安徽省立八中、芜湖省立五中和上海求学。在芜湖五中念书时曾编辑学生会创办的文艺周刊《赭山》，开始在《皖江日报》副刊发表诗文。1923年在上海《民国日报》副刊《觉悟》上发表短篇小说《不幸的小草》。1925年3月在《妇女》杂志上刊出的短篇小说《鸢飞鱼跃》，具有鲜明的反封建色彩。1927年回茂林当小学教员。1929年秋进入清华大学经济系，一年后转入中文系。

季羡林的经历与吴组缃有些相似。在济南上高中的时候，在胡也频、董秋芳等老师的鼓励下开始文学创作，由于经历了"济南事变"，亲身感受到日本侵略者的野蛮和残暴，他写了短篇小说《文明人的公理》，发表在天津《益世报》上，接着陆续发表了《医学士》《观剧》。"小荷才露尖尖角"，这些文章爱憎鲜明、文笔流畅、紧贴现实，虽然稚嫩，但清新可爱。同时，季羡林开始发表译作，主要发表在山东《国民新闻》和《华北日报》副刊上。作品有印度大文豪泰戈尔的《小诗》，俄国著名作家屠格涅夫的《老妇》《世界的末日》《玫瑰是多么美丽，多么新鲜啊》《老人》，还有美国戏剧家D.马奎斯的《守财奴自传序》等。共同的兴趣爱好，使他和吴组缃成了好朋友。

清华大学时期，是吴组缃文学创作的高峰阶段，1932年创作小说《官官的补品》，获得成功。1934年创作《一千八百担》。作品结集为《西柳集》《饭余集》。他创作的小说《一千八百担》《天下太平》《樊家铺》等，以鲜明的写实主义风格享誉文坛。本科毕业以后，吴组缃考入清华研究院，1935年中断学习，应聘担任了冯玉祥的家庭教师及秘书。1936年与欧阳山、张天翼等左翼作家创办《小说家》杂志。1938年作为全国文艺界抗敌协会发起人之一，与老舍共同起草《中华全国文艺界抗敌协会宣言》，任协会常任理事。1943年3月出版长篇小说《鸭嘴涝》（又名《山洪》），描写抗日战争中农民民族意识觉醒的曲折历程，塑造出章三官这个质朴善良、坚韧勇敢的农民形象，是抗战文艺园地中的一朵奇葩。

吴组缃和季羡林性格相投，有许多共同语言。他看了季羡林发表在《文学季刊》上的《兔子》后，大加赞赏，认为写得好极了。受到老大哥的赞许，季羡林很是感激。他们一起旁听朱自清、俞平伯教授的课，一起偷听冰心、郑振铎先生讲课，季羡林还曾造访吴组缃在西柳村的临时住所。吴组缃家境较富裕，夫人带着女儿小鸠子来京伴读，吴组缃搬出宿舍，一家人租房住在清华附近的西柳村。

"四剑客"经常在彼此的宿舍相会，更多的时候相聚在风景如画的荷塘边或者幽静的工字厅。那块有名的"水木清华"匾额就悬挂在工字厅后墙。如同毛泽东诗词所说，当时"恰同学少年，风华正茂，书生意气，挥斥方遒"，一帮不知天高地厚的小伙子，活跃于文坛，臧否人物，高谈阔论。他们侃大山，吹牛皮，"语不惊人死不休"。连胡适、鲁迅、茅盾这样的大师级人物也要月旦一番，意见一致的情况似乎不多，有时争得面红耳赤，却不伤和气，通常是谁也说不服谁。例如茅盾的《子夜》出版以后，季羡林与吴组缃就发生过激烈争论。季羡林认为，茅盾的文章机械、死板，没有鲁迅那种灵气；而吴组缃却认为《子夜》结构宏大、气象万千。这样的争论虽然没有什么结果，却对他们的文学创作大有帮助，无论是吴组缃还是季羡林，大学时代都是他们文学创作的第一个高峰期。这种争论让他们的命运与中国文坛紧紧连在了一起。

抗战胜利以后，吴组缃任清华大学教授、中文系主任。1952年高校院系调整，调入北大。季羡林与这位当年好友成了同事。吴组缃还担任全国文联和作协的理事，《红楼梦》研究会会长。季羡林也承担着繁重的社会工作，他们再也没有时间像学生时代那样，聚在一起高谈阔论了。但走在燕园的湖边，偶然相遇，相互问候一下，心里总是暖暖的。1993年下半年，季羡林去看望吴组缃，看到他的女儿从四川回来陪伴父亲，就叫了一声："小鸠子！"吴组缃笑着说："现在是老鸠子了。"

季羡林的这位老朋友，同他一样，虽为文人，但铁骨铮铮，敢讲真话。"文化大革命"中，吴组缃被打成"牛鬼蛇神"，被整得死去活来，夫人也被整得精神失常。他们一度成了"棚友"。就这样，吴组缃仍敢于在军工宣队面前说：这场大革命令人"毛骨悚然"。有好心人怕他继续挨整，劝他承认说错了话。他却说："这是我的原始感觉。"

诗人林庚

林庚，字静希，是当代著名诗人，原籍福建。他1910年出生，比季羡林年长一岁。1929年考入清华大学，学习中文，1943年毕业留校，担任朱自清教授的助教。2006年中秋节的前两天，这位97岁的老人在睡梦中辞世，人们这才又记起早年他曾与吴组缃、李长之、季羡林并称"清华四剑客"。林庚与吴组缃、王瑶、季镇淮并称"北大中文四老"。北大名教授袁行霈、钱理群都是他的得意门生。

钱理群曾告诉自己的每一个学生，要去接触林庚，去燕南园拜访林庚，因为这位老人有着老一代知识分子们身上最珍贵、最值得传承的精神财富。

据听过课的人回忆，林庚讲课，有时身着白衬衣，吊带西裤，有时身着丝绸长衫。他腰板挺直，始终昂着头，大多时间垂着双手，平缓地讲着，讲到会心关键处，会举起右手，辅以一个有力的手势，他从不用讲稿，偶尔看看手中卡片，但旁征博引，堂下鸦雀无声，仿佛连"停顿的片刻也显得意味深长"。

林庚退休之前，中文系特意为他安排了一堂"告别课"。尽管从1933年在清华大学给朱自清当助教开始，林庚已经执教半个世纪，但他的讲课题目还是几经更换才定下，讲课内容也斟酌再三，教案足足准备了一个多月。这一课讲的是"什么是诗"。讲课那天，林庚穿一身经过精心设计的黄色衣服，配黄皮鞋，头发一丝不乱。照钱理群的说法，"美得一上台就镇住了大家"。然后，他侃侃讲来，滔滔不绝。但是，课后钱理群送他回家，他一进家门便倒下，大病一场。

晚年，燕南园里这位坐在藤椅上的老人，已经少问世事，不接受媒体访问，淡出公众视野，功利、名望，仿佛已经完全从他的心里消失了。

据季羡林回忆，在清华上学的时候，一日早晨，林庚从梦中醒来，看见风吹帐子动，灵感来了，他写了两句诗，"破晓时天边的水声，深林中老虎的眼睛"。得意极了，当天就拿给几个"剑客"朋友欣赏。林庚1933年出版了一本诗集《夜》，请俞平伯作序，闻一多题签。林庚说，这就是他的毕业论文。

1952年院系调整。吴组缃和林庚从清华来到北大，和季羡林在燕园又聚首了。三位中年人经历了多少家事、校事、国事、天下事，早没有了当年那种少年豪气，但多年来的友谊一直珍藏在他们心里。

这位曾经的北平现代派诗人、后来的古典文学研究者，一生追慕的是"寒士文学"和"布衣感"。这种脾气秉性很对季羡林的心思，所以他们终生互为知己。他崇尚不在权贵面前低头："贵者虽自贵，视之若尘埃。贱者虽自贱，重之若千钧。"他的学生袁行霈至今记得先生的一句话："人走路要昂着头，我一生都是昂着头的。"林庚这位昂着头走路的诗人不懂政治，与世无争，可是政治却找到他的头上。有几件小事颇能说明林庚的为人：

1957年"反右"斗争，中文系的党团员几乎全军覆没。那些被划为"右派"的青年教师，一个个成了"不可接触者"。林庚不信这个邪，他在家里安装了一个乒乓球台，邀请这些"右派"陪自己打球。"文革"开始，林庚被打倒，被批斗之余，被分配到19号楼（许多年轻教职员居住在此）打扫厕所。林庚把厕所洁具擦拭得一尘不染。后来，他被"解放"，吸收到"梁效"写作组，可谓"一步登天"。据说江青派人送来一束花，说是"转交夫人"，这在当时可是难得的殊荣。只见林庚不卑不亢，悄悄接过，放在桌上。还有一次，江青邀请他参加一个小型文艺活动，他干脆谢绝。别人问他为什么，他说"羞于为伍"。

"文革"结束之后，清华老同学胡乔木到北大参加一个活动，活动结束以后，极少串门的季羡林陪他到燕南园看望林庚。2005年初林庚过生日，季羡林从医院写来一封贺信：

静希兄：

　　祝贺九六大庆。从我们友谊之久、之笃来看，克家一走，唯兄独占鳌头矣。在清华时，你写过一首诗：破晓时天边的水声，深林中老虎的眼睛。

　　又随便说了一句话：感觉进化论，未加解释。我却至今难忘。你不以文艺家自命，但是从你这些简短语言中，我神经受影响，至今70年未曾忘记。值此庆寿之际，我却想再提了出来，不知你自己还记得否？你我都是老实人，不喜作惊人之谈。

弟季羡林乙酉春　301医院

信的结尾两句颇耐人寻味。不知这是对当年朋友们年少轻狂的调侃呢，还是对数十年风雨人生的感悟？你我不是个中人，难解其中味。而季羡林和林庚心有灵犀，自然是没有疑问的。

第三章

青年伙伴

革命家胡乔木

胡乔木，原名胡鼎新，1912年生，江苏盐城人，1930年考入清华历史系。他和季羡林虽不在一个系，但当年清华的新生不足200人，他们很快就相识了。胡乔木当时还不是共产党员，但他已经积极参加共产党领导的革命活动了。他创办了一个工友子弟夜校，约季羡林去教课。季羡林答应了，每周到那一座门外嵌着"清华学堂"的高大的楼房内去为工友子弟讲课，即使在胡乔木离开清华以后都没有停止。"九一八"事变后，季羡林和同学们卧轨拦车去南京请愿，呼吁抗战。季羡林出身贫苦，为人正直，憎恶国民党反动统治，有一颗炽热的爱国心。用他自己的话来说，表现是中间偏左的。这些胡乔木都看在眼里。于是他就成了这位青年革命家动员的对象。有一天夜里，胡乔木摸黑坐在季羡林床头，劝他参加革命活动。无奈季羡林虽然痛恶国民党，但主要精力在求学，又考虑到自己有家室之累，怕担风险。所以，尽管胡乔木苦口婆心，反复劝说，季羡林愣是不点头。最后，胡乔木只好叹了一口气，悻悻地离开。

早晨，在盥洗室中同学们的脸盆里常常出现革命传单，是手抄油印的。大家心里都明白这是从哪里来的。但是没有一个人向学校当局告发。然而胡乔木的活动还是引起了当局的注意，他在清华只读了一年书，就被迫离开了。新中国成立前后，时任中共中央宣传部副部长的胡乔木主动找季羡林联系，两位老同学恢复交往。1951年初，兼任新闻总署署长的胡乔木到翠花胡同看望季羡林，一见面便说："东语系马坚教授写的两篇文章《穆罕默德的宝剑》和《回教徒为什么不吃猪肉》，毛先生很喜欢，请转告马教授。"胡乔木想，季羡林当时可能还不习惯说"毛主席"，因此用了"毛先生"这个词儿。说者有意，听者也有心，季羡林对此深受感动和鼓舞，感觉到共产党的领袖和高官确实能体察民情，对知识分子十分关心和体贴。然而，季羡林是个"敬官而远之"的人，对胡乔木也不例外。他从来不主动与胡乔木联系。胡乔木曾邀他同游敦煌，他谢绝了。因为他一想到下面接待中央大员的那种排场，心里就反感。胡乔木送他一些土特产，他只是回赠几本自己写的书。

1986年冬季那次运动的发源地虽然不在北京，但北京的学生，特别是北大的学生是不甘人后的。"文革"中有句话说，上海的工人、北京的学生历来是"革命先锋"。这次也不例外。季羡林虽然退出了一线领导岗位，但他对十年动乱记忆犹新，面对学生的行动，他一方面肯定学生的爱国热情，一方面又忧心忡忡，担心局面弄得不可收拾，希望上面对学潮有个正确的估计，进行强有力的教育和恰当的引导。胡乔木当时在党中央担任要职，要找他了解情况，给了他一个向上面反映意见的机会。而胡乔木是他清华学生时代的好友，不同于别的领导，谈话也并非正式的工作或思想汇报，完全可以敞开心扉。关于那次谈话，季羡林在胡乔木逝世之后写了《怀念乔木》一文。

> 1986年冬天，北大的学生有一些爱国活动，有一点"不稳"。乔木大概有点着急。有一天他让我的儿子告诉我，他想找我谈一谈，了解一下真实的情况。但他不敢到北大来，怕学生们对他有什么行动，甚至包围他的汽车，问我愿不愿意到他那里去，我答应了。于是他把自己的车派来，接我和儿子、孙女到中南海他住的地方去，外面刚下过雪，天寒地冻。他住的房子极高极大，里面温暖如春。他全家都出来作陪。他请他们和我的儿子、孙女到另外的屋子去玩。只留我们两人，促膝而坐。开宗明义，他先声明："今天我们是老朋友会面。你跟前不是政治局委

员、书记处书记,而是六十年来的老朋友。"我当然完全理解他的意思,把我对青年学生的看法,竹筒倒豆子,和盘倒出,毫不隐讳。我们谈了一个上午,只是我一个人说话。我说的要旨其实非常简明:青年学生是爱国的。在上者和年长者惟一正确的态度是理解与爱护,诱导与教育。个别人过激的言行可以置之不理。最后,乔木说话了:他完全同意我的看法,说是要把我的意见带到政治局去。能得到乔木的同意,我心里非常痛快,他请我吃午饭。他们全家以夫人谷雨同志为首和我们祖孙三代围坐在一张非常大的圆桌旁。让我吃惊的是,他们吃的竟是这样菲薄,与一般人想象的什么山珍海味、燕窝、鱼翅毫不沾边儿。乔木是个什么样的官儿,也就一清二楚了。

1991年9月,季羡林到聊城参加纪念傅斯年的一个会议,会后与代表们一道参观临清的名胜古迹。副市长马景瑞告诉他,临清的舍利古塔年久失修,虽努力争取多年,仍无结果,希望他能向有关部门反映。季羡林让他们准备一点材料。10月,马景瑞到季羡林家送材料,季老告诉他:我已经给胡乔木写了信,告诉他,我这次回临清,当地党政负责同志提出舍利古塔维修事宜。我一介书生,两袖清风,心有余而力不足,没有办法,只好求你帮忙了。此事在胡乔木过问下,得到了圆满解决。为了家乡的古迹,从不求人的季羡林破例求了一次人。而胡乔木没有让他失望。

1992年9月28日,胡乔木因病去世。1993年11月28日凌晨,一向早起的季羡林在万籁俱寂中看到窗外皑皑的白雪,想起了自己的老朋友胡乔木,想起1986年冬天的那次推心置腹的谈话,往事一件件涌上心头。他铺开稿纸提起笔来写文章纪念自己的老朋友。他写道:

我同乔木相交六十年。在他生前，对他我有意回避，绝少主动同他接近。这是我的生性使然，无法改变。他逝世后这一年多以来，不知道为什么，我倒常常想到他。我像老牛反刍一样，回味我们六十年交往的过程，顿生知己之感。这是我以前从来没有感到过的。现在我越来越觉得，乔木是了解我的。有知己之感是件好事，然而它却加浓了我的怀念和悲哀。这就难说是好是坏了。

胡乔木是一位职业革命家、政治家，他由"士"而"仕"，接近权力的核心。毛泽东认为他是"思想改造得最好"的知识分子典型，邓小平说"乔木是我们党内的第一笔杆"，而胡乔木对自己的评价是："我这个人说实在的，只会为政治服务，我一辈子就是为政治服务。"对于他的评价，盖棺而难以论定，尽管他去世已20余年，争论依然不断。政治这玩意儿，季羡林搞不懂。季羡林对胡乔木的评论，我们不妨姑妄听之。他说："平心而论，乔木虽然表面上很严肃，不苟言笑，他实则是一个正直的人，一个正派的人，一个感情异常丰富的人，一个脱离了低级趣味的人。"这样的评价，胡乔木泉下有知，不知以为然否？

"官家"子弟章用

章用，字俊之，是章士钊的次子，是季羡林青年时代的挚友。章士钊有三个儿子：章可、章用和章因。

季羡林与章用交往是在哥廷根大学。1935年深秋，季羡林来到哥廷根。走在一个陌生城市里长长的街道上，头顶着白花花的阳光，见不到一个熟悉的面孔，季羡林感觉到了从未有过的孤独。善解人意的学长乐森璕看出了季羡林的心思，特意带他拜访了一位"老"留学生章用。以下是季羡林1935年11月3日记录的部分内容：

> 同乐先生去访章士钊的儿子，见到他的母亲，老太婆因为爱儿子，不远万里来陪儿子同住。我想到自己的母亲！章人非常好，说话非常痛快，他把哲学院的情况告诉我，他劝我只读希腊文，因为再读拉丁文，时间来不及，他又把《希腊文法》同《古代学者简史》借给我。（转引自季羡林《季羡林日记》第1卷，江西人民出版社2014年版，第109页。）

章用和母亲租住一栋小楼的顶层，四周全是花园。此时秋风劲吹，小路上铺满了落叶。章用到这里七八年时间了，正在攻读数学博士学位。初次见面，章用没有说几句话，季羡林发现他的目光老是从眼镜片边上流出，神秘地注视着虚空的某个地方。倒是章用的母亲吴若男老太太，可能是因为寂寞得太久，话匣子打开就关不住。吴若男堪称旧民主革命时期的巾帼英雄,是李大钊先生的好友。年轻时在日本待过四年,又留学英国三年,当过孙中山先生的秘书,英文很好,可是一句德语都不会,又不愿学。她一个人抛家舍业来德国陪儿子读书,照顾他的穿衣吃饭,令过早失去母爱又多愁善感的季羡林感动不已。见到章伯母,他自然而然想起自己长眠在故乡荒草下的母亲,他到章家串门的次数就多了起来。根据季羡林的留德日记,他们每周见面有三五次之多。

吴若男老太太说话颇有意思,张口是"我们官家",闭口"你们民家"。不过,这毫不影响草根出身的季羡林与"官家"子弟章用成为知心朋友。章用陪季羡林办理入学手续,在林间小路散步,欣赏哥廷根秋日的美景;冬天,他们在壁炉边天南海北地闲聊。季羡林把国内朋友寄来的《吴宓诗选》和《文学时代》送给章用,章用送给他德文版的《浮士德》。季羡林选学什么课程,也乐意征求章用的意见,季羡林原想同时学习两门古代语言,章用帮他分析说,两年时间太短,应当集中力量,攻下一门。章用虽是官宦子弟,性情孤高,却不持门户之见。他学的虽是数学和哲学,可他酷爱中国的旧文学,作诗也经过名家指导,旧体诗写得颇具功力。所以季羡林与他谈诗论文,谈得十分契合,大有相见恨晚的感觉。章用说,到这里几年时间,已经很少写诗。遇到季羡林,算是找到了知音,他为季羡林写了几首诗,有两句季羡林印象深刻:

频梦春池添秀句,
每闻夜雨忆联床。

还有一首诗是工整地抄在一张硬纸片上的,季羡林一直保存着:

空谷足音一识君

相期诗伯苦相熏

体裁新旧同尝试

胎息中西沐见闻

胸宿赋才徕物与

气嘘史笔发清芬

千金敝帚孰轻重

后世凭猜定小文

一年以后，由于国内经济来源发生困难，章用又不愿接受德国友人资助，遂决定回国，在回国途中，还不断有信和诗作寄给季羡林，得知他在学习梵文，还寄来了相关资料的剪报。章用回国后，先是在山东大学教数学，后来到浙江大学。杭州沦陷，又随大学迁至江西。不久，因病去香港就医，年纪轻轻不幸病逝于香港。章用生病期间，抱病抄好自己的诗作，寄给好友季羡林保存。这两位志趣相投的好友，共同相处不足一年，临别时还相互称"先生"。不经意间，季羡林失去了一位难得的知己。章用走了，他感到格外的孤凄与空虚。

2008年，季羡林住院期间，护工岳爱英在季羡林床下的箱子里发现了当年章用回国途中写给季羡林的信件和两首诗。

其一：

八年未见海，一见心开悟，

连波何处止，极目没飞鹭，

昔我从所来，今作彼岸渡，

一帆自往还，往还人非故。

呼吸谢新陈，阴阳伴哀娱，

区区方寸间，纷纷胜败数，

胜败亦何常，人生有奇遇，

未夸历世深，已觉频散聚。

苦忆竹马年，莱衣同孺慕，

时失方为得，自新且自讷。

弟章用未是草23日

其二：

越鸟南枝剧自伤，

未能反哺累萱堂。

巢倾铩羽归飞日，

客树回看成故乡。

羡林吾兄呈正，弟用未是草

章用回国后，季羡林仍然常去看望章伯母。得知她手头拮据，立刻送去200马克，而自己则一连数月一天两顿啃黑面包度日。后来他与别的留学生一道，帮助章伯母回国。

关于章士钊的儿女，今人皆知章含之，有几人记得英年早逝的章用呢？近查相关资料，竺可桢先生日记有如下记载：

行严兄二公子（章用，字俊之）曾在浙大教代数，于民国二十七年患肺病死于香港。死后其用书捐与浙大。其人渊博、精深两者有之。去世年仅28岁。可痛也。

依此推断，章用与季羡林是同龄人。2008年7月，孙女季清回国探亲，季羡林从医院回家接待，他在书房寻找章用诗集未果，嘱咐身边人一定要找出来送到医院。这位97岁的老人，依然惦记着朋友所托。

"特异功能"张天麟

张天麟本名张天彪,字虎文,济南人,比季羡林大四岁,是他在正谊中学的同班同学,他最早的朋友之一。在班上,他年龄最大,脑瓜最灵,会走上层,善于取巧。那时候,山东军阀发行一种军用票,价值极不稳定。张天麟就用这种军用票兑换外地同学手里的现大洋,捞了一笔。这种本领伴随了他的一生。季羡林称之为"特异功能"。

初中毕业以后,张天麟去南方参加国民革命。1929年日军撤出济南,国民党军队回来,张天麟也回来了,此时已经成为一名低级军官,季羡林感觉这位老同学已经有了一些官架子。季羡林在清华上学的时候,发现张天麟也在北平,在北大德语系学习,颇受杨丙辰先生赏识。杨丙辰一度担任河南大学校长,他是主要幕僚之一。张天麟还张罗筹办了一个中德学会,大约是通过这条路径去德国留学的。他在图宾根念了几年书,拿到博士学位,又在驻德使馆武官处谋了一个职位,好像是副武官之类,把老婆牛西园和孩子也接到了柏林。季羡林1941年拿到博士学位后想回国,到柏林找过张天麟,就住在他家里。由于世界大战爆发,回国无望,只好返回哥廷根。不久,张天麟带家人到哥廷根看望季羡林,他们在一起度过了两周快乐的时光。1942年,德国与汪精卫伪政府建交,国民党政府的使馆撤到瑞士,张天麟一家也到瑞士去了。

战争结束以后,季羡林、张维、刘先志一行来到德瑞边境,打算取道瑞士回国,瑞士方面不许入境。还是打电话给张天麟,经他以外交官身份出面交涉,瑞士方面才允许放行。张天麟赶到边境迎接他们。1946年春天，季羡林与张天麟一家、刘先志一家，一道乘船回国。

季羡林回国后到北大教书，而张天麟又一次发挥其"特异功能"，在国民党政府的教育部弄了个什么司的"帮办"，也就是副司长。

解放了，张天麟的"官"也当到头了。解放后，政治运动一浪接着一浪，已到北京师范大学的张天麟不可能稳稳当当当教书匠。他在国民党官场上混的时间长，成了老资格的"运动员"。划右派，关牛棚，挨批斗，还有留职降薪，只准搞资料，不许登讲台。后来，张天麟得了一种怪病，全身抽搐，痛得整夜哀嚎。季羡林惦记着老朋友，带上东西、带上钱去看望他，然而无法把他留住。

季羡林觉得，张天麟这个人爱国、重义气，有是非之辨，为人并不坏。可惜他太聪明，太倾心政治，以致长才未展，也没能享上寿。

异国恋情伊姆加德

讲到季羡林青年时代的友人，不能不提伊姆加德。季羡林在他的回忆录《留德十年》中有"迈耶一家"一节，透露过他与德国姑娘伊姆加德的一段没有结果的异国恋情。使这两个异国青年走到一起的是人之本性，而将他们分开的则是季羡林对家庭的责任感和旧道德。季承在《我和父亲季羡林》一书中说：

> 这恐怕是父亲的第一次真正的恋爱，也可以说是初恋。可结果如何呢？伊姆加德一边替父亲打字，一边劝父亲留下来。父亲怎么不想留下来与她共组家庭，共度幸福生活呢？当时，父亲还有可能就聘去英国教书，可以把伊姆加德带去在那里定居。可是经过慎重的考虑，父亲还是决定把这扇已经打开的爱情之门关起来……

其实，季羡林与伊姆加德之间，发生的仅仅是擦肩而过的凄美之恋，他们从来没有花前月下、海誓山盟，只是将那份真情悄悄地藏在心底。就连他们的相识也没有什么戏剧性，此事与清华老同学田德望有些关系，时间大约在1938年。田德望在意大利佛罗伦萨大学获得文学博士学位后，来到哥廷根大学进修。田德望的房东迈耶先生是一个老实巴交、不苟言笑的人，他有两个如花似玉的女儿，大女儿伊姆加德修长的身材秀美多姿，白皙的肌肤细腻柔嫩，金黄色的头发轻盈如云，碧蓝的眼睛晶莹似水。而季羡林呢？虽然他那身"土气"不可能完全散去，但他毕竟受过西方文化的熏陶，接触的是洋人学者；他来德国也已3年，风华正茂，倜傥洒脱，满腹经纶。季羡林听说老同学田德望来了——在清华读书时他俩就很要好，田德望出国时，季羡林还亲自为他送行——便鬼使神差地去看他。谁知，一条爱情的红线便将季羡林与伊姆加德牵了起来。

那年月，季羡林一方面饱受思乡之苦，一方面又被繁重的学业压得透不过气来，加诸章用已经回国，如果说有一点儿消闲的话，那就是和田德望等几位中国同学在一起度过欢乐时光。不久，田德望离开哥廷根，季羡林仍能从伊姆加德那里获得些许关怀和温存。时间一久，季羡林每次来到伊姆加德家，就感到这里仿佛是避风的港湾，难得的清静和温馨。迈耶先生憨厚朴实，总是默默地坐在那里听他谈话，脸上挂着慈祥的笑容。迈耶太太性格开朗，热情大方，总是对他问寒问暖，体贴入微，就像母亲一样。那对千金小姐呢，当然喜欢这个既说得一口流利的德语，又具有东方人魅力的异域青年，那高挑的个头儿，英俊的脸庞，斯文的举止，优雅的谈吐，令她们觉得这便是自己心目中的"帅哥儿"。

说来算是缘分，1940年秋，季羡林把用心血写成的论文拿来请伊姆加德打字，这更为他们之间的频频接触提供了宝贵的机缘。他天天晚上到她家来。在她的卧室里，他就紧挨着她坐着。每当她把那些必须穿靴戴帽、点画分明的字母弄错的时候，他就手把手地教她改过来。这篇论文篇幅很长，季羡林在上面改了又改，因此伊姆加德打字并非那么容易，但她却乐在其中。直到夜深了，万籁俱寂，伊姆加德才稍微挪动一下身子，停下手中的活儿，柔声地说："你该回去了。"季羡林摸黑走在路上，那颗激动的心久久难以平静……偶尔，季羡林也会使出男人的性子来，指手画脚地挑毛病。这时，伊姆加德总是微微一笑，小声嘀咕几句，便又干起活儿来。就这样，整整一个秋天过去了，伊姆加德交到季羡林手中的，不仅仅是工工整整、清清楚楚的论文稿，还有那颗炽烈纯真的少女心，或者说，季羡林不仅收获了一张博士学位证书，还收获了一份沉甸甸的异国恋情。

事情不止于此。从这时起，一直到1945年10月季羡林离开哥廷根，整整5年，季羡林进入博士后研究阶段，陆续写了几篇重要的论文，也都需要伊姆加德打字。每次她都高高兴兴地把活儿接过去，认认真真地完成。季羡林很懂得感情，他深知伊姆加德绝非简单地帮他打字，而是真心地爱他，只是没有明确地表达出来而已。

5年中，迈耶夫妇也把季羡林当作家人一样，每逢喜事临门，总是请他来一起庆贺，热闹一番。伊姆加德每年过生日，季羡林都是座上客，迈耶夫人还特意安排他俩坐在一起。此时他俨然成了一位"骑士"，与心爱的人共度甜蜜时光。伊姆加德参加社交活动，迈耶夫人也总是让季羡林陪着，就像寻到了一位护花使者，生怕女儿受到半点儿伤害。在那"二战"正酣，飞机轰炸，饥肠辘辘的日子里，他们一起蹲过防空洞，吃过鱼腥味儿的劣质面包；在那"二战"结束的日子里，他们都松了一口气，一起高高兴兴地欣赏贝多芬的交响曲。

1945年9月季羡林做回国的准备。他就要离开迈耶一家，离开心爱的伊姆加德，心里是一种什么滋味呢？他是有家室的人，那些万里之外同样饱受离别之苦的亲人正在向他招手呢！当季羡林把决定回国的消息告诉伊姆加德的时候，出乎意料，她并没有感到多么惊奇，只是平静地劝他不要离开德国。伊姆加德越是这样沉稳，季羡林越是不安。9月24日他在日记中写道："吃过晚饭，7点半到Meyer（迈耶）家去，同Irmgard（伊姆加德）打字。她劝我不要离开德国。她今天晚上特别活泼可爱，我真有点舍不得离开她。但又有什么办法？像我这样一个人不配爱她这样一个美丽的女孩子。"

10月2日，在离开哥廷根的前四天，季羡林又来到伊姆加德家，与她告别。伊姆加德没有说过多的话，只是依依不舍，嘱咐他回国后多加保重。季羡林在这天的日记中写道："回到家来，吃过午饭，校阅稿子。3点到Meyer（迈耶）家，把稿子打完。Irmgard（伊姆加德）只是依依不舍，令我不知怎样好。"

季承说：

他克制了自己的感情，理智地处理了"留下来"还是"回家（国）去"的难题。虽然"祖国""家庭"使他战胜了"留下来"的念头，但是可以想见做这个决定是多么不容易呀！"祖国"是个伟大的概念，当时在祖国执政的是国民党。父亲对国民党不感兴趣；对自己的那个家也感到索然无味。回去，就好像跳进了两个笼子。可是，最终他还是选择了这两个笼子。父亲的这一决定当然可以说是"仁"的胜利，而且是"至仁至义"。可是这个"仁"却成了我们这一家继续上演悲剧的种子。他的这种选择，也给伊姆加德制造了终生的悲剧——据说她因此而终生未嫁……而伊姆加德为了爱情就注定要孤独一生吗？（季承《儿子眼中的父亲》）

季羡林虽然选择了离开，但从未忘记伊姆加德。1979年，他率团访问西德，曾到老地方寻访，但没能找到她。2001年他九十岁生日的时候，意外地收到了一份来自万里之外的珍贵礼物——伊姆加德的贺卡和她80岁时的照片。伊姆加德在来信中遗憾地告诉季羡林，她因年事已高，已不能漂洋过海来看望他了！

第四章

六位恩师

教授的教授陈寅恪

陈寅恪是赫赫有名的学术大师,他与季羡林的关系,可用"名师高徒"四个字来概括。季羡林与陈寅恪的接触是从清华大学开始的。他在清华西洋文学系(后来改名外文系)读书四年,除了一大堆必修课,还选修、旁听了一些名家的课程。朱自清、俞平伯、朱光潜、郑振铎、谢冰心等先生的课他都听过。后来他总结自己的求学收获时发现,必修课乏善可陈,而选修的朱光潜先生的文艺心理学和旁听的陈寅恪先生的佛经翻译文学课,却印象深刻,受益匪浅。陈寅恪的课在季羡林心中播下了一颗学术种子,季羡林去德国留学,选定的专业是印度古代语言,特别是佛教梵文,陈师播下的种子便生根开花了。

陈寅恪(1890年7月—1969年10月),字鹤寿,江西修水人。中国现代历史学家、古典文学研究家、语言学家、诗人,与叶企孙、潘光旦、梅贻琦一起被列为清华百年历史上四大哲人,与吕思勉、陈垣、钱穆并称为"前辈史学四大家"。先后任职任教于清华大学、西南联大、广西大学、燕京大学、中山大学等。

当年陈寅恪先生教课没有讲义,用的参考书是《六祖坛经》,季羡林专程进城到王府井北边的大佛寺请回一本。陈先生上课时,先把相关资料抄写在黑板上,然后对材料进行解释、考证、分析、综合,对其中的人名、地名格外留意。他做学问有实事求是精神,不武断、不夸大、不歪曲、不断章取义。学生听他的课,如同夏日饮冰,是一种无法比拟的享受。

除了听陈先生的课,季羡林上学的时候,与陈寅恪没有更多接触。他一次都没有去过陈先生的家。只是有时在校内的林荫道上，在熙熙攘攘的人流中，看到陈先生穿着朴素的长衫，肘下夹一个装满资料的布包，匆匆走过。

在哥廷根留学的时候，教季羡林梵文的是瓦尔德施密特。瓦尔德施密特是陈寅恪在柏林大学的同学，都是吕德斯教授的弟子。到德国以后，季羡林读吕德斯的著作，发现自己的两位老师都得了吕德斯的真传，从心底感到三生有幸。吕德斯是举世公认的考据大师，这种学风脚踏实地，实事求是，无征不信，不主观臆断，不穿凿附会，这才是做学问的正道。他认准了这条正道，顶住"政治挂帅""以论代史"的巨大压力，艰难跋涉，终于登上20世纪学术顶峰。这些，从某种意义上说，全赖恩师陈寅恪和瓦尔德施密特之赐。

1945年"二战"结束后，季羡林听说陈寅恪在英国治疗眼疾，立即写了一封长信，向老师汇报自己10年来的学习情况，并附上在哥廷根科学院院刊和其他刊物上发表的论文。他很快便收到了老师的回信。陈寅恪在信中介绍了自己的情况，说很快就要回国。最重要的是，陈先生说准备向北大校长胡适、代理校长傅斯年和文学院长汤用彤推荐季羡林到北大任教。季羡林喜出望外，立即回信表示同意和感谢。毫无疑问，陈寅恪看了季羡林的几篇论文，认定他完全有能力胜任北大的教学。第二年夏天，季羡林回国后，听说陈寅恪正在妹夫俞大维家，便前去拜访，谈了在海外十年来的详细情况。陈先生叫他去鸡鸣寺下"中央研究院"拜会北大代校长傅斯年，并叮嘱他带上那几篇用德文发表的论文。这次拜会敲定了季羡林此后数十年的工作。

新中国成立以前三年时间，季羡林多次去清华大学看望陈寅恪。知道老师喜欢红葡萄酒，他特意到车公庄买外国神甫酿造的栅栏红葡萄酒，送到清华园。几瓶葡萄酒现在不值一提，当年物价飞涨，算是相当珍贵的了。

一年春天，紫藤花开得累累垂垂，紫光映天。季羡林知道陈先生爱花，便约上周一良、王永兴、汪篯等同学，请陈先生到中山公园来今雨轩赏花，品茶。在兵荒马乱、人命危浅、物价腾飞的环境中,度过了难得的愉快的一天。

1947年冬天,北平奇冷。陈寅恪因为无钱买煤取暖,无法过冬。季羡林将情况报告给了胡适,胡适提出赠送陈寅恪一笔美元,陈寅恪坚决不肯接受。最后陈寅恪决定卖掉藏书换取美元。胡适就命季羡林用自己的汽车去清华园新南院52号陈先生家拉书。装了满满一车西文关于佛教和中亚语音方面极其珍贵的图书,陈寅恪只收了二千美元。其实,在这批图书中,仅一部《彼得堡梵德大辞典》的市价就不止此数。这批图书差不多等于赠送给了北京大学。

1948年季羡林写了论文《浮屠与佛》,解决了一个学界长期争论不休的问题。他读给陈寅恪听,向老师征求意见。陈寅恪大加赞赏,把它推荐给当时最权威的《中央研究院史语所集刊》发表,自此确定了季羡林在中国佛教史研究方面的权威地位。

1995年12月,季羡林在《回忆陈寅恪先生》一文中写道:

> 在我同先生交往的几年中,我们当然会谈到很多话题。谈治学是最多,政治也并非不谈但极少。寅恪先生决不是一个"闭门只读圣贤书"的书呆子。他继承了中国"士"的优良传统:天下兴亡,匹夫有责。从他的著作中也可以看出,他非常关心政治。他研究隋唐史,表面上似乎是满篇考证,骨子里谈的都是成败兴衰的政治问题,可惜难得解人。我们谈到当代学术,他当然会对每一个学者都有自己的看法。但是,除了对一位明史专家外,他没有对任何人说过贬低的话。对青年学人,只谈优点,一片爱护青年学者的热忱,真令人肃然起敬。就连那一位由于误会而对他专门攻击,甚至说些难听话的学者,陈师也从来没有说过半句褒贬的话。先生的盛德由此可见。

1951年秋天,季羡林参加中国文化代表团出访印度、缅甸途经广州,需要把大量文件译成英文。季羡林抓住这个时机,前去岭南大学拜会陈寅恪,师生相见甚欢,师母唐篔亲自下厨设家宴款待。没有想到的是,这竟是师生二人最后一晤。在后来的多次政治运动中,陈寅恪成了被批判的对象,虽有人苦口婆心,再三动员,季羡林坚决拒绝参加这种闹剧式的大合唱。哪怕压力再大,他也绝不伤害自己的恩师,这是他做人的底线。

翻阅季羡林先生的文集,他为师友写的纪念文章为数不少。一般是每人一篇,也有两篇三篇的,但为数极少。而他专为陈寅恪写的纪念文章和演讲至少有七篇,这是其他人无法比的。足见他对恩师感情之深。除了上面提到的《回忆陈寅恪先生》外,还有《陈寅恪的学术研究》(1990年)、《陈寅恪的爱国主义》(1994年)、《〈纪念陈寅恪诞辰百年学术论文集〉序》(1988年)、《一个真正的中国人,一个真正中国的知识分子》(1999年)、《对陈寅恪学术的一点新认识》(2000年)和《陈寅恪先生二三事》(2002年)。季羡林对陈寅恪的治学和为人,都有准确科学的概括。关于陈先生的治学,他说:

> 寅恪先生为一代史学大师。这一点恐怕是天下之公言,决非他的朋友和弟子们的私言。怎样才能算是一代大师呢?据我个人的看法,一代大师必须能上承前代之余绪,下开一世之新风,踵事增华,独辟蹊径。如果只是拾人牙慧,墨守成规,决不能成为大师。综观寅恪先生一生治学道路,正符合上述条件。他一生涉猎范围极广,但又有中心,有重点。从西北史地、蒙藏绝学、佛学义理、天竺影响,进而专心治六朝隋唐历史,晚年又从事明清之际思想界之研究。从表面上看起来,变化莫测,但是中心精神则始终如一。他号召学者们要"预流",也就是王静安先生和他自己所说的"一个时代有一个时代的新学问",学者能跟上

时代，就算是"预流"，这一点必须着重指出。他喜欢用的一句话是发前人未发之覆。在他的文章中不管多长多短，他都能发前人未发之覆。没有新义的文章，他是从来不写的。他有时立一新义，骤视之如石破天惊，但细按之则又入情入理，令人不禁叫绝。寅恪先生从来不以僻书来吓人。他引的书都是习见的，他却能在最习见中，在一般人习而不察中，提出新解，令人有化腐朽为神奇之感。（《〈纪念陈寅恪先生诞辰百年学术论文集〉序》）

关于陈先生的为人，他说：陈先生一是爱国，二是骨头硬。关于后者，他在《对陈寅恪先生的一点新认识》一文中补充说：

  中国历史上出了许多铮铮铁骨的知识分子，千载传颂。孟子说："威武不能屈，贫贱不能移，富贵不能淫，此之谓大丈夫。"我过去对"硬骨头"就只能理解到这个水平。现在看来，是远远不够了。寅恪先生的"独立之精神，自由之思想"，是现代的、科学的说法，拿来用到我所说的"硬骨头"上恰如其分。

北大校长胡适

胡适（1891—1962），原名嗣穈、字希疆，参加留美考试后改名适，字适之，安徽绩溪人。现代学者、历史学家、文学家、哲学家。

季羡林1946年到北大任教之前，与胡适并无交往。在清华上学的时候，他听过胡适的演讲，1932年10月13日，他在当天的日记里这样写道：

听胡适之先生演讲，这还是第一次见胡先生。讲题是文化冲突的问题，说中国文明是唯物的，不能胜过物质环境，西洋是精神的，能胜过物质环境。普通所谓西洋物质东洋精神是错的。西洋文明侵入中国，有的部分接受了，有的不接受，是部分的冲突。我们虽享受西洋文明，但总觉得我们背后有所谓精神文明可以自傲，比如最近班禅主持时轮金刚法会（指"九一八"事变后，国民党政客戴季陶等拉拢当时的班禅喇嘛，在北平等地发起"普利法会"，诵经礼佛，以超荐天灾病祸中死去的鬼魂——笔者），就是这种意思的表现。Better is the enemy of good。我们觉着我们good enough，其实并不。说话态度声音都好。不过，也许为时间所限，帽子太大，匆匆收束，反不成东西，而无系统。我总觉得胡先生（大不敬！）浅薄，无论读他的文字，听他的说话。但是，他的眼光远大，常站在时代前面我是承认的。我们看西洋，领导一派新思潮的人，自己的思想常常不深刻，胡先生也或者是这样罢。

事后不久，季羡林又见胡适、梁实秋、徐志摩等人于1928年创办的《新月》月刊上，发表了胡适的一篇文章《四十自述·我怎样到外国去》。读后他仿佛对胡适增添了好感，因为这显然是关于出国留学的经验之谈，季羡林本来也有出去的打算；而且，他还知道了胡适的家境并非阔绰，为了不伤母亲的心而违背自己的愿望与江冬秀结了婚，后来他又与美国的女友长期通信来往，后者始终未婚……季羡林从中似乎感受到某种浪漫主义的情调。

过了十几年，1946年深秋，季羡林到北大报到，成为胡适的下级。除了教学，胡适还委托季羡林协调印度学者师觉月在华的学术活动，筹办泰戈尔画展，负责留学生的工作。胡适比季羡林大了整整20岁，彼此的人生经历有很大差异，季羡林和胡适在北大共事不到三年，是工作中的上下级。这段时间，胡适经常要去南京，他们并非朝夕相处，论说是扯不上多少关系的。可是，偏偏不然，他们有很好的私谊，季羡林回顾自己的一生，认为对他影响最大的有六位恩师，胡适是其中之一。季羡林认为自己从德国回来被北大聘为教授、东语系主任，胡适对自己有知遇之恩。季羡林是一个极重感情的人，也是一个知恩必报的人。所以，要评价胡适，他不可能保持沉默。"文革"结束之后，重新评价胡适，季羡林是一位扛旗人物。

胡适是中国现代史上的风云人物。他在中国现代思想史、文化史、学术史和教育史上都是一个举足轻重的人物。胡适一生的经历相当复杂。毛泽东在20世纪50年代亲自发动过对胡适的批判，全国知识界对胡适口诛笔伐，批得体无完肤。要公正客观地评价胡适，的确不是一件容易的事。据最近披露的材料，1957年2月16日毛泽东在中南海颐年堂接见政协知识分子代表时，说过一段出乎众人预料且意味深长的话："胡适这个人也真顽固，我们找人带信给他，劝他回来，也不知他到底贪恋什么？批判嘛，总没有什么好话。说实话，新文化运动，他是有功劳的，不能一笔抹杀，应当实事求是。二十一世纪，那时候，替他恢复名誉吧。"（转引自《名人传记》2015年总481期87页。）可是季羡林并不知晓毛泽东的这一段话。他的重新评价胡适，完全是一种巧合。

1954年，从批判俞平伯的《红楼梦研究》的资产阶级唯心论起，批判之火不久便烧到了胡适身上。这是一场缺席批判。胡适远在重洋之外。大陆学界人士，争先恐后，万箭齐发。季羡林没有凑这个热闹，他一直保持沉默。1987年11月，季羡林写了一篇文章《为胡适说几句话》，起因是他在报刊上看到一篇文章，说胡适"一生追随国民党和蒋介石"。季羡林以为不然，他的意见是"胡适是一位非常复杂的人物，他反对共产主义，但是拿他那一把美国尺子来衡量，他也不见得赞成国民党。在政治上，他有时想下水，但又怕湿了衣裳。他一生就是在这种矛盾中度过的。他晚年决心回国定居，说明他还是热爱我们祖国大地的。因此，说他是美帝国主义的走狗，说他'一生追随国民党和蒋介石'，都不符合实际情况。"这几句话，无疑有翻案的意思。搞了多年政治运动，许多人心有余悸，有人劝季羡林不要发表，免得招来麻烦。可是季羡林不听，文章发表了，结果还不错，没有挨批。自从改革开放之风吹绿了中华大地，人们的思想得到空前解放，1996年安徽教育出版社决定出版一部超过两千万字的《胡适全集》。主编这一重要职位，出版社选定季羡林担任。季羡林自认为不是胡适研究专家，竭力推辞。但是出版社说，现在北大曾经同胡适共过事而过从又比较频繁的人，只剩下季羡林一人了。这是实情，季羡林只好应允。季羡林为《胡适全集》写了一篇长达一万七千字的序，副标题是：还胡适以本来面目。意思是想拨乱反正，以正视听。这篇序文从胡适在中国近百年来学术史、思想史上的地位，作为学者的胡适、作为思想家的胡适、作为政治家和社会活动家的胡适以及作为人、作为"朋友"的胡适，多角度、多侧面地评价了胡适矛盾又极其复杂的一生。尽管如此，他还是用"盲人摸象"的故事形容包括自己在内的人们对胡适的评价，认为还需要进一步研究、探索。在文章的结尾季羡林写道："有一点我们都是应该肯定的：胡适是一个有深远影响的大人物，他是推动中国'文艺复兴'的中流砥柱,尽管崇美,他还是一个爱国者。多少年来泼到他身上的污泥浊水必须清洗掉。我们对人,对事,都要实事求是,这是我们从事学术研究的人起码的准则。"后来,又有人邀季羡林在《学林往事》中写一篇关于胡适的文章,季羡林从台湾访问回来后抱病写完。这一篇文章的副标题是:毕竟一书生。原因是,那一篇序文的副标题说得太满,借这一个副标题说明自己对胡适的看法,比较实事求是。

1999年3月季羡林应邀访问台湾,在繁忙的学术交流活动间隙,季羡林特意到胡适和傅斯年的墓地凭吊。回来以后,有两篇真情感人的散文问世。其中《站在胡适之先生墓前》,从他与胡适直接交往的点点滴滴,写出了一个有血有肉的活脱脱的胡适。此处摘录几段,以飨读者:

在此后的三年内(指1946—1948年——笔者),我在适之先生和锡予(汤用彤)先生领导下学习和工作,度过了一段毕生难忘的岁月。我同适之先生,虽然学术辈分不同,社会地位悬殊,我们见面的机会非常多。他那一间在孑民堂前东屋里的狭窄简陋的校长办公室,我几乎是常客。作为系主任,我要向校长请示汇报工作。他主编报纸上的一个学术副刊,我又是撰稿者,所以免不了也常谈学术问题。最难能可贵的是他待人亲切和蔼,见什么人都是笑容满面,对教授是这样,对职员是这样,对学生是这样,对工友也是这样。从来没见他摆当时颇为流行的名人架子、教授架子。

适之先生是非常懂得幽默的,他决不老气横秋,而是活泼有趣。有一次召开教授会,杨振声先生新收得了一幅名贵的古画,为了想让大家共同欣赏,打开铺在一张极大的桌子上,大家都啧啧称赞。这时适之先生忽然站了起来,走到桌前,把画卷了起来,作纳入袖中状,引得满堂大笑。

季羡林回忆了在解放前的三年中，发表过的两篇学术论文：一篇是《浮屠与佛》，一篇是《列子与佛典》。第一篇讲的问题正是胡适同陈桓争吵得面红耳赤的问题。季羡林根据吐火罗文解决了这个问题。

  第二篇文章，写成后我拿给了适之先生看，第二天他就给我写了一封信，信中说："《生经》一证，确凿之至！"可见他是连夜看完的。他承认了我的结论，对我无疑是一个极大的鼓舞。
  这一次，我来到台湾，前几天，在大会上听到主席李亦园院士的讲话，他讲到，适之先生晚年任"中央研究院"院长时，在下午饮茶的时候，他经常同年轻的研究人员坐在一起聊天。有一次，他说，做学问应该像北京大学的季羡林那样。我乍听之下，百感交集。这说明，适之先生一直到晚年还关注着我的学术研究。知己之感，油然而生。

在这篇文章中季羡林讲述了自己亲眼看到的两件事。解放前夕，北平学生经常示威游行，比如"沈崇事件"、反饥饿反迫害等，背后都有中共地下党在指挥，胡适对此当然心知肚明。但是，每次北平国民党的宪兵和警察逮捕了学生，他都乘坐他那辆当时北平还极少见的汽车，奔走于各大衙门之间，逼迫国民党当局释放学生。他还亲笔给南京驻北平的要人写信，据说这些信至今犹存。这已经不能算是小事了。另外一件事是，北平解放前夕，有一天季羡林到校长办公室去，一个学生走进来对胡适说：昨夜延安广播电台曾对他专线广播，希望他不要走，北平解放后，将任命他为北大校长兼北京图书馆馆长。他听了以后，含笑对那个学生说："人家信任我吗？"这个学生的身份他肯定明白。但他不但没有拍案而起，怒发冲冠，态度依然亲切和蔼。

季羡林认为，胡适以青年暴得大名，誉满士林。他一生处在一个矛盾中，一个怪圈中：一方面是学术研究，一方面是政治活动和社会活动。他一生忙忙碌碌，侘傺奔波，作为一个"过河卒子"，勇往直前。不知道他是否意识到自己身陷怪圈。当局者迷，作为旁观者，季羡林是看得一清二楚的：其实胡适本质上是一位学者，一介书生，一个好人。作为思想家，他没有独立的体系，他毕生都在行动。他不是政治家，却热衷政治活动，是一个"书呆子"。

季羡林对胡适的评价，可以说是打破坚冰，开了一个实事求是的好头。2004年广东人民出版社出了一本《思想操练——人文对话录》，谈到旧时一些著名的大学校长。作者之一智效民认为："胡适当年在中国公学当校长时，就干得很好。后来做北大校长，虽然没有多久，但是在中国大学校长的历史上，胡适无疑是一位出色的校长。罗尔纲回忆他当年在中国公学读书时的情景，对胡适的民主作风和开明办学风格，很怀念。他说：'进学校后，首先使我感到痛快的，是学校不挂国民党旗，星期一上午不上国民党纪念周。学校办公室前，竖有许多木牌，给先生贴壁报用，那些壁报，有左派办的，有国民党员办的，有国家主义派办的，有无党无派办的。胡适一视同仁，准许学生各抒己见。'"另一位作者高增德说："胡适1946年从美国回来做北大校长，总是提倡要独立研究，不盲从，不受欺骗，不用别人的耳朵当自己的耳朵，不用别人的头脑当自己的头脑。"这些见解，对研究中国思想史和中国教育史，以至改革当今的大学教育，无疑都是有益的。

蔼然仁者汤用彤

汤用彤（1893—1964），字锡予，祖籍湖北省黄梅县，生于甘肃省渭源县。中国著名哲学史家、佛教史家，教育家、著名学者。现代中国学术史上会通中西、接通华梵、熔铸古今的国学大师之一。与陈寅恪、吴宓并称"哈佛三杰"。季羡林是幸运的，昔日的"哈佛三杰"都是他的老师。

汤用彤早年毕业于清华学堂。留学美国，入汉姆林大学、哈佛大学深造，获哲学硕士学位。回国后历任国立东南大学（1928年改为中央大学，1949年更名为南京大学）、南开大学、北京大学、西南联大教授。中华人民共和国建立后，历任北京大学副校长，中科院哲学社会科学部学部委员，中国人民政治协商会议第一届全国委员会委员、第三届常务委员，第一、二、三届全国人民代表大会代表。

汤用彤通晓梵语、巴利语等多种外国语文，熟悉中国哲学、印度哲学、西方哲学，毕生致力于中国佛教史、魏晋玄学和印度哲学的研究。所著《汉魏两晋南北朝佛教史》《隋唐佛教史稿》，用科学方法系统地阐述了佛教在从印度传至唐朝这一时期的发展过程、特点、佛学思想与中国传统思想的相互关系；详细地考察了中国佛教各个学派、宗派的兴起和衰落过程及其原委。他对中国佛教史料中关于佛教传入汉族地区的时间、重大的佛教历史事件、佛经的传译、重要的论著、著名僧人的生平、宗派与学派的关系、佛教与政治的关系等都作了严谨的考证和解释。由于他对佛教有系统的研究，因而对印度哲学发展过程也有深入、全面的了解，他在《印度哲学史略》中采录了中国所保存的不少重要史料，并作了考证和评价。其学术成就获得中外有关学者的一致好评。

1997年5月28日,季羡林写了一篇《回忆汤用彤先生》,文章结尾处写道:

> 我之所以崇敬锡予先生,忆念锡予先生,除了那一些冠冕堂皇的表面理由以外,还有我内心深处从来没有对别人说起过的动机。古令说:"人生得一知己足矣。"我不敢谬托自己是锡予先生的知己,我只能说锡予先生是我的知己。我生平要感谢的师辈和友辈,颇有几位,尽管我对我这一生并不完全满意,但是有了这样的师友,我可以说是不虚此生了。

季羡林上大学的时候,因为和汤用彤不在同一个学校,没能成为汤用彤的授业弟子。但是,他的文章和道德季羡林是熟知的。"高山仰止,景行行止",汤用彤早已是他崇拜的对象。在季羡林的想象中,汤用彤是一个瘦削慈祥的老人,有五绺白须,飘拂胸前。

1946年,季羡林从欧洲回国,陈寅恪先生举荐他到北大任教。当时汤用彤任北大文学院院长。那年秋天,季羡林从上海乘海轮到了秦皇岛,又从秦皇岛乘火车到了北平。汤用彤让阴法鲁先生到车站去迎接。第二天,阴法鲁陪季羡林到设在北楼的文学院院长办公室去谒见汤用彤,这是他们第一次见面。季羡林见到的汤用彤同他想象的模样大不相同,只见他面容端严慈祥,不苟言笑,却是即之也温,观之也诚,真蔼然仁者也。汤先生虽留美多年,学贯中西,可是身着灰布长衫,脚踏圆口布鞋,望之似老农老圃,没有半点"洋气",没有丝毫教授架子和大师威风。季羡林的心中不由自主地产生了崇敬之感。晚上汤用彤和夫人设家宴为季羡林接风,季羡林见到了幼年的汤一介,没有想到,多年后他们成了同事和密友。从这一天起,季羡林成了北大的副教授,开始了新的生活。他绝没有想到的是,过了一个多星期,至多不过十天,汤用彤先生忽然告诉他:他已经被聘为北京大学正教授兼新成立的东方语言文学系系主任,并且还兼任文科研究所的导师。季羡林感到既光荣又惶恐不安。这是谁的力量呢?他心里最清楚:背后有一个人在。这是汤用彤先生的厚爱与提携。季羡林做副教授任期之短,是前无古人的,这无疑是北大的新纪录,以后60年也没有人打破这个记录。季羡林对汤先生的感激是不难理解的。但是,季羡林心中总还有一点遗憾之处:就是没有能成为汤用彤先生的授业弟子。1947年,汤先生开"魏晋玄学"课,课堂就在季羡林办公室的楼上。这真是天赐良机,焉能放过!而且听先生讲课,正是他求之不得的。在当时,一位教授听另外一位教授讲课,被认为是匪夷所思的事。季羡林却不顾这些恳切地征得了汤先生的同意,成了他班上最忠诚的学生之一,一整年没有缺过一次课,而且每堂课都工整地做听课笔记,巨细不遗。这一大本笔记,至今尚存。这样一来,季羡林就成了汤先生的弟子,了却了一个夙愿。

当时的北大真正是精兵简政。只有一个校长胡适之,还经常不在学校,并没有什么副校长。一个教务长主管全校的教学科研工作。一个秘书长主管全校的后勤工作。六个学院:文、理、法、农、工、医,各设院长一人。也没有什么院长联席会,什么系主任联席会。专就文学院而论,汤用彤孤身一人,聘人、升职等汤先生一个人说了算。因为他为人正直,办事公道,从来没有出过什么娄子。系里遇到麻烦,季羡林总是去找汤先生。他不动声色,就帮季羡林解决了困难。他还帮季羡林在学校图书馆要了一间教授研究室,所有要用的书都从书库中提到研究室里,又派一位研究生马理女士帮他整理书籍。室内窗明几净,季羡林心旷神怡。能写出几篇颇有新见解的文章,不能不说是得益于汤用彤先生的帮助。

北平解放前夕,南京方面派来一架专机,来接几位著名教授到尚未解放的南方去,其中就有汤用彤。但他坚决不走,他期望看到新中国。后来汤用彤被任命为北大校务委员会主席,算是一个"过渡政权"。把一个完整无缺的最高学府交到人民手中。1952年，北大从城里搬到西郊的燕园。政府任命马寅初先生为北大校长，当时只有两个副校长，其中一个是党委书记江隆基。实际上，主管教学和科研的副校长就是汤用彤先生一人。汤先生担任副校长、校务委员会主席，直到1964年逝世。1956年季羡林被评为一级教授，又被遴选为中国科学院哲学社会科学学部委员，这是中国一个读书人至高无上的称号。除了名誉以外，还有颇为丰厚的津贴，真是"名利双收"。季羡林以为能够有此收获，除了自己的努力之外，与汤用彤先生的提携是分不开的。

汤用彤自1954年患脑溢血，长期卧床。稍能行动，就回到了自己热爱的学术上。他于1961年撰写《何谓"俗讲"》一文，1962年著《论中国佛教无"十宗"》一文，谓"十宗"之说是把某种学派之称为"宗"和某种教派之称为"宗"混同为一。由于考证精详，纠正了国内外学人长期所执之谬误，一时间脍炙人口。

1963年5月1日晚，汤用彤上天安门城楼观赏焰火，由周恩来总理导见毛泽东主席。"毛询问公之身体状况，嘱公写短文，并言其阅读过公所撰全部文章。"1964年5月1日汤用彤病逝。

1993年8月，海内外近百名学者在北京隆重举行了纪念汤用彤先生诞辰百周年学术座谈会，并筹资设立汤用彤学术基金，奖励研究佛教、魏晋玄学和汤用彤学术思想卓有建树的青年学者。

为纪念汤用彤先生诞辰100周年，一家出版社出版了一本论文集。季羡林在为文集作序时满怀深情地写道：

> 锡予先生的治学范围，当然不限于汉魏两晋南北朝佛教史。他在魏晋玄学的研究方面也有精深的造诣；对隋唐佛教也做过深刻的探讨；旁及印度哲学和欧美哲学。他完全当得起"会通中西"这一句话。
>
> 汤先生的人品也是他的弟子们学习的榜样。他纯真、朴素、不为物

累；待人宽厚，处事公正。蔼然仁者，即之也温，他是一个真正的人，他是一个真正的学者，他是一个真正的大师。

  我自己没有得到机会程门立雪。我在德国住了十年以后，先师陈寅恪先生把我介绍给汤先生和胡适之先生，我得以来到了北大，当上了教授。此后我以学生教授或教授学生的身份听过汤先生"魏晋玄学"的课。我觉得每一堂课都是一次特殊的享受，至今记忆犹新，终生难忘。我不自量力，高攀为锡予先生的弟子，以此为荣。

"博士父亲"瓦尔德施密特

1935年12月中旬，季羡林看到哥廷根大学贴出的通告，下学期瓦尔德施密特教授开梵文课。瓦尔德施密特是刚从柏林大学调来的，接替原来教梵文的已经退休的西克教授。最引起季羡林兴趣的是，瓦尔德施密特出自名师——柏林大学梵文研究所的海因里希·吕德斯教授。吕德斯是一位赫赫有名的大家，在梵文研究的许多方面都作出了杰出的贡献，堪称古代梵文碑铭研究的泰斗，每逢印度发现了新的碑铭，本国的梵文学者不能解读时，最后会说："去请吕德斯吧！"俗话说"名师出高徒"，季羡林知道，瓦尔德施密特是陈寅恪的大学同学，能有机会跟他学习，季羡林自然喜出望外，他下定决心，抓住机会学梵文。他思来想去，认为中国文化受印度文化影响太大了，需要对中印文化关系作一番彻底研究，或能有所发现。梵文太重要了，回国以后再想学，就没有机会了。

季羡林毕生要走的路终于找到了。这个选择无疑是正确的。因为在哥廷根大学学习梵文，有得天独厚的条件。哥大有悠久的研究梵文的传统，许多大师级梵文学者曾在此执教。在东方研究所高斯-韦伯楼上，临街的一面墙挂着德国梵文学家的照片，有三四十人之多，可见德国梵学之盛。大学图书馆的梵文藏书在德国首屈一指。这样的条件在当时德国是独一无二的。

瓦尔德施密特全名为恩斯特·瓦尔德施密特，生于1897年，德国佛学、印度学家。1930年在柏林大学任梵语、巴利语讲师，1935年任哥廷根大学教授，印度学系主任。1985年病故。

1936年4月2日季羡林第一次上梵文课，年轻的瓦尔德施密特教授发现，课堂上只有季羡林一个学生。学生虽少，老师讲课却一丝不苟。这样一对一的教学持续了两个学期，从第三学期开始，增加了两名德国学生，一个是历史系学生，另一个是乡村教师。他们有一定的梵文基础，所以从第二学年插班。尽管有一定基础，因为梵文语法十分复杂烦琐，那位历史系的老兄经常被老师问得张口结舌，眼睛发直。季羡林的学习也非一帆风顺，但他横下一条心：一定要迎难而上，非跳过龙门不可。

根据季羡林当年"学习簿"的记载，在瓦尔德施密特1936—1939年授课的七个学期中，他除了选修多达20种与专业有关的课程外，主要攻读包括印度古代语言在内的印度学专业课程：

1936年夏学期，初级梵文文法；

1936—1937年冬学期，梵文简单课文，译德为梵的翻译练习；

1937年夏学期，马鸣菩萨的《佛所行赞》，巴利文；

1937—1938年冬学期，印度学讨论班：《梨俱吠陀》；

1938年夏学期，艺术诗，印度学讨论班：《布列哈德奥义书》；

1938—1939年冬学期，巴利文：长阿含经；印度学讨论班：梵文佛典；

1939年夏学期，梵文，印度学讨论班：《普耀经》。

这些功课，都是由瓦尔德施密特一人教授的。为了这些功课，季羡林要做大量的课前准备，下一番常人无法想象的苦功夫。他必须学会运用施腾茨勒的《梵文基础读本》、雅克布·瓦克尔纳格尔的《古印度语语法》、弗朗茨·基尔霍恩的《梵文文法》、海德曼·奥尔登堡的《佛陀》以及吕德斯的《印度语文学》等工具书。

其中，施腾茨勒的《梵文基础读本》已有百余年历史，德文版重印了17次，被译成其他多种文字。1960年季羡林在北大开设梵文课即采用这本书，用汉文译出，编成讲义，后经他的学生段晴和钱文忠补充，在国内公开出版。

至于巴利文，也是一种印度古代文字。起源于北印度的中古印度-雅利安语，与古印度-雅利安吠陀语和梵语诸方言关系密切。约公元前3世纪，佛教口传至锡兰，公元前1世纪用巴利文记录下来，成为标准的佛教国际语言，与上座部佛典《三藏》一起传入缅甸、泰国、柬埔寨、老挝和越南。巴利文作为文学语言在印度14世纪停止使用，但在其他地区延续使用至18世纪。所以，要想进行佛教梵文研究，必须熟练掌握和运用古典梵文和巴利文。因此，季羡林攻读的专业课程，除巴利文、佛教梵文典籍如《普耀经》外，还有公元前1500年以前的《梨俱吠陀》、公元前5—前4世纪的《奥义书》、公元4世纪前后的古典梵文艺术诗、公元7世纪的梵文文法体系等。这些属于高年级的课程，都是先由瓦尔德施密特选出原著，季羡林课下准备，上课就翻译，其难度可想而知。总之，季羡林涉猎广，钻研深，为他日后从事梵文古典文学作品的翻译以及佛教经典和佛教梵文的研究奠定了坚实的基础。

季羡林对瓦尔德施密特的教学方法很感兴趣，回国后他给学生讲课时介绍过这个方法。为此，"文革"中他竟落了个"鼓吹德国法西斯教学方法"的罪名，多挨了几次批判，但他并不服气。"文革"后著文称，这种说法"百分之九十九点九是胡说八道，他们根本不知道，这种教学法兴起时，连希特勒的爸爸还没有出生哩"！这究竟是一种什么样的教学方法呢？德国19世纪著名东方语言学家埃瓦尔德曾说："教语言如教游泳，把学生带到了游泳池旁，把他往水里一推，不是学会游泳，就是淹死，后者的可能性微乎其微。"这便是典型的德国式教学方法，是由瓦尔德施密特在季羡林身上成功实验过的。

第一学期，瓦尔德施密特教授讲梵文语法，第二学期就念梵文原著《那罗传》，接着读迦梨陀娑的《云使》等。从第五学期起，就进入真正的讨论班，读中国新疆吐鲁番出土的梵文佛经残卷，第六学期开始，导师同他商量博士论文的题目，定为《〈大事〉中偈陀部分限定动词的变化》。从此季羡林在上课教课之余，利用一切可利用的时间，啃那厚厚的三大册《大事》，这是一部分量非常大的混合梵文佛典，用散文和诗歌混合写成，诗歌（偈陀）部分保存了较多的方言成分。研究这些限定动词的变化，可以揭示一些方言典籍梵文化的某些规律。

"二战"爆发后不久，瓦尔德施密特被迫应征从军。已经退休的西克教授接替他的教学任务。季羡林一面听课，一面继续论文写作。1940年秋，论文基本写好。季羡林把它送给回家休假的瓦尔德施密特审阅，没想到出现了一个小小的插曲。

季羡林为论文写了一篇"导论"，想用"导论"来显示自己的才华，在洋洋万言的"导论"中，他将搜集来的有关混合梵语的资料以及佛典由俗语逐渐梵文化的各家说法罗列在一起，巨细无遗，面面俱到。论文交给老师没过几天，瓦尔德施密特就把他叫去，仍然像平日一样，面带笑容地把论文还给他。季羡林接过去一看，只见大部分都无改动，只在"导论"部分前面画了一个前括号，后面画了一个后括号，意思是这部分的内容必须全部删掉。瓦尔德施密特见季羡林发愣，解释说："你讨论这个问题，费劲儿很大，引书很多，但都是别人的意见，根本没有你的创见。你重复别人的意见又不完整准确。如果别人对你的文章进行挑剔和攻击，从任何地方都能下手，你是防不胜防，根本无还手之力。因此，我建议把导论通通删掉。"这席话宛如当头棒喝，让季羡林哑口无言，他心潮翻滚，难以平静。过了好一阵子，才清醒过来，由衷地感激教授，重新写了一篇文字极短、论述精当的"导论"。

1940年12月23日是季羡林论文答辩的时间。瓦尔德施密特刚好回家休假，但是英文教授勒德尔却有病住院，学校决定先口试梵文、斯拉夫语言学和进行论文答辩，以后再补英文口试。答辩中，季羡林感觉，教授们提出的问题，并不像自己想象的那样复杂刁钻。

第二天晚上,是圣诞节前夕。季羡林去老师家祝贺节日。季羡林刚一进门,瓦尔德施密特就向他道喜,说他的论文是Sehr gut(优),印度学(Indologie)Sehr gut,斯拉夫语言也是Sehr gut。他与教授一家,围坐在挂满彩灯的圣诞树旁,度过了一个愉快的平安夜。

1941年2月19日,季羡林补英文口试,瓦尔德施密特也参加了,又得了一个Sehr gut。就这样,他以四个"优"通过了博士考试,拿到了博士学位。

1980年冬天,季羡林去西德访问,哥廷根是活动的一站。来到这座熟悉的小城,他最想见到的就是自己的"博士父亲"瓦尔德施密特。瓦尔德施密特教授和夫人居然还都健在。教授已经是八十三岁高龄,夫人年寿更高,是八十六岁。一别三十五年,重又会面,真有相见反疑梦之感。老教授夫妇显得非常激动,季羡林心里也如波涛翻滚,一时说不出话来。他们围坐在不太亮的灯光下,杜甫的名句一下子涌上心头:

人生不相见,
动如参与商。
今夕复何夕?
共此灯烛光。

四十五年前季羡林初到哥廷根,同瓦尔德施密特教授第一次见面,以及以后长达十年相处的情景,历历展现在眼前。那是剧烈动荡的十年,中间经历了第二次世界大战,他们没能过上几天好日子。大战一爆发,教授唯一的儿子就被征从军,死在北欧战场上。不久,教授也被征从军。他预定了剧院的票,到了冬天,剧院开演,他不在家,每周一次陪他夫人看戏的任务,就落到季羡林肩上。深夜,演出结束后，季羡林要走很长的路，把师母送到山下的家中，然后再摸黑走回自己的住处。在很长的时间内，教授家那座漂亮的三层楼房里，只住着师母一个人。老师的处境如此，作为学生，季羡林的处境更糟。烽火连年，家书亿金。祖国在受难，他的全家老老小小在受难，他自己也在受难。每夜思绪翻腾，往往彻夜不眠。而且头上有飞机轰炸，肚子里没有食品充饥，做梦就梦到祖国的花生米。大概有六七年之久。季羡林就是在这样的景况中学习、写论文、参加口试、获得学位。教授每次回家度假，都听季羡林的汇报，看他的论文，提出意见。季羡林取得的很多成就离不开他的这位老师。

现在，他们终于又会面了。会面的地方不是在季羡林熟悉的那一所房子里，而是在一所豪华的养老院里。教授已经把房子赠给哥廷根大学印度学和佛教研究所，把汽车卖掉，搬到养老院里来了。院里富丽堂皇，应有尽有，健身房、游泳池，无不齐备。但是，到这里来的都是七老八十的人，多半行动不便。对他们来说，健身房和游泳池实际上等于聋子的耳朵。他们不是来健身，而是来度晚年的。头一天晚上还在一起吃饭、聊天，第二天早晨说不定就有人见了上帝。一个人生活在这样的环境中，心情如何，可想而知。话又说了回来，教授夫妇孤苦伶仃，不到这里来，又能到哪里去呢？

就是在这样一个地方，教授见到了自己几十年没有见面的弟子。季羡林一下汽车就看到在高大明亮的玻璃门里面，教授端端正正地坐在圈椅上。看样子他已经等了很久。他瞪着慈祥昏花的双眼，仿佛想用目光把学生吞下去。握手时，他的手有点儿颤抖。他的夫人更是老态龙钟，耳朵聋，头摇摆不停，同30多年前完全判若两人了。师母为季羡林烹制了当年在她家常吃的食品。两位老人异口同声地说："让我们好好地聊一聊老哥廷根的老生活吧！"他们现在只能用回忆来填充日常生活了。季羡林把刚刚出版的汉译《罗摩衍那》送给老师，老师却不能理解："你是搞佛教梵文的，怎么翻译这个？"季羡林没有办法用几句话解释清楚，说什么呢？说因为缺乏资料，他已经半改行了？说自己在"文革"中的遭遇？显然都不妥。他只好顾左右而言他，问老教授还要不要中国关于佛教的书，老教授反问道："那些东西对我还有什么用呢？"季羡林又问他正在写什么东西。他说："我想整理一下以前的旧稿，不久就要打住了！"看来这一对相依为命的老人的生活是阴沉的、郁闷的。在他们前面，正如鲁迅在《过客》中所写的那样："前面？前面，是坟。"

季羡林心里陡然凄凉起来。老教授毕生勤奋，著作等身，名扬四海，受人尊敬，老年就这样度过吗？他今天来到这里，显然给他们带来了极大的快乐。一旦他离开这里，他们又将怎样呢？可是，自己能永远在这里待下去吗？真有点儿依依难舍，尽量想多坐些时候。季羡林站起来，想告辞离开。老教授带着乞求的口吻说："才10点多，时间还早嘛！"他只好重又坐下。夜深了，季羡林狠了狠心说了声："夜安！"站起来，告辞出门。老教授一直把他送下楼，送到汽车旁边。此时季羡林心潮翻滚，明确地意识到，这是他们最后一面了。但是，为了安慰他，也为了安慰自己，他脱口说了一句："过一两年，我再回来看你！"这句话感动了老教授，他脸上现出了笑容："你可是答应我了，过一两年再回来！"季羡林噙着眼泪，钻进汽车，汽车开走时，回头看到老教授还站在那里，一动也不动，活像是一座塑像。季羡林默默地祝愿，愿老人家健康长寿，愿这一座塑像永远留在自己眼前，永远留在自己心中。

吐火罗语大师西克

瓦尔德施密特被征调入伍后，早已退休的西克教授接过了他的教学任务，给季羡林上课。这位西克先生，不仅教授梵文，还是赫赫有名的吐火罗语大师。

吐火罗语，又叫焉耆-龟兹语，属于印欧语系的一个支派，公元七八世纪曾流行于新疆吐鲁番和焉耆库车一带。文字使用婆罗米字母斜体。20世纪初在新疆发现了吐火罗文文献。西克教授用20余年的精力，与西克灵、舒尔策教授一起，对德国考古学家在中国新疆发掘出的吐火罗文残卷进行研究，终于译读成功。这种语言分两种方言，一曰吐火罗文A，或称焉耆语，一曰吐火罗文B，或称龟兹语。吐火罗文残卷的发现以及成功译读，为印欧语系比较语言学、新疆古代民族史、世界民族迁徙史、佛教在中亚的传播史以及中国佛教史的研究，提供了重要的新材料。

有一天，西克突然对季羡林说："我要把自己的看家本领，就是吐火罗语统统传授给你！"听老爷子的口气，这事就这么定了，毫无商量的余地。学呢，还是不学？季羡林陷入了矛盾之中。

此时"二战"爆发，他同当地百姓一样陷进饥饿的地狱，"失掉了饱的感觉，大概有八年之久"。这且不说，那么多必须学的课程和语种，已使他这部机器超负荷地运转，还有他怀揣的那颗赤诚的中国心："我是中国人，到了外国，我就代表中国。我学习砸了锅，丢个人的脸是小事，丢国家的脸却是大事。"这些使季羡林不想再学吐火罗语。可是，季羡林又转念一想："能够到哥廷根来跟这一位世界级权威学习吐火罗语，是世界上许多学者的共同愿望。多少人因为得不到这样的机会而叹息。我现在是近水楼台，是为许多人所艳羡的。不学才是傻瓜呢！"经过一番思想斗争，他接受了老师的安排。

1940年6月，西克开设的吐火罗文特别班开学了。说它是"特别班"，一是不见大学课程表的新课，二是只有两个异域青年学子——季羡林与千里寻师的比利时学者沃尔特·古勿勒。

西克的教学把季羡林带进了一个奇妙的王国。

首先，西克上演的这出拿手好戏所用"道具"有三：一是《吐火罗文残卷》原文影印本，二是西克、西克灵教授于1921年出版的《吐火罗文残卷》拉丁字母转写本（影印和转写同在一书中），三是西克、西克灵和舒尔策教授于1931年出版的《吐火罗文文法》。上课伊始，西克既不教残卷上的婆罗米字母，也不讲吐火罗文文法，全由学生自己摸索，他只给学生讲原文。这种方法自然让人感到茫然，如坠五里雾中。须知，这正是德国特有的行之有效的学习语言的方法——"推人下水法"，季羡林此前跟随瓦尔德施密特教授学习梵文时已经领教过。但问题远非这么简单。季羡林亲眼见到，这些残卷"每一张的一头都有被焚烧的痕迹。焚烧的面积有大有小，但是没有一张是完整的。我后来发现，甚至没有一行是完整的。读这样真正'残'的残卷，其困难概可想见"。"从一开始，主要就是由老师讲。我们即使想备课，也无从备起。当然，我们学生也绝不轻松，我们要翻文法，学习婆罗米字母。这一部文法绝不是为初学者准备的，简直像是一片原始森林，我们一走进去，立即迷失方向，不辨天日。老师讲过课文以后，我们要跟踪查找文法和词汇表。由于原卷残破，中间空白的地方颇多。老师根据上下文或诗歌的韵律加以补充"。当时，季羡林并未很快找到"北"，尚需下一番功夫。

通过一段时间"填鸭式"的教学，季羡林认识到必须尽快由被动变为主动。于是，他同古勿勒在课前充分预习，认真准备，根据老师要讲的课文阅读文法，检查索引，翻译生词；上课时，学生先将课文用德文译出，再由老师纠正，虽然老师除了要纠正学生的译文外，还要用更多的时间将课文的空白补上，才能译出完整的意思，但是这毕竟发挥了学生的主观能动性。季羡林"学习的兴趣日益浓烈"，每周两次上课，他"不但不以为苦，有时候甚至有望穿秋水之感了"。

季羡林在跟西克啃这块硬骨头的时候，他突然发现所读的第一篇吐火罗文残卷——《佛说福力太子因缘经》，恰好在中国《大藏经》中有多种平行的异本，其中竟有一部连名字都一模一样。而且，除了汉译佛经异本外，他还发现在藏文、于阗文、梵文中，也有吐火罗文《佛说福力太子因缘经》的异本。季羡林的这一发现，正中西克的下怀。

原来，在译读吐火罗文残卷时，西克也曾通过与其内容相近且又能读懂的其他文字的异本，解决了一些难题。但是，他不通汉文，对诸多汉译佛经异本只能望洋兴叹。师傅有事弟子服其劳，令西克大喜过望，连忙请季羡林将发现的汉译佛经诸异本择其要者译成德文。

季羡林将与吐火罗文残卷《佛说福力太子因缘经》最为接近的几种汉译佛经异本收集起来，译成德文，其中有《佛说福力太子因缘经》《生经·佛说国王五人经》《大智度论》《大方便佛报恩经》《长阿含经》《根本说一切有部毗奈耶药经》以及混合梵文佛典《大事》，并且还有参考相关的汉文、梵文、巴利文佛典所做的注释。实际上，这就等于对残损严重的吐火罗文《佛说福力太子因缘经》重新进行检校和勘正，通过对照汉译佛经异本，许多原来没有读懂之处迎刃而解。比如《吐火罗文残卷》第一页反面第一行的lyom，原来不知何意，同汉文一对，知道它的确切含义是"泥"；第一页反面第三行arsal，原来不知何意，同汉文一对，知道它的确切含义是"堑"。有些西克当初没有解决的问题，经季羡林这么一试，一下子"明朗起来"了。

这样一来，季羡林就完成了在德国发表的第一篇学术论文，也是他的开山成名之作——《吐火罗文的〈佛说福力太子因缘经〉诸异本》。经西克推荐，1943年发表在国际东文学界颇有影响的《德国东方学会会刊》上（第97卷第2册），在国际学术史上留下了关于吐火罗文研究的浓重一笔。这可谓教学相长的一段佳话。

季羡林究竟跟西克学了多长时间的吐火罗文，就连他自己也记不清了。但他难以忘怀的是师生之情。

在那六出蔽空的冬日，每逢下课，黄昏降临，天阴沉沉的，大街上由于实行灯火管制，更处在一团黑暗中。此时，只见一个年轻人搀扶着一位老人，一步一步地向前走去，季羡林要把老师送回家才放心。有时下课很晚，夜阑人静，积雪深深，天地间就好像只有他们师徒二人……多么感人的镜头！多么纯真的友情！

在那些饥饿难耐的日子里，季羡林首先想到老师的衰迈之身。他从自己可怜的食品配给中挤出一点儿奶油，又弄来一点儿面粉、鸡蛋和白糖，到点心铺里做了一个蛋糕。当他捧着这盒蛋糕来到老师家里时，老师双手颤抖着，竟然忘记说声"谢谢"，赶紧喊来师母，一起把它接过去。季羡林在战火纷飞之时，为老师做了这件事儿，心中感到十分欣慰。

在德国法西斯行将灭亡的时候，美、英、苏军队从东西两方面攻入德国境内。一天，美国兵进攻哥廷根，炮火间隙，季羡林来到老师家查看情况——他无时不在担心老人家的安危——听师母说，他们家的房子附近刚刚落下一颗炮弹，老师正在伏案苦读，窗户玻璃全被炸碎，玻璃碎片落满一桌子，老师却奇迹般地没受一点儿伤。季羡林听后，对这位为了学术而将生死置之度外的老人肃然起敬。

季羡林归国后，尚与西克保持通信联系，1951年这位德国老人谢世了。季羡林与西克的忘年之交是那样的情深义重，他经常回忆起哥廷根的日子——春光明媚的时节，师徒俩踏着婆娑的树影，漫步在林中小径上；艳阳普照的时候，师徒俩沐浴在平静的河水中；在季羡林刚刚通过论文答辩的时候，陪老先生在林间散步，西克遇到了几位同事，他自豪地向他们介绍自己的这位爱徒；霜叶红如二月花的季节，师徒俩在橡树下促膝交谈；寒气袭人的日子，师徒俩借着迷蒙的灯光，翻阅吐火罗文残卷……是呀，季羡林原本下定了决心不辜负恩师的期望，但怎奈归国后资料短缺和受其他条件的限制，长时期没接触吐火罗文的研究工作。40余年后机缘巧合，他终于重操旧业，解读新博本吐火罗文残卷《弥勒会见记剧本》。耄耋之年的季羡林，以惊人的魄力，花十几年功夫，克服重重困难，用中英文写成一部大书《吐火罗语〈弥勒会见记〉译释》。他利用40年前从西克学到的那些本领，通过平行异本进行译读，确定残卷的某些字义和语法形式，探索汉译字词与吐火罗语的关系，解决了诸多前人、洋人未能解决的问题。1998年，此书由设在柏林和纽约的跨国出版公司德古意特穆彤（De Gruyter Mouton）出版。这表明，季羡林在吐火罗语研究领域无可争辩地成为一位举世公认的大师。此时，季羡林在心里默念：总算对得起西克先生的在天之灵了。

命中贵人哈隆

季羡林晚年,经常提起的几位外国恩师除了瓦尔德施密特和西克教授以外,还有古斯塔夫·哈隆教授。这位哈隆教授并非季羡林的业师,却是季羡林人生中的一位贵人。2003年6月30日,他特意写了一篇文章《追忆哈隆教授》,感谢哈隆的知遇之恩。

所谓"知遇之恩",不但指受到赏识和重用的恩惠,而且还有急人之所难的情分。此话怎讲?原来,1937年夏天季羡林原定的两年学习期限已满,国内刚好爆发了"七七事变",不久他的家乡济南即被日军占领,而希特勒又下令关闭国门,这就让季羡林有家难归,困在了哥廷根。奖学金没有了,吃饭都成了问题。在这前进无路、后退无门之时,汉学家哈隆主动介绍他到哥廷根大学汉学研究所担任汉文讲师。这样,虽然他每月120马克的留学生奖学金拿不到了,但却能拿到每月150马克的汉文讲师工资,这要比那些后来因"二战"爆发,邮路阻塞,不能按时收到国内汇款的富家子弟强多了。这150马克薪水,解了季羡林的生存之困。

哈隆虽然是汉学研究所所长,但一直不受校方重视,当时还是个副教授。他的祖籍在毗邻德国的捷克西北边疆苏台德区,感情上与其说是德国人,不如说是捷克人。他对德国法西斯非常反感,后来德国侵占捷克,他愤然辞去工作离开德国,到英国去了。

汉学研究所的图书馆中文藏书大约有几万册,线装书最多,也有不少日文书籍,其中有一套《大正新修大藏经》,是季羡林做博士论文和进行博士后研究离不开的参考书，这书没有别人借阅，可供他一人使用。因为哈隆在国际汉学界广有名声，加之这里所藏汉文书籍闻名遐迩，一些欧洲汉学家常会慕名前来。英国汉学家阿瑟·丰利、德国汉学家奥托·冯·梅兴-黑尔芬等人都来过这里。季羡林与他们交谈切磋，开了眼界，长了知识；这些人也乐得与这位中国青年学者交流，还请季羡林帮忙查资料、搞翻译……就这样，双方可谓"互利共赢"。

就这样，季羡林与哈隆结成了忘年交——哈隆比季羡林年长20多岁，虽然不会讲汉语，但能读汉文书籍。他的汉学基础雄厚，对中国古代文献，如《老子》《庄子》等有一定的研究。顺便说一句，当时德国人对充满神秘色彩的老子颇感兴趣，而对偏于伦理说教的孔子不怎么感兴趣。哈隆对甲骨文也有研究，讲起来头头是道，颇有一些精辟的见解。他对古代西域史钻研很深，其名著《月氏考》蜚声国际士林。这些正是季羡林尊重他的重要原因。为了丰富研究所的藏书，季羡林替哈隆写过许多信，寄给北平琉璃厂和隆福寺的旧书店，订购中国古籍。就这样，中国古籍源源不绝地越过千山万水，来到这里安家。季羡林还特意从国内订购了虎皮宣纸和笔、墨，为每一部线装书写好书签，贴到上面，让读者一目了然。书架上那些蓝封套都贴上黄色小条，黄蓝相间，就像飞满了无数的彩蝶，不太明亮的大书库顿时充满了生气。

当汉文讲师，这对季羡林来说不过小菜一碟，因为他既有一年的高中国文教学实践，又有在哥廷根两年的德文训练。当他的开课通知贴在大学教务处的通知栏上，供全校上万名学生选择时，果然有许多人前来报名，但没过多久，听课的人几乎都走光了。在当时，汉文绝不像今天这样受重视，德国人可能是认为学它用途不大。但这对季羡林并无任何影响，他倒可以利用课时不多的机会，跟随西克教授学习吐火罗文和完成博士论文。这种情况一直持续到他离开德国。总之，从1937年到1945年的8年间，包括哈隆离开哥大之后，季羡林一直在汉学研究所工作，既有每月150马克的讲师工资，满足生存的基本需求，又有足够的时间从事他的印度学研究。最终，他的学业画上了一个圆满的句号。

哈隆与季羡林在汉学研究所共事一年，但两人交情之深宛如几十年的老朋友。1938年哈隆受聘担任伦敦大学汉文讲座教授，当他把这一消息告诉季羡林时，季羡林感到由衷的高兴，为他终于摆脱不得志不遂愿的窘境而庆幸。哈隆本想把季羡林一块儿带走，但这不可能，因为这样做便等于季羡林攻读博士的努力前功尽弃。哈隆到了英国后，又劝说季羡林去英国，但因"二战"正酣，亦无可能。"二战"结束后，哈隆又为季羡林在剑桥大学谋一职位，令季羡林怦然心动。因为他预感到回国后无研究印度古代语言的条件，颇有"长才难展"之忧，如果到剑桥，拿一个终身教授，搞一个名利双收，不在话下。最终，季羡林的理智战胜了感情，毅然决定回国，对哈隆教授的盛情，只好由心动变成心领了。

第五章

师辈友人

老校长鞠思敏

鞠思敏(1872—1944),名鞠承颖,字思敏。山东省荣成市成山卫镇人,教育家。因其毕生致力于教育,被誉为山东的蔡元培。他的教育思想和办学实践,对山东教育的发展产生过巨大的影响。鞠思敏是位正义的爱国教育家。1911年武昌起义时,曾参与策划山东独立。1912年任山东省高等师范学校教务长,后任校长。1913年兼任新设省立第一师范学校校长。1913年秋,与刘冠三、王祝晨等人创办济南私立正谊中学并任校长。五四运动时期发起创办"尚学会",借此传播新思想、新文化。1913年,他发表了著名论文——《国民教育谭》,提出改革教育的主张:

> 居今日而解决教育之根本,与负教育上之急务,首当与吾国最近教育史上,不正确之言论、思想、希望所构成之社会宣战,并与老大之国家、旧染之民,革新更始。举国民普通之弱点,不能生存之大患,足以亡国、亡种之内容真象,拔本塞源,扫除而廓清之,庶国家人民,有发达进步之一日也。

鞠思敏对受当局迫害的进步青年,总是千方百计予以庇护。30年代鞠思敏任校长的第一乡师校风民主,学生思想活跃,积极进取,有"红色乡师"的称号。国民党当局对鞠思敏的言行深为不满,1932年夏,不顾社会舆论,下令撤销了他的乡师校长职务。后又许以省教育厅视察员职务,月薪80元,让其在家养老,他坚辞不受。1937年日伪让他出任伪山东省教育厅长,被鞠思敏坚决拒绝。此后,流亡在阜阳的国民党山东省政府曾邀请他去主持省参议会，也以年迈多病为由婉言拒绝。1944年，在贫病交加中逝世。

鞠思敏是季羡林最为崇敬的师长之一。1923年，12岁的季羡林考入正谊中学。当时鞠思敏担任校长。他已经五十多岁了。季羡林每次见到他，就油然生出敬仰之情。他身材魁梧，走路缓慢，威仪俨然。穿着极为朴素，夏天布大褂，冬天布棉袄，脚上穿着一双黑布鞋，袜子是布做的。机器织的袜子，当时叫洋袜子，已经颇为流行了。可鞠先生的脚上却仍然是布袜子，可见他生活之俭朴。

鞠校长每天必到学校来办公。在军阀统治之下，时局动荡，民不聊生。要维持一所有几十名教员、上千学生的私立中学，谈何容易。鞠先生身上的担子重得简直无法想象。然而，他仍然极关心青年学生的成长，特别是在道德教育方面，他倾注了很多心血，想把学生培养成有文化、有道德的人。每星期一上午八时至九时，全校学生都集合在操场上。他站在台阶上对全校学生讲话，内容无非是怎样做人，怎样爱国，怎样讲公德、守纪律，怎样严以律己，宽以待人，怎样孝顺父母，怎样尊敬师长，怎样与同学和睦相处。总之，都是一些老生常谈的道德教条，没有什么新鲜东西。他有点儿像一个絮絮叨叨的老太婆。而且当时没有扩音设备，他的嗓门并不洪亮，站的地方也不高。但是，他讲的那些普普通通做人的道理，都是金玉良言，经年累月，能使学生们受到潜移默化的影响。

1926年，季羡林考入山东大学附设高中。鞠思敏应聘担任该校的教员，教伦理学，课本是蔡元培的《中国伦理学史》。鞠先生衣着朴素，威仪如故，讲课慢条斯理，但是句句真诚感人。当1947年季羡林再次回到济南去母校拜访的时候，鞠先生早已不在人世。但是，人们并没有忘记他，他在日寇占领期间，不畏日寇的威胁利诱，宁死不出任伪职，穷到每天只能用盐水泡煎饼果腹，终至贫病而死。他正气凛然，堪为后世子孙楷模。鞠思敏先生的爱国情怀、堂堂正气、铮铮铁骨和言教身教影响了季羡林的一生。

文学引路人胡也频和董秋芳

1929年夏天,占领济南的日军撤走,国民党山东省政府从泰安迁回济南。旧日的山东大学附设高中改为省立高中,校址迁至城西杆石桥一个清代衙门旧址。这是当时全省唯一的高中,北园高中的学生都到这所学校继续学习。校长换了人,教师队伍也变了。季羡林来校后发现,教高中国文的四位老师,是清一色上海来的青年作家:胡也频、董秋芳、夏莱蒂和董每戡。前两位是季羡林的业师,对季羡林影响很大。

胡也频(1903年5月—1931年2月),原名胡崇轩,福建福州人;左联五烈士之一,也是龙华二十四烈士之一。早年读过私塾,当过学徒,后被家人送到天津大沽口海军学校学习机器制造。后又去北京考大学,但未被录取,在北京、烟台等地过了三四年的流浪生活,开始写小说。1924年与女作家丁玲结婚,1928年到上海主编《红与黑》杂志,次年与沈从文合编《红黑》月刊和《人间》月刊。1930年加入左联,被选为执行委员。1931年1月17日被国民党逮捕,2月8日在上海龙华被杀害。

那时候国文课本已经从文言文改为白话文,经学课被取消,作文也改为白话文,学生们感到很新鲜。更新鲜的是胡也频老师讲课,他不但不讲《古文观止》,连新文学作品也不大讲。别看胡也频老师年纪轻轻,个子不高,眉清目秀,一副文弱书生的样子,他不愧为革命作家,意气风发,大义凛然,视敌人如无物,勇敢无畏。每次上课,他都在黑板上大书"什么是现代文艺"几个大字,然后就侃侃而谈,滔滔不绝地讲起无产阶级革命来,只讲得眉飞色舞,学生们听得都入了迷。什么"现代文学""普罗文学"一下子变成了他们的兴奋点。他们买来当时流行的马克思主义文艺理论书籍,拼命地读起来,"革命"热情空前高涨。胡先生不仅在课堂上大讲革命文学,而且在课下组织成立"现代文艺研究会",公开在学生宿舍的走廊上张贴海报,摆上桌子,发放表格,招收会员。还准备办一个刊物。季羡林是积极追随者,他帮助胡老师招兵买马,还为这个刊物的创刊号写了一篇稿子,题目是《现代文艺的使命》,通篇鼓吹革命,虽然稚嫩,但革命热情高涨。

那一年,胡也频夫人丁玲女士来济南探亲,中学生大多数是追星族,上海滩大名鼎鼎的革命女作家来了,仿佛从南方飞来一只金凤凰,他们怎么能不兴奋呢?丁玲时髦的服饰、高跟鞋成了他们关注的焦点。看着胡老师和丁玲手拉手走在坑坑洼洼的马路上,同学们感到新鲜又羡慕。季羡林认为,丁玲把胡老师当成了她的手杖,对这位女作家的第一印象不佳。这与后来他上大学时写文章批评丁玲的作品《夜宴》可能有些关系。

可是好景不长,胡也频的革命活动引起当局注意,遭到国民党山东当局通缉,他得到校长通风报信,取道青岛返回了上海。作为左联执委,继续从事革命活动。1931年1月17日,胡也频在参加中国工农兵第一次代表大会预备会议时被国民党反动派逮捕,2月7日,他同柔石、冯铿、殷夫、白莽等同志一道被国民党当局秘密杀害于龙华警备司令部,时年仅28岁。鲁迅先生写了杂文《中国无产阶级革命文学和先驱的血》《为了忘却的记念》,纪念自己的战友,愤怒声讨国民党反动派的暴行。胡也频,这个像夏夜的流星一样一闪而逝的青年作家,在中国现代革命文学史上留下了永恒的光芒,也给季羡林留下了终生难忘的印象。

接替胡也频老师教课的是董秋芳。董秋芳(1898—1977),笔名冬芬,浙江绍兴县人。1913年考入绍兴浙江第五师范。1919年参加五四运动,担任绍兴"国耻图雪会"副会长。1920年考入北京大学预科,与许钦文等组织"春光社",邀请鲁迅、郁达夫、周作人等作指导。1926年"三一八"惨案后,坚决站在鲁迅一边,在《京报》副刊、《语丝》上连续发表杂文，积极投入反对段祺瑞政府及其御用文人的正义斗争。董秋芳是一位小有名气的左翼作家。当时有一本颇流行的苏联小说《争自由的波浪》就是他翻译的，鲁迅先生作的序，季羡林与不少同学都读过。

董先生在课堂上不讲什么"现代文学"，也不宣传革命，而是老老实实地讲课，小心翼翼地为学生批改作文。他操着浓重的绍兴口音给学生讲解鲁迅先生翻译的日本作家厨川白村的《苦闷的象征》《出了象牙之塔》。他出的作文题很特别，在黑板上大书"随便写来"，意思很明白，想写什么，就写什么，想怎么写，就怎么写。季羡林过去写文言文，感觉好像是戴着镣铐跳舞；但是，他从小好看闲书，先是看志怪、公案小说，后来看了大量"五四"以来的新文学作品，鲁迅、胡适、茅盾、周作人、郭沫若、巴金、老舍、郁达夫等人的作品几乎都读遍了。从《庄子》《史记》，到唐宋八大家，明代的公安派、清代的桐城派，再到现代作家，好文章读得多了，在潜移默化中，形成了一些自己的看法。他认为，写好文章，一要感情真挚、充沛，二要词句简练、优美、生动，三要布局紧凑，浑然一体，三者缺一不可。这些想法形成于不知不觉之间，他自己也没有清醒地意识到。

有一次写作文，在董先生"随便写来"的启发下，季羡林写了一篇记述自己回故乡为父亲送葬的作文。作文簿发下来的时候，看到董先生的批语，他大吃一惊。在每页的空白处，董老师写了不少批注。有的地方批道"一处节奏""又一处节奏"。自己完全没有意识到的东西，董先生却注意到了，而且一语道破。"知我者，董先生也！"受到董老师的鼓励，季羡林怎么会不高兴呢！在另一篇作文后面，董老师批道："季羡林的作文，同理科一班的王联榜一样，大概可以说是全班之冠，也是全校之冠吧。"季羡林本来就爱好作文，受到老师如此褒奖，他的写作积极性被充分调动起来了，他开始创作散文。《文明人的公理》和《观剧》《医学士》陆续在天津《益世报》上发表，翻译的外国作家和诗人的几篇作品刊登在济南《国民新闻》上。作品连连见诸报章。同学们送他一个绰号："大家"。虽然后来他从事的学术研究与文学创作风马牛不相及,但对散文创作他情有独钟,终生乐此不疲,最终成了一位散文名家。每忆及此,季羡林就满怀深情地说,这"全出于董老师之赐,我毕生难忘"。

新中国成立后,董秋芳到人民教育出版社工作,长期负责语文教材的编写。2000年12月董秋芳的女儿董菊仙将父亲的译作整理出版,季羡林为文集作序,他写道:

> 1928年是我在无意识中飞跃的一年。从《古文观止》《书经》和《诗经》飞跃到鲁迅和普罗文学。在新文学岸边迎接我的正是董秋芳先生,我自己也不知道,是由于什么原因,我的白话作文竟受到秋芳先生的激赏,说我是"全班甚至全校之冠"。我是一个平凡的人,受到赞赏,这本是不虞之誉,我却感到喜悦和兴奋。这样就埋下了我终身写作的种子。除了在德国十年写得很少,十年浩劫根本没写之外,我一直写作未辍。我认为,作家是一个高贵的称呼,是"人类灵魂工程师",区区如不佞者焉能当此称号!我一直不敢以作家自居。然而,写作毕竟成为我生活不可或缺的一部分,每有真实感触,则必写为文章,不仅是自己怡悦,也持赠别人。所有这一切,都必须归功于董先生,我称他为"恩师",不正是恰如其分吗?(转引自季羡林《季羡林序跋集》,新世界出版社2007年版,第527页。)

前清状元王寿彭

1926年秋，季羡林考入山东大学附属高中。当时山大校长是省教育厅长王寿彭兼任。当年的王寿彭在山东可是位赫赫有名的人物。王寿彭（1875—1929），字眉轩，号次篯，山东潍坊人，光绪二十九年（1903年），王寿彭参加会试，文章写得漂亮，据说殿试时恰逢慈禧老佛爷七十大寿，因为他的名字中包含"王者寿比彭祖"的含义，慈禧以为吉兆，于是点了状元，授翰林院修撰。王寿彭是有名的书法家，他的字浓厚潇洒，俊美雅秀，颇有二王之风，很受藏家追捧。

王寿彭曾被清廷派去日本考察，回国著有《考察录》，主张革新教育，发展实业。1910年出任湖北提学使，创办两湖优级师范学堂，为两湖培养了一批教育人才。

北洋军阀当政时期，山东督军是军阀张宗昌，绿林出身，绰号"狗肉将军"，不知道自己有多少兵，不知道自己有多少钱，不知道自己有多少姨太太，以这"三不知"闻名全国。他虽一字不识，也想附庸风雅。提倡尊孔读经，1925年，张宗昌起用前清状元王寿彭当教育厅长。王寿彭将工、商、矿、医、农、法六个学堂整合组建省立山东大学，还增设了文科，自己兼任校长。有一次在山东大学校本部举行祭孔大典，状元公当然必须参加。督军和校长一律长袍马褂，威仪俨然。附中这些十五六岁的大孩子也奉命参加，学生们感兴趣的不是对孔圣人三跪九叩，而是院子里的金线泉。他们围在泉旁，看一条金线从泉底袅袅向上飘动，觉得十分可爱，久久不愿离去。

就在高中一年级第一学期考试结束以后,状元公忽然要表彰学生了。受表彰的标准是:每一班的甲等第一名,平均分数达到或超过95分者。奖品是状元公亲笔书写的一个扇面和一副对联。王寿彭的书法极有名,他的墨宝颇具收藏价值,是很不容易得到的。高中共有六个班,当然就有六个甲等第一名;但另外五位同学的平均分数都没有达到95分。只有季羡林的平均分数是97分,超过了标准,因此,他就成了全校唯一获得状元墨宝的学生,这当然是极高的荣誉。

扇面抄录的是厉鹗的一首七言诗,全文是:

> 净几单床月上初,
> 主人对客似僧庐。
> 春来预作看花约,
> 贫去宜求种树书;
> 隔巷旧游成结托,
> 十年豪气早销除;
> 依然不坠风流处,
> 五亩园开手剪蔬。
>
> 录《樊榭山房诗》,丁卯夏五

落款是"羡林老弟正　王寿彭"。

厉鄂(1692—1752),浙江钱塘人,号樊榭。清代著名文学家,浙西词派中坚人物。

那一副对联是:才华舒展临风锦,意气昂藏出岫云。

题头是"羡林老弟雅誊",落款是王寿彭署名。可见这位状元对季羡林这位十五岁的小"老弟"评价之高,希望之殷切。

王寿彭这一份珍贵的奖品对季羡林产生了戏剧性的影响。从此，季羡林的学习态度，乃至对自我价值的追求，发生了根本变化。他想：这样的荣誉过去从未得到过，它确实来之不易。现在既然于无意中得之，就不能让它再丢掉，如果下一学期考不到甲等第一，自己这一张脸往哪里搁呀！就是这种荣誉感，促使他在学习上改弦更张，开始认真埋头读书了。贪玩的季羡林现在成了勤奋用功的好学生了。他在高中读书三年，每学期都考第一，拿到六次甲等第一，成了"六连冠"。

王状元表彰学生可能是出于偶然。他可能不会想到，一个被他称为"老弟"的孩子，竟由于这个偶然事件而变成了刻苦用功的学生。不过，从季羡林的例子不难看出，重建了山东大学的王寿彭尽管守旧，尽管尊孔，可他终究是一位有作为的教育家。可是王寿彭思想守旧，聘请的教员多为旧文人，教材也十分陈腐，引起了师生的不满。加之北伐军进入济南，王寿彭于1927年6月去职，后病逝于天津。

古貌古心吴雨僧

吴宓（1894—1978），字雨僧，陕西泾阳人。学者、诗人、教育家。早年毕业于清华学校，赴美国哈佛大学留学。他与陈寅恪、汤用彤被合称为"哈佛三杰"。1921年回国任教于东南大学。1922—1933年与梅光迪、胡先骕合编《学衡》杂志，任主编。杂志发表的文章都用文言文，对新文化运动和白话文运动进行批评，同时介绍西方古典文学。1924年到沈阳东北大学任教；不久，入清华大学筹办和主持国学研究院。后任教于清华大学外文系，在比较文学研究和外国语文教学方面做了些开拓性的工作，被誉为中国比较文学之父。吴宓一意捍卫国学和文言文，对倡导白话文的胡适意见甚大。有一次，他与胡适在一个聚会上相遇，当时北京流行用"阴谋"二字，胡适戏问："你们学衡派，有何新阴谋？"吴宓说："有。"胡适笑着说："可得闻乎？"吴宓说："杀胡适！"这段对话一时成为笑谈。

吴宓对《红楼梦》研究，造诣极深，饮誉中外，凡听吴宓红学演讲之人，无不屏息凝神，如醉似痴。末了辄发深叹："那不是听报告，简直是看演出。"吴一人饰林黛玉、王熙凤、薛宝钗、贾宝玉，演得活灵活现，惟妙惟肖。20世纪40年代，西南古城刮"吴宓风"，时人赞誉："郭沫若与吴宓的报告，倘能一字不误记录下来，便是第一等绝妙好文。"

季羡林在清华大学求学期间，吴宓是他的授课老师之一，讲授英国浪漫诗人和东西诗之比较等课程。季羡林说自己是吴宓的弟子。季羡林"文革"以后，成为重建比较文学学科的领军人物，与此不无关系。

季羡林对吴宓的总体印象是:"雨僧先生是一个奇特的人,身上也有不少的矛盾。"说他奇特,是不同于其他教授,古貌古心、言行一致、偏好旧体诗和文言文;说他矛盾,是他自身的两重性:反对白话文,却推崇《红楼梦》;貌似古板、却有恋爱的绯闻传得沸沸扬扬;能同青年学生交往,却又凛然、俨然,令人敬畏,是一位特立独行的畸零无侣之人。在一般青年学生看来,吴宓是一个守旧、古板,难以亲近的老先生。

吴宓工旧体诗,他的诗造诣很深。英文也好,讲课用英文,时有警句出现。他有时把自己的作品印发给学生,描写他单相思苦闷心情的《空轩》十二首也在其中。那些编辑《清华周刊》的学生,把它译成白话诗,发表出来,给他开了一个无伤大雅的玩笑,他一笑置之。比较文学是专门研究两种或两种以上民族文学形态、要素的对比,进而探索它们相互关系的学科。19世纪末20世纪初诞生于法国,后形成法国学派和美国学派两大流派。吴宓开设"东西诗之比较"课,实际上为中国比较文学学科的建立起了奠基的作用。

吴宓为人坦诚率真,绝不嫉贤妒能。1919年他在哈佛读书时与陈寅恪相识,对陈的才学佩服至极,从此二人成为挚友。吴宓担任清华国学研究院主任期间,陈寅恪为该院四大导师之一。

吴宓提携奖掖后学,他虽为严师,却不摆教授"架子",他多次邀请季羡林等文学青年做客他的"藤影荷声之馆",还请他们到专为教员在工字厅开设的西餐厅吃饭。这在当时师生关系普遍存在鸿沟的情况下,确属难能可贵。季羡林协助吴宓编辑天津《大公报·文学副刊》,经常撰写一些文艺动态之类的小文章,供该副刊使用,因而能从老师手里领几元稿费,这对一个穷学生来说很难得。季羡林受到比较文学理论的启发,写过一篇论文,把陶渊明同一位英国浪漫诗人加以比较,这种比较在今天看来似乎有些幼稚,但终究是季羡林搞比较文学研究迈出的第一步。

季羡林清华毕业以后,吴宓并没有忘记自己的这个学生。季羡林的论文《浮屠与佛》在中研院史语所集刊发表以后，当时在武汉大学任教的吴宓先生看到这本刊物，于1948年8月28日的日记里写道："晚读唐长孺携借之中央研究院《历史语言研究所集刊》（上册）完，三十七年七月出版。首为陈寅恪《元微之悼亡诗与艳诗笺证》。中有季羡林《浮屠与佛》，谓浮屠乃印度梵文Buddha之对音，汉时即入中国，且通用。其后佛之单音自中亚西亚诸国［吐火罗文B（较古）龟兹文pud,吐火罗文A（较近）焉耆文pat］译语传来，遂替代前名，实则此二字渊源不同，佛非佛陀之简者也。云云。"

季羡林对吴宓的看法，前后有较大变化。1990年为《第一届吴宓学术讨论会论文选集》写序，他提出"我们都应该对雨僧先生重新认识，肃清愚蠢，张皇智慧"，"对雨僧先生我们还要继续研究，深入研究，大大地发扬他那颗热爱祖国，热爱人民，热爱祖国文化的拳拳赤子之心，永远纪念他，永远学习他。"所谓"重新认识"，主要是针对吴宓作为学衡派代表人物，曾长期被认为是顽固派、保守派。而这种评价是错误的。季羡林说："五四运动，其功决不可泯。但是主张有些过激，不够全面，也是事实，而且是不可避免的。有人主张，矫枉必须过正，不过正不足以矫枉。这个道理也可以应用到五四运动上。特别是用今天的眼光来看，五四运动在基本上正确的情况下，偏颇之处也是不少的，甚至是相当严重的。主张打倒孔家店，对中国旧文化不分青红皂白一律扬弃，当时得到青年们的拥护。这与以后的'文化大革命'确有相通之处，其错误是显而易见的。雨僧先生当时挺身而出，反对这种偏颇，有什么不对？他热爱祖国，热爱祖国文化，但并不拒绝吸收外国文化的精华。只因为他从不会见风使舵，因而被不明真相者或所见不广者视为顽固，视为逆历史潮流而动，这真是天大的冤枉。"从季羡林对吴宓认识的变化不难看出，对一个人功过是非的评价，需要接受历史的检验。

英文教授叶公超

季羡林在清华外文系读的专业虽然是德国文学，可英文是必修课，而且清华的授课习惯，一般都用英语，连德文课都不例外。教授季羡林一年级英语的老师，就是叶公超教授，这位叶先生非常聪明，一肚子学问，英文非常好。他上课很少穿西服，经常是绸缎质料的长衫，冬天则是丝绵长袍或者皮袍，用彩色丝带扎着裤腿，还打着蝴蝶结。他模仿英国绅士，嘴里叼只烟斗，头发梳理得油光可鉴，有时却又乱如枯草。季羡林以为如此装扮，无非为了吸引眼球，是假装名士派头。与他的穿着打扮如此精心形成对照的是他的教课方法。教材选用英国女作家Jane Austen（简·奥斯汀）的 Pride and Prejudice（《傲慢与偏见》）。他几乎从不讲解课文，一上课，就让坐在前排的同学从左到右依次朗读课文。读完一段，他大喊：Stop！然后问，大家有问题没有？没有人回答，他就要右边的同学接着读，直到下课。学生们摸到这个规律，谁要想读课文，就坐在前排；不想读，就坐后面。偶尔有学生提出问题，先生便大吼一声："查字典去！"从此学生再不提问，天下太平。

叶公超，1904年10月20日出生于江西九江，原名崇智，字公超。在教书十几年后，叶公超进入政界，1949年去台湾，1981年11月20日病逝于台北，终年77岁。叶公超是20世纪二三十年代著名的新月派文士。季羡林上大学的时候，写了不少散文。文稿《年》，季羡林自认为写得好。叶公超很欣赏这篇作品，令季羡林喜出望外。请看季羡林1934年2月19日的日记：

过午接到叶公超的信,说,他已经看过我的文章了,印象很好。尤其难得的是他的态度非常诚恳,他约我过午到他家去面谈。

　　我同长之去了,他说我可以写下去,比一般人写得强。他喜欢《年》,因为,这写的不是小范围的Whim,而是扩大的意识。他希望我以后写文章仍然要朴素,要写扩大的意识,一般人的感觉,不要写个人的怪癖,描写早晨、黄昏,这是无聊的——他这一说,我的茅塞的确可以说是开了。我以前实在并没有把眼光放这样大,他可以说给我指出了路,而这路又是我愿意走的。还有,我自己喜欢《年》,而得不到别人的同意,几天来,我就为这苦恼着。现在居然得到了同意者,我是怎样喜欢呢?他叫我把《年》改几个字,在《寰中》上发表。

季羡林受到叶老师鼓励,胆子大了起来。他又写了一篇文章《我是怎样开始写散文的》,交给叶老师,不料这次却碰了一个大大的钉子。叶公超把他叫去,将这篇稿子扔给他,铁青着脸说:"我一个字也没有看。"不用说,他认为这个初出茅庐的小子没有资格写此类文章。

1993年8月,季羡林的同门师弟王辛笛在香港《大公报》发表了一篇文章《叶公超先生二三事》,季羡林见了,顿有所感,写下了《也谈叶公超先生二三事》,满怀深情写出了六十年前的感觉。尽管对叶先生似有不敬,但他内心还是感谢叶先生的。他说:

　　不管怎样,我是非常感激公超先生的,我一生喜好舞笔弄墨,年届耄耋,仍乐此不疲。这给我平淡枯燥的生活抹上了一点颜色,增添了点情趣，难道我能够忘记吗？在这里我要感谢两位老师：一个高中时期的董秋芳（冬芬）先生，一个就是叶公超先生。如果再加上一位的话，那就是郑振铎先生。

庄严敦厚郑振铎

如同许多文学青年一样,大学时代的季羡林一度想当作家。他先后结识了不少文坛名宿,并与其中几位大家数十年保持着亦师亦友的关系。

郑振铎(1898—1958),笔名西谛,福建长乐人,当时担任燕京大学中国文学系教授,在清华兼课。季羡林喜欢旁听他的课。郑先生戴一副高度近视眼镜,课堂上挤满了听课的学生。他学识渊博,掌握大量的资料,口才又好,讲起课来,口若悬河,滔滔不绝。那时候社会上论资排辈风气严重,教授一般都有"教授架子",学生同教授交往,简直难以置信。可是同郑先生一接触,季羡林就发现他和别的教授截然不同。在郑先生身上,看不到一点架子,他一点没有论资排辈的恶习。他以完全平等的态度对待学生,说话非常坦率,有什么想法就直说,既不装腔作势,也不以势吓人。他从来不教训别人,总是亲切和蔼的。总之,看到郑先生,季羡林和同学们会想到一个有名的人物:《水浒传》中的及时雨宋公明。那时候郑振铎除在燕大、清华讲课之外,还兼着城里几所大学的课,他或坐黄包车,或乘校车,或骑毛驴,夹一个鼓鼓囊囊的大包,风尘仆仆来往于各大学之间,急匆匆走路的样子好像一只大骆驼。季羡林既景仰郑振铎学识渊博,又热爱他为人亲切平易,所以很愿意同他接触。只要有机会,总是去旁听他的课,有时候还约上几位好友去拜访郑先生。

郑先生家住燕园东门里的平房,外边有走廊,室内铺着地板,屋子里排满了珍贵的红木书架,整齐摆着珍贵的古代典籍,其中的明清小说、剧本在全国颇有名气。郑先生爱书如命，他认识许多书商，买书从不讲价钱，只要有好书，他就留下。什么时候有钱，什么时候付款。实在没钱就用别的书籍交换。他自己也印了一些珍贵图书，如《插图本中国文学史》《玄览堂丛书》等。有时候他也用这些书还书债。

那时候郑振铎同巴金、靳以一起主编大型文学刊物《文学季刊》，季羡林等文学青年应邀担任编委或特别撰稿人，看到自己的名字和那些文化名人的名字一起出现在杂志封面上的时候，他们确实有受宠若惊之感，心里既感激又兴奋。他们都认为，郑振铎先生对青年的爱护，除了鲁迅先生外，恐怕难以找出第二人。

季羡林大学毕业后回济南教书。郑振铎去上海主编《文学》，他们通过信。季羡林寄了一篇散文给郑先生，郑先生立即予以刊登。郑先生还准备为季羡林出一本散文集。后来季羡林赴欧洲留学，文集没有出成。1946年季羡林回国后途经上海，与臧克家和王辛笛去郑振铎家中拜访，郑先生请几个青年吃饭。郑先生的老母亲亲自下厨房为他们做福建菜。当时郑先生主编《民主》周刊，抨击独裁统治，被国民党反动派视为眼中钉，据说上了黑名单。当季羡林关切地询问此事时，郑先生面孔一下子涨红了，怒发冲冠，声震屋瓦，流露出极大的义愤与轻蔑，完全不同于他平时慈眉善目、和蔼平易的形象，表现出嫉恶如仇、怒目金刚的另一面。季羡林告诉郑先生自己应北京大学之邀，去教授梵文，郑先生十分高兴。1948年，郑振铎在他主编的《文艺复兴·中国文学专号》的《题词》中写道："关于梵文学与中国文学的血脉相通之处，新近的研究呈现了空前的辉煌。……在这个'专号'里，我们邀约了王中民先生、季羡林先生、傅斯年先生、戈宝权先生和其他几位先生们写这个'专题'。我们相信，这个工作一定会给国内许多做研究工作者们以相当的感奋的。"

新中国成立以后，郑振铎担任文化部副部长、国家文物局局长，季羡林与他的这位忘年交时相过从。他曾登上北海团城，去郑先生在那棵古老白皮松下的办公室拜访；也曾应邀去郑府吃饭，听主人眉飞色舞介绍他的藏书。他们一道参加新中国第一个大型文化代表团赴印度和缅甸访问，朝夕相处半年多的时间，季羡林对郑振铎的认识更加深了。觉得他就像一个不失其赤子之心的大孩子，胸怀坦荡，耿直率真。他喜欢同别人争辩，有时也说一些歪理。而他自己却一本正经，同人家抬杠而不知是抬杠，被戏称为"杠协主席"。出国前体检，血糖有好几个加号，他却毫不在意，点心照吃，酒照喝，豁然大度表现得淋漓尽致。1958年郑振铎在出访途中因空难殉职，当时季羡林正在莫斯科访问。听到飞机失事的消息，季羡林仿佛挨了当头一棒，惊愕得说不出话来。当他登上回国的飞机，发现郑振铎等六人的骨灰盒就在机舱内，不禁百感交集，悲从中来。季羡林说，几十年来，对郑先生的思念之情，"如烈酒，如火焰，燃烧着我的灵魂"。他对郑振铎的评价是"在我们眼中，西谛先生简直像长江大河，汪洋浩瀚；泰山华岳，庄严敦厚"。

文坛明灯巴金

巴金（1904—2005），原名李尧棠，字芾甘，四川成都人，祖籍浙江嘉兴。现代文学家、出版家、翻译家。同时也被誉为五四新文化运动以来最有影响的作家之一，是20世纪中国杰出的文学大师、中国当代文坛的巨匠。曾任第四届、五届、六届中国作协主席，第六届、七届、八届、九届、十届全国政协副主席，1982年4月2日，巴金获得但丁国际奖。巴金被认为"代表着中国大陆知识分子的良心"，巴金晚年提议建立中国现代文学馆和"文化大革命"博物馆，前者早已建成，后者未能实现。

季羡林上大学的时候，1932年9月23日，杨炳辰教授请吃饭，季羡林第一次见到巴金。他已经读过巴金的一些作品，认为他是一位很有学问的作家。那时候，巴金和郑振铎、靳以编辑大型文学刊物《文学季刊》，季羡林是撰稿人之一，他一直尊巴金为自己的老师。1933年巴金的长篇小说《家》出版，季羡林第一时间写出书评，发表在9月11日《大公报》文学副刊上。

1955年4月，他参加代表团赴印度参加亚洲作家会议，巴金是代表团副团长。1958年10月，他们又一道去塔什干参加亚非作家会议并访问苏联。"文革"结束以后，巴金的《随想录》出版，季羡林十分敬佩巴金先生忧国忧民、敢讲真话的精神。

2005年10月20日，笔者在河南开封出差，在招待所附近马路边的阅报栏看到了季羡林的一篇短文，标题是《悼巴老》：

巴金老人离开我们，走了，永远永远地走了。此事本在意内，因为他因病卧床不起有年矣；但又极出意外，因为，只要他还有一口气活着，一盏明灯就会照亮中国的文坛。鼓励人们前进，鼓励人们向上。

　　论资排辈，巴老是我的师辈，同我的老师郑振铎是一辈人，我在清华读书时，就已经读过他的作品，并且认识了他本人。当时，他是一个大作家，我是一个穷学生。然而他却一点架子都没有，不多言多语，给人一个老实巴交的印象。这更引起了我的敬重。

　　我觉得，一个作家最重要的品德是爱祖国，爱人民，爱人类。在这三爱的基础上，那些皇皇巨著才能有益于人，无愧于己。

　　巴金一生创作了大量的作品，在国内外广泛流传。特别是他晚年那些随笔，爱国爱民的激情，炽燃心中，而笔锋又足以力透纸背，更引起了广泛的注意和反响。

　　巴老！你永远永远地走了。你的作品和人格却会永远永远地留下来。在学习你的作品时，有一个人决不会掉队，这就是95岁的季羡林。

　　我知道巴金是11月17日去世的，想不到这样快就见到季老的悼念文章，我很吃惊。据我所知，此时季羡林因病住在解放军总医院，为了不影响治疗，有些"坏消息"，在医院照顾他的李玉洁对他是封锁的。听说他的好友臧克家、钟敬文逝世，当时都没有告诉他。我心里纳闷：这次，是怎么回事呢？

　　回北京以后，我问李玉洁老师，她告诉我："那天上海《新民晚报》编辑来电话，约悼念巴老的稿子。我怕老爷子听到，到楼道去接，跟人家说，季老有病，不敢把这消息告诉他。可一进屋，季老就说：'别瞒我了，我已经知道了。'说着，就拿出了稿子，说：'给人家发去吧。'也不知道他是什么时候写的。"这"坏消息"是如何走漏的呢？据说，有这样一个故事。不过，要说明的是，这是笔者听说的，并未向季老求证。有位热爱文学、关心文坛的小护士，听说上面有人动员季羡林担任作家协会主席，可是季羡林说什么都不答应。他说："只要巴老还有一口气，他就是我们的作协主席。"这天小护士来给季老打针，对季老说："季老，这次您该答应当作协主席了吧？巴老不在了，您就不要再推辞啦！"季老的第一反应就是："中国文坛的一盏明灯熄灭了。"趁李玉洁不在时，他写好了稿子。哦，原来如此。

不忘旧谊梁实秋

梁实秋（1903—1987），号均默，原名梁治华，字实秋。中国著名的散文家、学者、文学批评家、翻译家，国内第一个研究莎士比亚的权威学者，祖籍浙江杭州，出生于北京。

晚年梁实秋曾说过一生中有四个遗憾：一、有太多的书没有读；二、与许多鸿儒没有深交，转眼那些人已成为古人；三、亏欠那些帮助过他的人的情谊；四、陆放翁但悲不见九州同，现在也有同感。

他是国家社会党党员，否认文学有阶级性。早期梁实秋专注于文学批评，坚持将描写与表达抽象的永恒不变的人性作为自己的文学观，批评鲁迅翻译外国作品的"硬译"，不同意鲁迅翻译和主张的苏俄"文艺政策"，主张"文学无阶级"，不主张把文学当作政治的工具，反对思想统一，要求思想自由。这期间和鲁迅等左翼作家笔战不断。从1927年到1936年，论战持续了八年之久。1936年10月19日鲁迅不幸逝世，对垒式论战也自然结束。但是，这场论战产生的影响既深且远，它不因鲁梁论战的结束而结束。论战所产生的影响已超出鲁梁本身，论战性质也逾越了文学范畴，其余波延续至今。

季羡林与梁实秋结识，是1946年夏季，在南京的台城。季羡林刚刚从欧洲回来，在南京小住了一段时间。南京有他的老同学、好朋友李长之。李长之是当年清华"四剑客"之一，1936年毕业后，先留校任教，后到重庆中央大学，1945年到北碚编译馆任编审，1946年回到南京国立编译馆负责图书馆的工作。季羡林因为路径不通，回不了山东，又住不起旅馆，就住在李长之办公室里，晚上把几张办公桌一拼，就是他的"床"，早晨起来赶紧走人。白天人家要办公，季羡林无处可待，只能在外边溜达。编译馆在南京台城风景区，季羡林去得最多的地方就是台城了。什么鸡鸣寺、胭脂井，他去了无数次。再走远一点，出城便是玄武湖，波光潋滟，风光秀丽。季羡林没有心思游山玩水。素有"火炉"之称的南京，夏日中午酷热难耐，季羡林坐在台城古柳下乘凉，不禁想起了唐人韦庄的那首诗：

江雨霏霏江草齐，
六朝如梦鸟空啼。
无情最是台城柳，
依旧烟笼十里堤。

此时此刻，他当然不会赞成韦庄的观点，因为能给无处可去的他带来些许清凉的唯有这些台城的古柳了，可见它们是有情有义的。那时候季羡林的处境，有些像旧戏里的秦琼，没有心思观赏风景，他心里琢磨的是如何卖掉自己的黄骠马。

就在此时，季羡林从李长之处听说，梁实秋先生回南京来了，而且也在编译馆工作，他喜出望外。季羡林在清华读书的时候，读过不少梁实秋的文章，很欣赏他的文采，对他怀着敬仰之情。经李长之介绍，季羡林结识了梁实秋。那时梁实秋一家暂住在编译馆一间办公室内，三个孩子就睡在地板上，全家包伙吃饭。梁先生的人品谈吐令季羡林倾倒，没有任何繁文缛节，他们就成了朋友。梁先生在一家大饭店请季羡林吃饭，梁夫人程季淑和三个孩子——文茜、文骐、文蔷，大家坐在一起，饭菜精美，谈话无拘无束，其乐融融，季羡林如坐春风之中。关于那次梁先生宴请季羡林，他们都谈些什么，当事人没有留下文字。依笔者之见，他们可谈的话题还真不少：梁实秋1915年秋考入清华学校，1923年毕业后赴美留学，他们是清华先后的校友；回国后创办《新月》书店和《新月》杂志，与季羡林的老师叶公超是同事；1930年梁实秋到季羡林家乡山东大学任教；1932年编辑天津《益世报》副刊《文学周刊》，季羡林是撰稿人之一。他们肯定有聊不完的话题。这次见面，双方都会有相见恨晚之感。

梁先生1949年去了台湾。1987年，已到了耄耋之年的梁实秋仍命留在大陆的两个女儿文茜和文蔷看望季羡林，老先生不忘旧谊，令人感动。季羡林说，梁实秋是一位爱国作家，他的学术文章，功在人民，海峡两岸，有目共睹。他到暮年，依然企盼祖国的统一。只是当年他同鲁迅先生有过争论，鲁迅的那篇《丧家的资本家的乏走狗》被选入大陆的中学课本，许多人就仅仅凭这一点来评价梁实秋，季羡林认为，这是片面的、不公道的。

龙虫并雕王力

王力（1900—1986），字了一，广西博白县人。中国语言学家、教育家、翻译家、散文家、诗人，中国现代语言学奠基人之一。1926年考进清华大学国学研究院，1927年赴法国巴黎大学留学，回国后先后在清华大学、岭南大学、北京大学任教授。王力在语言学方面的专著有40多种，论文近200篇，共约1000万余字，内容几乎涉及语言学各个领域，有许多具有开创性。60年来，王力一直从事语言科学的教学和研究工作，为发展中国语言科学、培养语言学专门人才作出了重要的贡献。

季羡林在清华大学求学时，大约是1932年，与王力先生有过一次接触。他的老师吴宓先生请几个经常给《大公报》文学副刊写稿子的同学在工字厅西餐部吃饭，同桌便有王力先生。那时候王先生刚从欧洲回来到清华任教，师生之间界限森严，当学生的季羡林没有能跟这位新认识的王教授说上几句话。

1951年9月，季羡林参加中国文化代表团首次去印度和缅甸访问，代表团在广州停留了一段时间，做出国前的准备，翻译带出国的文件、资料。季羡林去岭南大学拜会恩师陈寅恪先生，王力先生时任岭南大学文学院院长。他出面接待北京来的客人。过了将近20年，又一次见到王力先生，季羡林感到很亲切。

1952年高校院系调整，全国所有研究语言理论的科系都并入北大，王力先生也来到北大，他们的接触渐渐多了。从宏观上说，王力与季羡林都是搞语言学研究的。但从微观上看，他们研究的对象大不相同。王力治语言学、汉语音韵学、汉语史、中国古文法、中国语言学史、中国诗律学、中国语法理论、现代汉语语法、同音字等等学问；季羡林则从事梵文、巴利文、吐火罗文的研究，两者可谓风马牛不相及。可是他们在一起开过不少的会。首先是政务院（后来的国务院）文字改革委员会，他俩都是一开始就参加了。王力负责汉语拼音方案的制定，季羡林则参与汉字简化工作。在相当长的一段时间，他们没少在一起开会。季羡林常常听到王力先生以平稳缓慢的声调，发表一些令人信服的卓见。"文革"结束以后，编纂《中国大百科全书》语言文字卷，他们又在一起工作了，在编纂过程中又开了不少的会。王力是语言学界公认的权威，许多重要问题，大家都想听一听他的意见。王力还承担一些重要词条的起草，别人对他的稿子提出不同意见，他总是耐心听取，心平气和地同年轻同事商量修改意见，没有一点权威的架子。

还有就是中国语言学会的工作。中国语言学会1980年10月21至27日在武汉举行成立大会。与会代表195人，全国30个省、自治区、直辖市和港澳地区都有代表参会。开幕式由吕叔湘主持，王力致开幕词。13位代表作学术报告。周有光向大会介绍中国文字改革委员会改组情况和正在进行的主要工作。代表们就制定语言学科规划交换了意见。大会选举王力为名誉会长，吕叔湘为会长，傅懋勣、季羡林、罗竹风、严学宭、朱德熙为副会长。王力为学会的建设付出了大量心血。几次大会，即使不在北京，也总不辞劳苦，亲自出席，大家都喜欢听他的发言或讲话。1983年在学会第二届年会上，季羡林当选会长。

季羡林用八个字概括王力先生的学风或者学术成就："中西融会，龙虫并雕。"

说他中西融会，是说王力先生继承了清代嘉乾以来诸位国学大师的衣钵，又吸取了西方汉学家的科学分析方法，在汉语音韵学和汉语史的研究中走出了一条新路。自此明末清初以来，汉语音韵研究领域大师辈出，顾炎武、戴震、钱大昕、段玉裁、章太炎、王国维，几代大师薪火相传，基本上搞清了汉语古音体系。但是也有不足，他们对发音部位、发音方法缺乏科学、细致的从生理学上加以审析，因而尚有模糊之处。而这正是西方汉学家的拿手好戏。瑞典汉学家高本汉研究汉语古音，自成体系，成绩斐然，受到胡适、林语堂等的尊崇。王力在清华国学院师承梁启超、王国维、陈寅恪、赵元任，又去法国巴黎大学深造，将中国优秀传统与西方科学方法结合起来，取人之长，补己之短，终成一代大师。

说他龙虫并雕，是说他既从事钻研探讨，青箱传世，皓首穷经，筚路蓝缕，独辟蹊径而名标青史；又注重普及工作，不遗"雕虫小技"。王力先生把自己的书斋命名为"龙虫并雕斋"，意思十分清楚：既雕龙，又雕虫，二者并重。从这里可以看出，王力具有远大的眼光和宽广的胸怀。他的小册子《诗词格律十讲》为无数青年学子打开中国诗词宝库的大门；他的《浙江人怎样学习普通话》《广东人怎样学习普通话》为普通话的推广发挥了不可估量的巨大作用。

王力先生秉性中正平和，待人亲切和蔼，从不疾言厉色，甚至从不大声说话。对人态度平等，无论对弟子，还是工作人员，一视同仁。北大有一位年轻的汽车司机告诉了季羡林这样一件事：有一次，这位司机奉命去家中接王力先生开会，恰好王先生正在写字。司机乘机向王力求字。王力欣然应允挥毫。还问了这位司机的姓名，郑重地题写：某某同志正腕。

王力先生确实人如其文，文如其人。为人为学都是本本分分，老老实实，只有实事求是之心，毫无哗众取宠之意。王力先生如同大多数知识分子一样，在政治运动中受到不公正的对待，事过之后却从不抱怨，真正做到"淡泊明志，宁静致远"。任劳任怨，勤奋工作，拼搏不息。是老一辈爱国知识分子的杰出代表。

一身正气周培源

周培源（1902—1993），生于江苏省宜兴县。著名流体力学家、理论物理学家、教育家和社会活动家。中国科学院院士，中国近代力学奠基人和理论物理奠基人之一。周培源于1924年毕业于清华大学，1927年在美国加利福尼亚理工学院学习，获博士学位。1929年回国后任清华大学物理系教授。1959年加入中国共产党。曾任清华大学教务长、校务委员会副主任，北京大学教务长、副校长和校长，中国科学院副院长。第五届全国人大常委会委员。政协第三、四届全国委员会常务委员。

1936年至1937年，据清华大学休假规定，周培源赴美国，在普林斯顿高等学术研究院从事理论物理的研究。其间参加了爱因斯坦（Einstein）亲自领导的广义相对论讨论班，并从事相对论引力论和宇宙论的研究。

1937年，他假满回国。不久，抗日战争爆发。7月底，平津沦陷。周培源受校长梅贻琦之托，安排学校南迁，曾先后任长沙临时大学和昆明国立西南联合大学物理系教授。在这期间，他抱着科学家应为反战服务，以科学拯救祖国危亡的志向，毅然转向流体力学方面的研究。1943年至1946年，周培源再次利用休假赴美国。他先在加利福尼亚理工学院从事湍流理论研究，随后参加美国国防委员会战时科学研究与发展局海军军工试验站从事鱼雷空投入水的战时科学研究。当时，周培源明确提出：不做美国公民；只担任临时性职务；可以随时离去。

1946年7月离职去欧洲参加牛顿诞生300周年纪念会和国际科学联合会理事会；

他还参加了在法国召开的第六届国际应用力学大会,并被这次大会以及会后新成立的国际理论与应用力学联合会选为理事。同年10月,周培源由欧洲重返美国。1947年2月,与夫人携三个女儿离开美国返回上海。4月回到北平,继续在清华大学担任教授。并相继担任清华大学教务长、校务委员会副主任。

1952年,在北京大学领导创办了中国第一个力学专业,即北京大学数学力学系力学专业,还领导建造了北京大学直径2.25米的三元低速风洞。

读者朋友从以上简略介绍不难看出周培源是一位什么样的科学家。他的一颗拳拳爱国之心和一身堂堂正气,在科技界、教育界是有口皆碑的。

季羡林在清华读书的时候,曾看到这位物理系的青年教授与妻子王蒂澂在校园里散步;1952年院系调整,清华理科并入北大,从那时候起,季羡林和周培源先生在一起开过不少会,但隔行如隔山,他们从无过往。他们由师生关系进而成为心灵相通的朋友,是在一个特殊的时间、特殊的场合。请看季羡林在《记周培源先生》一文中的记叙:

> 我真正认识周先生是在一个非常不正常的情况下,是在"十年浩劫"中。浩劫开始时一阵混乱过后,"群众组织"逐渐合并为两大派,这与全国形势是完全适应的。两大派一个叫所谓"天派",一个叫所谓"地派"。北大的两大派名称是"新北大公社"(天)和"井冈山"(地)。从整个运动过程看,这两大派都搞打砸抢,都乱抓无辜,都压迫真正的群众,真正的难兄难弟,枣木球一对,无法评论其是非优劣。但是从北大的具体情况来看,领导"新北大公社"的是那一位臭名昭著的"老佛爷",打出江青的旗号,横行霸道,炙手可热。她掌握了全校的行政财政大权,迫害异己。我与此人打过多年交道,深知她不学无术,语无伦次,然而却心狠手辣,想要反对她,需要有一点牺牲精神。

我在运动初期不可避免地被打成"反动学术权威"。经过了一阵阵的惊涛骇浪，算是平安地过了关。虽然仍然被工作组划在"临界线"上，但究竟属于人民内部，蛮可以逍遥自在了。

但我是一个颇爱打抱不平的人，虽然做不到"路见不平，拔刀相助"的程度，有时候也抑制不住自己，惹点小乱子。对于这一位"老佛爷"的所作所为，我觉得它不符合"毛主席的革命路线"。其实我也不真懂什么是"革命路线"，我只觉得她对群众的态度不对头。于是我便有点"蠢蠢欲动"了。

出乎我的意料，又似乎是在意料之内，周培源先生也挺身而出，而且干脆参加了反"老佛爷"的组织，并且成为领导成员。在这期间，我一次也没有私下见过周先生。他为什么这样做，我毫无所知。只记得北大两大派在大饭厅（今天的大讲堂）中举行过一次公开的辩论，两派的领导都坐在讲台上。周先生也俨然坐在那里，而且还发了言。他的岁数最大，地位最高，以一个白发盈巅的老人，同一群后生坐在一起，颇有点滑稽。然而我心里却是充满了敬意的：周先生的一身正气在这里流露得淋漓尽致。后来，"老佛爷"大概对周先生这样一位有威望的教授起来反对自己极为不安，于是唆使亲信对周先生大肆攻击。"十年浩劫"中对立派之间罗织罪名，耍弄刀笔，达到了惊人的程度，这是大家都知道的事实。"老佛爷"对周先生当然更是施出了全身解数，诬陷污蔑。我得知，周先生参加的组织竟也为周先生立了专案组，调查他的一生行动。我当时真感到心里不是滋味。此事周先生恐怕至今也不知道。我在这里不想责怪什么人。大家都是在形势所迫下进行思考，进行活动的。

我呢，我也上了牛劲，终于经过长期的反复的思考与观察，抱着"粉身碎骨在所不辞"的决心，"自己跳了出来"，也参加了那个反

"老佛爷"的组织。这一跳不打紧，一跳就跳进了"牛棚"，几乎把老命给赔上。

大家都知道，周培源当时是中央明令保护的少数专家之一。他参加群众组织，很快受到上边什么人的批评。周先生不得已，在一次群众大会上公开宣布："我退出群众组织，保留个人观点。"就这样，他仍然无法逃脱"老佛爷"的迫害和追杀。1967年12月22日，在"牛棚"受尽折磨的季羡林奉命不要出去劳动，要待在牢房等待"批斗"。但是等到中午，也未见有人来"押送"他去批斗会场。怎么回事呢？有难友悄悄告诉他，昨天晚上，"老佛爷"抄了周先生的家，周培源侥幸没有在家，所以未被"揪"住。"老佛爷"本来是要把周培源"揪出来"，大规模批斗，安排人押季羡林"陪斗"的。下午季羡林被押出牢房劳动，发现墙上、地上写满大字标语"打倒猪配猿！"可以想见"老佛爷"及其喽啰的气急败坏和咬牙切齿之状。季羡林说：

> 我一生做的事自己满意的不多。我拼着老命反"老佛爷"一事，是我最满意的事情之一。它证明我还是一个有正义感的人，不是一个贪生怕死的胆小鬼。
>
> 风暴过后，我同周先生的接触多了。我们从来没谈过我上面说的那些事情。过去的就让它过去吧！但是，周先生的一身正气，两袖清风的风范却日益引起我的敬佩，是我一生学习的好榜样。

"十年浩劫"期间，周培源先生的一身正气不仅表现在他反对"老佛爷"上。对那位中央"文革"小组的组长，他也敢顶撞。陈伯达要批"相对论"，提出"打倒爱因斯坦，批倒、批臭"。周培源作为爱因斯坦的弟子，当着陈伯达和军代表的面明确表示:"狭义相对论已被事实证明,批不倒;广义相对论学术界有争论,可以讨论。"

　　1981年辞去北大校长职务以后,周培源致力于三峡工程的调查研究。

佛学大家赵朴初

赵朴初（1907—2000），安徽省太湖县人，中国社会活动家、宗教领袖、诗人、书法家、佛教居士。中国佛教协会会长，中国作家协会理事，中日友好协会副会长、顾问，中国红十字会名誉会长，中国人民争取和平与裁军协会副会长。第一至第五届全国人大代表，第一、二、三届全国政协委员，第四、五届全国政协常务委员。

赵朴初，1907年11月5日生于安庆，1911年随父母迁回老家太湖县寺前河居住。早年求学于苏州东吴大学（现苏州大学）。

赵朴初的母亲陈慧是虔诚的佛教徒。1914年夏日的一天，七岁的赵朴初看到一只蜻蜓在蜘蛛网里挣扎，不一会儿，蜻蜓被越缠越紧，渐渐不能动弹。赵朴初转身到厨房找来一根竹竿，把蜘蛛网耐心地挑开，将蜻蜓救出。母亲见了，非常高兴，第二天带儿子去廨院寺烧香。佛事结束后，母亲与先觉师父闲谈，说起儿子会对对子了。师父听了，指着庙中的火神殿，出了一句上联："火神殿火神菩萨掌管人间灾祸"。赵朴初想了想道："观音阁观音大佛保佑黎民平安"。先觉师父笑了，对陈慧说："这孩子将来必成大器。"

1935年秋天，圆瑛法师在上海兴办圆明讲堂，经他介绍，赵朴初皈依佛门，成了在家居士。佛教传入中国后，居士一般指隐居不仕之士、佛教居家修行人士、所有非出家的学佛人士。赵朴初就属于居家修行人士。在圆明讲堂，赵朴初接触了卷帙浩瀚的佛经。在经卷和高僧的影响下，赵朴初将自己在私塾和东吴大学所学的知识,融会贯通到佛学中去;他的诗书造诣与日俱进。

1945年12月30日,赵朴初与马叙伦、王绍鳌、林汉达、周建人、雷洁琼等在上海成立以"发扬民主精神,推进中国民主政治之实现"为宗旨的政党——中国民主促进会。此后,赵朴初历任民进上海分会副主任,民进上海市委主委,民进中央委员、常委、副主席,民进中央参议委员会主任,是中国民主促进会德高望重的卓越领导人。赵朴初同志始终热爱中国共产党,一以贯之地拥护中国共产党的领导。他同周恩来、邓小平等中共中央领导人有着亲密的友谊。他长期担任民进中央和全国政协的领导职务,积极建言献策,发挥参政议政和民主监督的作用,为发扬同中国共产党团结合作的优良传统,为巩固与发展爱国统一战线,为坚持中国共产党领导的多党合作和政治协商制度,为建设有中国特色的社会主义事业,付出了心血和汗水,做出了重要贡献。

季羡林同赵朴初是在工作中结识的朋友。季羡林早就知道赵朴初是著名的佛教居士、中国佛协的领导人,造诣高深的佛学理论家,又是蜚声书坛的书法家,还是有悠久革命经历的国务活动家。真正是口碑载道,是人们景仰的对象。可就是这样一位名人,一位大人物,却丝毫没有名人的架子,大人物的派头。同他一接触,就被他那慈祥的笑容所感动,使人如坐春风,如沐春雨,感到无比的温暖和幸福。季羡林同赵老接触不很多,但是,每会面一次,就增强一次这样的感觉。

季羡林同赵老相处最长的一次是在1986年。当时,班禅副委员长率团赴尼泊尔访问,中央派了一架专机,赵老和夫人陈邦织女士是主要陪同人员,季羡林作为全国人大常委也在其中。这是一次愉快的行程。他们坐在飞机最前面的特别包厢里,中间一张小桌,两边各坐二人,赵老和班禅一边,季羡林和陈邦织女士一边。飞机飞临珠穆朗玛峰上空,接到尼泊尔加德满都的电话,说那里晨雾未消,不能降落,请飞机放慢速度。刚登上飞机时,飞机起飞,要系好安全带。但是,班禅大师的安全带两端合不拢,他笑着说:"你看我这肚子!"一句话,把大家都说乐了。过了不久，加德满都方面来电话说，飞机可以降落了。季羡林对班禅大师说："这是托大师的洪福！"班禅笑着回答："我跟你一样！"可见班禅大师是一位多么平易近人的活佛。季羡林送给赵老一本刚出版的《原始佛教语言问题》，请求指正。朴老还没有来得及看，陈邦织却一路手不停披，等到飞机在加德满都机场着陆时，她已经把全书看得差不多了。季羡林心里不由暗暗钦佩陈邦织读书之勤。

在加德满都，代表团被安排住在全城最高级的大饭店里。饭店里有中西多个餐厅。经常是吃一顿饭换一个餐厅，遍尝了许多国家的名菜，赵老是虔诚的佛教信徒，坚持素食，几十年如一日。所以不同别的同志一起吃饭。但因同在一层楼，房间相距不远，见面的机会是有的。有一天，赵老夫妇忽然来敲季羡林的房门，开门时发现陈邦织手持一幅赵老刚写好的字，这是赵老对季羡林赠书的还礼。季羡林哪里会想到在异乡做客时竟能获得赵老的墨宝呢？他喜出望外，如获至宝，双手去捧接，心想家中又得到了一件传家宝物。

从尼泊尔回国以后，季羡林还曾多次见到过赵老。在人民大会堂招待星云大师的宴会上、在人民大会堂不同的厅里召开的不同的会议上、在广济寺召开的讨论清代大藏经雕版的会上，季羡林都同他见过面。虽然说话不多，但是，季羡林觉得，赵老那真正体现了佛教基本精神慈悲为怀的人格的魅力却在无形中净化了自己的灵魂。季羡林毕生同佛教研究打交道，虽不是真正的佛教信徒，但是，他对佛教的最基本的教义万有无常却异常信服。认为这真正抓住了宇宙万有的根本规律，是谁也否定不掉的。

赵老已经参透了人生的奥秘。他曾经预言，季羡林会"笑着走"。他的预言得到了应验。他在遗嘱中用诗歌表达了他的生死观："生固欣然，死亦无憾。花落还开，水流不断。我兮何有，谁欤安息。明月清风，不劳寻觅。"季羡林则把陶渊明的四句诗作为自己晚年的座右铭："纵浪大化中，不喜亦不惧，应尽便须尽，无复独多虑。"赵老和季老已经先后驾鹤西行，他们的人格魅力永远感召着后人。

三松堂主冯友兰

哲学家冯友兰（1895—1990）是季羡林老师辈的学者。1926年，季羡林在济南高中读书，课程中除了中外语文、历史、地理、心理、伦理、《诗经》、《书经》等以外，还有一门哲学课，用的课本就是冯友兰的《人生哲学》。当时季羡林只十五岁，既不懂人生，也不懂哲学。但是对这一门课的内容，颇感兴趣。因此冯友兰的名字，就深深地印在他的心中了。后来，季羡林考进清华大学，第一次见到冯友兰。那时冯友兰是文学院长。在大学期间，季羡林没有上过他的课，只是偶尔听他的报告和讲话。1935年，冯友兰与德国方面谈判，达成了互换研究生的协议，季羡林才得到赴德国留学的机会。每念及此，季羡林都对冯友兰心怀感激。

1946年，季羡林从欧洲回来在北大执教，冯友兰也从西南联大返回清华。又过了不久，就迎来了解放。冯友兰和清华、北大师生共同度过了一段既感到光明，又感到幸福的时刻。后来才知道，他曾给毛泽东主席写过一封信，毛主席回复了一封比较长的信。这封信冯先生一直珍藏着。"十年浩劫"期间，季羡林听冯友兰亲口读过，他当时是异常激动的。

解放不久，我国政府组成文化代表团，应邀赴印度和缅甸访问。数十年后，季羡林还清楚记得，他和冯友兰在佛祖释迦牟尼打坐成佛的金刚座旁流连瞻谒，季羡林从印度朋友手中接过几片菩提树叶，而冯友兰则郑重地捧起一抔金刚座上的黄土装进口袋。

冯友兰一生治中国哲学史，坚韧不拔，百折不挠。为了这门学问，他不知道受了多少批判，他提倡的道德抽象继承论，也受到了不知道多少批判。在相当长一段时间内，他只是被当作一个"反面教员"，一个供人批判的靶子。但是，他能同时在几条战线应战，没有被打垮。他坚持真理，修正错误，经常修订他的《中国哲学史》。他一生坎坷，以奇特的乐观精神和适应能力，不断追求真理，追求光明，忠诚自己的学术事业，热爱祖国，热爱祖国传统文化，真正体现了人生的价值。

在"文化大革命"初期，冯友兰被打倒、遭批斗、关"牛棚"，备受凌辱。而在后期，"四人帮"组织写作班子，出于"批林批孔"的政治需要，吸收冯友兰和魏建功、林庚、周一良参加。在"四人帮"的"顺者昌，逆者亡"的强大政治压力下，许多学人趋尚世风，违心地或者自愿地写了许多应时之作。冯友兰当时压力极大，他虽然从心底里反感"四人帮"的那一套，但在"要相信党，相信群众"的思想指导下，也不得已"依傍党内的'权威'的现成说法，或者据说是他们的说法"而写了《对于孔子的批判和对于我过去的尊孔思想的自我批判》及《复古与反复古是两条路线的斗争》两篇文章，在社会上引起很大反响。1975年，他的《论孔丘》一书正式出版。书中观点与以前迥然不同。这显然是在强大政治压力下的违心之作。他后来亦坦诚地说道："我在当时的思想，真是毫无实事求是之意，而有哗众取宠之心，不是立其诚而是立其伪。"（《三松堂自序》）这既是冯氏个人的无奈，也是新中国成立以来知识分子群体的一大悲剧。

经过50—60年代的教训以及70年代的思想折腾，冯氏决意空所依傍，直陈己见，决意重写中国哲学史，以舒解胸中积压多年之郁闷。自1980年开始，冯友兰以耄耋之年，展老骥之志，开始重写《中国哲学史新编》，并明确申明只写"自己在现有马克思主义水平上所能见到的东西，直接写我自己在现有的马克思主义水平上对于中国哲学史和文化的理解和体会，不依傍别人"。从而真正把自己80年来对中国哲学及文化研究所得之理解、体会写出来，成为一家之言。经过十年的艰苦努力，终于在1989年完成了七卷本的《中国哲学史新编》，了却了一大心愿。季羡林的评价是"芝生先生晚节善终,大节不亏"。

冯友兰在八十八岁自寿联中写道:

何止于米,相期以茶。

胸怀四化,寄意三松。

"三松"指冯友兰在北大燕南园57号住所前的三棵松树。冯的书斋即命名为三松堂。冯友兰虽心怀大志,毕竟年事已高。1990年秋,季羡林去医院看望他,已有诀别的意味,没想到他竟奇迹般地出院了。可就在大家张罗着为他庆祝九十五岁寿辰的时候,这位老先生悄然逝去了。

讲到季羡林对师辈学者执弟子礼的情形,他的学生钱文忠是亲历者。钱文忠在1996年写了一篇《经师人师的风范》,记录了他陪季羡林去给几位老先生贺年的情景。他写道:

> 1990年1月31日,先生命我随侍前往燕南园向冯友兰、朱光潜、陈岱孙三老贺年。路上结着薄冰,天气极为寒冷,也已是八十高龄的先生一路上都以平静而深情的语调,赞美三位老先生的为人治学,先到朱先生处,只有夫人奚先生在家,先生身板笔直,坐在旧沙发的角上,恭恭敬敬地贺年;再到冯先生三松堂,只有宗璞和蔡仲德先生在家。《冯友兰先生年谱初编》记其事曰"未遇",先生身板笔直,坐在旧沙发角上,恭恭敬敬地贺年;最后到陈先生处,陈先生倒是在家,见先生来访,颇为惊喜,先生仍是身板笔直,坐在旧沙发角上,恭恭敬敬地贺年,其时两卷本《陈岱孙文集》正好出版,陈先生从内室取出书,题签,起身,半躬着腰,双手把书送给先生,先生也是起身,半躬着腰,双手接过,

连声说:"谢谢,谢谢。"冬天柔和的阳光,照着两位先生的白发……这几幕场景一直鲜明地印在我的记忆中。

钱文忠的记载相当生动传神,可以给季羡林同师友的交往"立此存照"。

美学巨擘朱光潜

朱光潜（1897—1986），号孟实。桐城（今枞阳县麒麟镇）人。北京大学教授，著名美学家、文艺理论家、教育家、翻译家，中国现代美学奠基人。

1925年，朱光潜考取安徽官费留英，先后获英国文学硕士和法国国家博士学位。回国后，先后任北京大学西语系、中文系和清华大学中文系研究班教授，参与发起并主编《文学杂志》。抗日战争爆发后，朱光潜先后任四川大学文学院长和武汉大学教务长。抗战胜利后，朱光潜未接受去安徽大学当校长的邀请，回北京大学文学院任代理院长。北京解放前夕，国民政府派专机接"知名人士"去台湾，名单上朱光潜列名第三。但朱光潜毅然决定留下，继续在北京大学执教。

朱光潜是中国大量翻译介绍西方美学经典著作的第一人。他视野开阔，对东西方文化都有很高造诣。他700万字的论著和译著已由安徽教育出版社出全集。朱光潜学贯中西，创造了自己的美学理论，在我国美学教学和研究领域作出了开拓性的贡献，在我国文学史和美学发展史上享有重要地位，是我国近代继王国维后的一代美学宗师。

在北大老师辈的老先生中，朱光潜是真正教过季羡林课的。季羡林在清华大学西洋文学系上学的时候，朱光潜是北京大学的教授，在清华大学兼课，他只教一门选修课文艺心理学，实际上就是美学。季羡林选了这一门课，认真地听了一年。他感觉到这一门课非同凡响，是他最满意的一门课，比那些英、美、法、德等国的外籍教授所开的课好到不能比的程度。朱先生上课没有废话，每一句话都清清楚楚。

他介绍西方各国流行的文艺理论，有时候举一些中国旧诗词做例子，并不牵强附会，学生一听就懂。对那些古里古怪的理论，他确实能讲出一个道理来，听起来津津有味。季羡林觉得，朱先生是一个有学问的人，一个在学术上诚实的人。每周盼望上课，成为他的乐趣。

十几年后季羡林到北大工作，朱光潜先生也回到北大。他们住的地方相距不远。朱光潜当时是西方语言文学系主任，季羡林是东方语言文学系主任，办公室相隔也不远。昔日师生，今天同事，格外亲切。朱光潜编了一个杂志，邀季羡林写文章。季写了一篇介绍《五卷书》的文章，发表在那个杂志上。到了北平解放前夕，按朱先生的地位，他完全有资格乘南京派来的专机离开中国大陆。然而他没有这样做，他毅然留了下来，等待北平的解放。朱先生选择了一条唯一正确的道路。

这一条道路当然决不平坦。此后三十多年的风风雨雨，几乎所有的老知识分子都备受磨炼。最突出的当然是"十年浩劫"。朱光潜被关进了牛棚。季羡林也进了牛棚。几十年前的师生成了"棚友"。朱先生在牛棚里的情景，季羡林始终不能忘记。他发现在那种阴森森的环境中，朱先生居然还在锻炼身体，季羡林非常吃惊，而且替他捏一把汗。晚上睡下以后，朱先生在被窝里做运动，早晨他还偷跑到一个角落里去打太极拳。有一次被"监改人员"发现了，大大地挨了一通批。这是一件微不足道的小事，然而它的意义却不小。从中可以看到，朱先生对自己的前途没有绝望，对我们的事业也没有绝望，他执着于生命，坚决要活下去。否则的话，他尽可以像一些别的难兄难弟一样，破罐子破摔算了。

"文革"结束以后，朱光潜以古稀之年，重振精神，从事科研、教学和社会活动。他的生活很有规律。每天早晨，人们总会看到一个瘦小的老头儿在北大图书馆前漫步。在工作方面，他达到了壮心不已的程度。朱光潜学风谨严，勤学好问。他曾多次问季羡林关于古代印度宗教的问题。他对中外文学都有精湛的研究，这是学术界公认的。他的文笔流利畅达，这也是学者中间少有的。他译完了黑格尔的美学，又翻译维柯的著作。这些著作内容深奥难治，能承担这种翻译工作的，并世没有第二人。朱光潜以他渊博的学识和湛深的外语水平，兢兢业业，勤勤恳恳，争分夺秒，终于完成了这项艰巨的工作，得到了学术界普遍的赞扬。

朱光潜是中国美学的奠基人，季羡林是中国东方学的奠基人，两位学术巨人之间的友谊传为佳话。

逻辑学家金岳霖

金岳霖，哲学家，逻辑学家。1914年毕业于清华学堂，后留学美国、英国，又游学于欧洲诸国，后从事研究工作。回国后主要执教于清华大学和北京大学。著有《逻辑》《论道》和《知识论》。其中《论道》原创性思想之丰富，在中国现代哲学中十分罕见，被贺麟称为"一本最有独创性的玄学著作"。而《知识论》更在中国哲学史上首次构建了完整的知识论体系。

王浩、冯契、沈有鼎、殷海光等著名学者皆出于金岳霖门下。

金岳霖1914—1921年在美国宾夕法尼亚大学、哥伦比亚大学学习政治学，获哥伦比亚大学政治学博士，之后在英、德、法等国留学和从事研究工作，1925年回国，1926年在北京清华大学任教授，创办清华大学哲学系。后来，他又任西南联大哲学系教授、清华大学哲学系主任和文学院院长、北京大学哲学系教授和系主任、中国科学院和中国社会科学院哲学研究所研究员和副所长。1954年被选为中国科学院哲学社会科学部学部委员，1979年被选为中国逻辑学会会长。1953年加入中国民主同盟，曾任中央委员、中央常委。

金岳霖先生是第一个运用西方哲学的方法，融会中国哲学的精神，建立自己哲学体系的中国哲学家。他创建的哲学体系，包括本体论和知识论。《论道》一书是他的本体论；《知识论》一书是他的知识论，即通常所说的认识论。他的知识论以他的本体论为基础。

金岳霖先生最早把现代逻辑系统地介绍到中国；他深入研究了逻辑哲学，把逻辑分析方法应用于哲学研究，取得了显著的成绩。金先生认为，"各种学问都有它自己的系统""既为系统，就不能离开逻辑"。就是说，各门学问要系统化，都必须运用逻辑工具。哲学这个学问也不例外，如果要精确化和系统化，也必须完善和发展逻辑工具。金岳霖先生本人的哲学就以细密的逻辑分析见长，他的著作有精深分析和严密论证的特色。

在哲学本体论方面，他提出了"道""式""能"三个基本哲学范畴，认为个别事物都具有许多殊相，而殊相表现共相。个别事物还具有一种不是殊相和共相的因素，这就是能。那些可以有能但不必有能的"样式"就是可能。由所有可能构成的析取就是式。他认为，能出入于式中的可能是事物的变动生灭乃至整个现实世界的过程和规律，也就是道。

金先生的绝大部分文章和3本专著都完成于1948年底以前。

金先生的高足王浩写过一篇《金岳霖先生的道路》，他认为：

> 金先生于1949年以前及以后追求了两个很不相同的理想。这两种理想在今天都值得推荐，值得追求。但我不以为一个人可以同时追求这样一对难于兼得的理想。
>
> 1949年以后的理想，可以说是以哲学作为一项思想上的武器，为当前国家的需要直接服务。1949年以前的理想则是以哲学作为一项专门的学问来研究，逐渐扩展后来者的眼界，改进他们的精神生活。

1958年，金岳霖参加一个文化代表团访英。王浩当时正任教于牛津大学，便安排老师在牛津哲学教师会作了一个不长的报告。金岳霖谈到，因为马克思主义救了中国，所以他放弃了以前所研究的学院哲学，转成一个马克思主义者。据王浩回忆，当时听讲的大部分教师觉得像这样的论证太简单了一些，"可是因为金先生的英式英语特别高雅漂亮,牛津的教师大多数对他很尊敬"。

其实王浩所说的追求两个理想的现象,绝非金岳霖先生所独有,中国知识界多数人走过的道路都是如此。

1955年,金岳霖离开北大,调任中国科学院哲学研究所副所长。另一位副所长告诉他应该坐在办公室办公。他在办公室待了一上午,也没弄明白如何"办公"。

季羡林1956年加入中国共产党,金岳霖也是同年入党的。金先生说:"解放后,我们花大功夫,长时间,学习政治,端正政治态度。我这样的人有条件争取入盟入党,难道我可以不争取吗?不错,我是一个搞抽象思维的人,但是,我终究是一个活的、具体的人。"

研究者称,金岳霖的转变,乃是一个时代知识分子的普遍选择。从追求一个理想,转而追求另一个理想,是政治形势使然。他追求前一个理想所获得的成就人所共见,而追求后一个理想效果如何,这就仁者见仁、智者见智了。季羡林把自己也归入金先生一类知识分子。他在清华上学的时候,听过金先生的课。新中国成立以后,他们很长一段时间担任政协委员,有十几年时间经常在一起开会。他说:

> 金岳霖先生是伟大的学者,伟大的哲学家。他平常非常随便,后来他在政协待了很多年,我与金岳霖先生同时待了十几年,开会时常在一起,同在一组,说说话,非常随便。有一次开会,金岳霖先生非常严肃地作自我批评,绝不是开玩笑的,什么原因呢?原来他买了一张古画,不知是唐伯虎的还是祝枝山的,不清楚,他说这不应该,现在革命了,买画是不对的,玩物丧志,我这个知识分子应该做深刻的自我批评,深挖灵魂中的资产阶级思想,真的!当时我也有点不明白,因为我的脑袋也是驯服的工具,我也有点吃惊,我想金先生怎么这样呢?(季羡林《一个真正的中国人,一个真正的中国知识分子》)

这个例子可以说明，新中国成立以后知识分子的思想改造，尽管不一定都是自觉自愿的，但绝大多数是真心诚意的。因为不仅仅是金先生，还有汤用彤先生，还有季羡林本人，他们莫不如是。汤用彤晚年坐在轮椅上，经常说：感谢党救了我，感谢党改造我。据季羡林东语系的同事回忆，1970年他填过一首小令，通过这首当年刊登在东语系黑板报上的小令，读者不难窥见他"思想改造"的真诚。题目是《卜算子·颂五七指示》：

盲人骑瞎马，
夜半临深池。
燕园深院惊回首，
不堪忆往时。
五七道路广，
方向定须知。
六十年来一觉梦，
工农是吾师。（转引自裴晓睿《师道之光》，见《永远的怀念——我们心中的季羡林先生》，北京大学出版社2010年版，第118页。）

　　可见，他们的态度都是真诚的，是不讲假话的。

第六章

文坛密友

"京味"作家老舍

老舍，舒庆春先生笔名。1899年2月3日出生在北京西城小羊圈胡同（现名小杨家胡同），满族正红旗人，父亲是一名满族的护军，阵亡在八国联军攻打北京城的巷战中，老舍出身于北京一个贫苦旗人家庭。一岁半丧父，襁褓之中的老舍，家里曾遭八国联军的意大利军人劫掠，还是婴儿的老舍因为一个倒扣在身上的箱子幸免于难。老舍九岁得人资助始入私塾。1913年，考入京师第三中学（现北京三中），数月后因经济困难退学。1918年老舍毕业于北京师范学校。老舍就任小学校长的第二年，爆发了五四运动。他自称只是"看见了五四运动，而没在这个运动里面，……对于这个大运动是个旁观者"（《我怎样写〈赵子曰〉》）。但五四时期兴起的新的时代潮流，包括文学革命在内，仍然冲击着他的心灵。本来，军阀政府基层机构的腐败，混迹其间的卫道者们的虚伪，在这个刚刚来自社会底层的年轻人的眼中，无处不是破绽和丑态，难以与他们安然相处。当"五四"民主科学、个性解放的呼声，把他从"兢兢业业地办小学，恭恭顺顺地侍奉老母，规规矩矩地结婚生子"的人生信条中惊醒，他作出了新的抉择。

1922年9月，老舍辞去所有职务，到以开明新派著称的天津南开学校中学部任国文教员，在那里写下了第一篇新文学习作《小铃儿》。次年回到北京，任顾孟余主持的北京教育会的文书，同时在第一中学兼课，业余时间到燕京大学旁听英文。1924年夏，赴伦敦大学东方学院任华语教员并从事文学创作。1926年发表了第一部长篇小说《老张的哲学》，这标志着老舍文学创作道路的开端。接着，又发表了

《赵子曰》《二马》，从而奠定了他在现代文学史上的地位。1929年老舍取道新加坡回国。在新加坡写了中篇小说《小坡的生日》，这是一部儿童文学作品，描写了生活在新加坡的华侨少年与各被压迫民族的小伙伴一起，反对强权奴役的故事，体现了团结奋斗、强国救民的思想。1930—1936年，老舍先后在济南齐鲁大学和青岛山东大学任教。此间，他看到第一次国内革命战争失败后日本帝国主义的肆意侵略和国民党反动派的卖国行径，创作了长篇小说《大明湖》，为济南人民以及所有蒙受侵略之苦的祖国人民抒发愤慨。

季羡林上高中的时候，就喜欢读老舍的作品，什么《老张的哲学》《赵子曰》《二马》，他都读过。后来老舍每有新作发表，季羡林都要先睹为快。季羡林觉得，老舍和别的作家不一样，他的语言生动幽默，是地道的北京话，偶尔夹杂一点山东俗语。老舍是季羡林毕生最喜爱的作家之一。他和老舍先生相识，是他的老同学李长之介绍的。季羡林在清华上学的时候，老舍正在济南齐鲁大学教书。有一年暑假，回到济南的李长之告诉季羡林，家里要请老舍先生吃饭，要季羡林作陪。季羡林喜出望外。当然，不知老舍是否有"教授架子"，心里还是有几分忐忑。见面后发现，老舍完全不是他想象的那样，一点架子都没有。季羡林同他一见如故。老舍谈吐自然，和蔼可亲。特别是他那一口道地的京腔，铿锵有致，听他说话，简直就像听音乐一样，是一种享受。

解放以后，50年代初，召开了一次汉语规范化会议，这是新中国语言学界第一次盛会，老舍、叶圣陶、吕叔湘、黎锦熙、季羡林、侯宝林、马增芬等都到会了。大家兴致很高，会议气氛十分融洽。那时候还不时兴公款吃喝。会后，老舍先生要自掏腰包请大家吃一顿地道的北京饭，大家欣然前往。老舍在西四砂锅居请代表们吃蒜泥白肉。其实这是典型的满族饭食。老舍和饭馆的经理、大厨和小伙计都是朋友，服务热情周到，饭菜味道极佳，给代表们留下了深刻印象。

老舍先生的道德文章，光如日月，巍如山斗，自不待言。可在季羡林的记忆里，有一件小事，却反映老舍先生对朋友体贴入微的关怀。在季羡林还没有搬到城外，住在翠花胡同的时候，有一天去东安市场北门的一家理发馆理发，发现老舍先生也在那里，躺在椅子上，下巴上白糊糊一团肥皂沫，正让理发师刮脸。此时此地不方便交谈，他们简单打了招呼，就没有再说什么。过了一会儿，季羡林躺在理发椅子上从镜子里看见老舍先生同他告别，见着他的背影走出门去。等季羡林理完发要付钱的时候，理发师说，老舍先生已经替他付过了。细微之处见精神，平凡之中见伟大，一件小事，足见老舍先生的为人。可惜，在那个黄钟毁弃、瓦釜雷鸣的"史无前例"的日子里，人民艺术家老舍先生不堪凌辱，永远地去了。

终生挚友臧克家

2004年2月,著名诗人、文学家臧克家去世了。笔者知道季老和臧老是挚友又是同乡,就悄悄问在医院护理季羡林的李玉洁老师:"老先生知道这消息么?"李老师正色道:"可不敢告诉老先生!"可是没有不透风的墙,后来先生还是知道了,写了一篇《痛悼克家》纪念自己的老友。在这篇悼文中,季老引用了臧克家的著名诗句:"有的人死了,他还活着。"他说,臧克家本人就是这样的人。

臧克家(1905—2004)是山东诸城人,比季羡林年长六岁。1930年至1934年,季羡林在清华大学上学,臧克家则在青岛山东大学学习,他们在学生时代并不相识。没有见面,并不影响他们打"笔墨官司"。30年代臧克家的诗集《烙印》出版,里面有一首描写人力车夫的诗,季羡林认为其中有一处败笔,就写文章加以批评。那首描写黄包车夫的诗里有这样两句:夜深了不回家,还等什么呢?

季羡林认为:连三岁孩童都明白,等什么?无非是想多拉趟活儿,给老婆孩子买点儿吃的。诗人浓墨重彩的描述,有点像挥舞着宝剑赶苍蝇,显得滑稽。可是这类事情,见仁见智,一般都不会有什么结果的。可季羡林与臧克家有所不同。1979年4月,臧克家将新印的诗集寄给季羡林,季读到《烙印》等诗,又回忆起40多年前的情景,一时百感交集。

1946年,臧克家到南京国立编译馆去看望老同学李长之,恰好季羡林在,在这里臧克家第一次见到季羡林。他们一见如故,倾心交谈。当时给臧克家的印象是,季羡林虽然留学德国10年,但身上毫无洋气,衣着朴素,本真敦厚,言谈举止,依然带着山东人的气质和风度。这使臧克家油然而生敬意。

一周后,臧克家到了上海,担任《侨声报》副刊主编,居虹口东宝兴路138号报社宿舍。说来有缘,季羡林亦步尘而至。他带来了五六大箱书,与臧克家住在一起,或席地而坐,或抵足而眠,一盏"泡子灯"照着两人彻夜长谈。当时的情景请看臧克家夫人郑曼1996年写的回忆文章:

> 1946年夏天,我刚随着工作单位中央卫生实验院,从重庆乘木船闯过长江三峡道道险滩"复员"到南京,不久,接到了克家来信,说他已在上海找好了工作,主编《侨声报》文艺副刊,要我辞掉工作赶快去团聚,以便相互照顾。我一到上海东宝兴路138号《侨声报》宿舍,就见到一位身材颀长、面容清瘦、不苟言笑而又平易近人的中年人。克家向我介绍:"这是我在南京李长之处认识的山东老乡季羡林,刚从德国留学回来,要去北京大学任教,我们一见如故,他到上海,就和我住在一起。"这是一座日本式小楼,一家一间小房子,铺的是榻榻米,没有任何家具。季先生不嫌弃我们家穷困,他们就席地而坐,抵足而眠。他衣衫朴素,带的一箱箱行李全是书。在他身上,没有一点我见过的那些洋博士、洋专家的派头,有的,是中国知识分子的传统美德。而且,认识季先生越久,在他身上发现的这种美德越多,印象也越深刻,崇敬之情也就油然而生。

季羡林在臧家住了些日子,他们一道去拜访郑振铎、叶圣陶,还一起去拜访郭沫若,可惜未遇。这一年中秋节,也是在臧家,面对同乡挚友,想起十多年未见的故乡亲人,季羡林第一次,也是唯一一次喝醉了酒。

1949年春,臧克家从香港来到北平,和季羡林重又相见。当时,季羡林住翠花胡同，此处是北京大学文科研究所，臧克家则住笔管胡同，两人时常互访。季羡林住的是两间西房，几架书籍，占去了屋之大半。院落廊大，杂树阴森，古碑数幢。臧克家每至此地，不乏凄清阴冷之感。季羡林却并不感到寂寞，反而以为环境幽远清静，正宜读书。

20世纪50年代，臧克家到济南参加人代会，恰遇季羡林在家，乃往访。季羡林热情地留臧克家在家吃饭。饭后，季羡林推心置腹地对臧克家说："我准备申请加入中国共产党，更好地为党做事，你看我条件行吗？"臧克家听了很受感动，当即说："咋不行呢，你多年来工作出色，党和人民都信任你，你应该写申请书！"季羡林高兴地点点头，果然按臧克家说的去做了。

因为工作之需，季羡林经常出国。出国前总免不了先告知臧克家一声，打电话或写信。出国归来，又总是带点外国"小玩意儿"送给臧克家，以作纪念。有一次，他要到非洲去，对臧克家说，飞机一翅子十万八千里，在短短的几天里要跑七八个国家。1951年，他去印度，回来带给臧克家一束孔雀翎毛，20余支，臧克家保存了40余年，翠色未变。季羡林由国外回来，又总喜欢写几篇散文，发表在报刊上，记叙和描写出国访问的状况，真挚诚恳，富有文采，臧克家读后颇觉耳目一新，便给季羡林写信，希望他多写一些。

粉碎"四人帮"后，季羡林肩上工作负担繁重，社会兼职越来越多，一时竟达30余项。1979年，臧克家至八宝山参加游国恩先生追悼会，以为一定能够与季羡林相逢，结果季羡林未到，这使臧克家觉得惊异。思及季羡林极重友情，又办事认真，更何况是治丧委员，何故缺席呢？后来见面问及此事，季羡林幽默地对臧克家说："那一天，比较重要的会议有三个，只好向逝者请假告罪了。"

臧克家有个女儿身体较弱，所在工厂噪音大，环境很差，80年代她想调到季羡林主持的研究所工作。老朋友出面请求，季羡林不好推脱。可他办事，丁是丁，卯是卯，决不含糊。他亲自找姑娘谈话，告诉她必须认真阅读《大唐西域记》，准备接受入所考试，可是这部巨著对一个"文革"期间毕业的高中生来说实在太难了。后来，这孩子考取了一家出版社的校对。孩子没有来成，丝毫没有影响他们之间的友谊，臧克家夫妇对季羡林益发敬重。

1980年再次会面，季羡林已是满头白发。于是臧克家顿生感慨，随即赋诗一首，赠给季羡林：

　　年年各自奔长途，
　　把手欣逢惊与呼！
　　朴素衣裳常在眼，
　　遍寻黑发一根无。

第二年，臧克家又写了一篇散文《朴素衣裳常在眼——赠季羡林》，赞扬季羡林朴素的衣着、朴素的心灵和朴素的家风。

季羡林十分珍视这份友谊。从20世纪80年代开始，每逢旧历大年初一或初二，季羡林必从西郊赶到东城臧克家家中，同老朋友共进午餐。这在极少出门访友的季羡林是绝无仅有的。他有时候和臧的老同学邓广铭一道去臧家，有时候是带孙子或外孙，有时候是在秘书和助手陪伴下来的。臧克家真是天生诗人气质，见了老朋友，手舞足蹈，臧府上下都十分高兴。臧克家家的客厅只有七八平方米大，季羡林认为堪与刘禹锡的陋室相比。四面墙上挂满名人字画，郑曼是位养花高手，斗室里弥漫着幽兰的香气，两位挚友促膝对坐，季羡林感到莫大的享受。老朋友每次相见都有说不完的话。臧克家年事已高，身体不好，已经没有能力回访了。季羡林觉得一年见一次面太少了，1989年他主动提出，以后他要每年多来一次。臧克家夫妇知道，这实在是难能可贵。季羡林是一位和时间赛跑的老人，他的时间是以秒来计算的，每一秒都很珍贵。

1991年，季羡林八十大寿之前，臧克家写来祝寿诗。6月20日季羡林回信说：

  来信并祝寿诗已收到，谢谢！
  你我已有超过半个世纪的友谊，这友谊越老越浓，我认为是极其难得的。你对我的称扬，我本不敢当，但是老友一番心意，我是理解的。我接受下来，作为对我的鼓励。（转引自蔡德贵编《季羡林书信集》，长春出版社2010年版，第60页。）

7月29日，季羡林又写信给郑曼：

  我现在极忙，克家不能来参加所谓"祝寿"活动，最好。否则我心里会感到不安了，如果天气太热，我看，你也可以不必亲临北大了，天气转凉后，我会去看你们的。（同上书，第61页。）

1994年12月6日，季羡林夫人彭德华病故。臧克家给季羡林写信表示慰问。12月12日，季羡林回信说：

  你的信带给我极大的安慰，有如干旱中的春雨，"润物细无声"。
  我年届耄耋，饱经忧患，对人生自谓已能透参，宋人词"悲欢离合总无情"，自谓已能做到，然而共同生活了六十多年的老伴一旦长行，"总无情"我就有点办不到了。
  好在我现在身体尚好，每天工作不辍，我一天一趟图书馆，在北大已成为纪录。
  过些时候，我一定来看你，胡乔木晚年常说的一句话："老朋友见一面少一面了。"我虽不完全同意,但于我心有戚戚焉。(同上书,第66页。)

1996年8月是季羡林八十五华诞。4月,91岁的老诗人臧克家就为老友写了一首激情澎湃的贺诗《长年贡献多》:

满头白发,根根记录着你的寿长,
标志着你的业绩受到众多的赞扬。
你兼有诸家的同能;你的独秀孤芳,
有几个能够赶上?
海外十年,心系祖国,艰险备尝,
写下的日记何止万行?
你的人,朴素非常,
你的衣着和你的人一样。
天天跑图书馆,习以为常,
你珍惜每一寸时光。
你学识渊博,对中西文化,
最有资格比较衡量。
你潜心学海,成绩辉煌,
探及骊珠,千秋万岁放光芒!

汉园诗人李广田、卞之琳、何其芳

季羡林在清华读书的时候，结识了在北大上学的一批文学青年，其中就有"汉园三诗人"。他们是20世纪30年代中国现代派诗歌创作中三位风格独异的诗人：何其芳、李广田、卞之琳。因为合著了《汉园集》，被称为"汉园三诗人"。他们在表现现代派诗歌的主张外，注重以诗传达独特的气质。何其芳主要表现青年人朦胧的思想和淡淡的忧伤，注重诗歌形象、情调、气氛的统一。李广田的诗歌，风格质朴、蕴藉深沉。卞之琳善于在不露声色中深含着情感与哲理，对现代诗歌的客观化、非个人化、戏剧性、小说性处理等艺术手法进行了有益的探索，文字奇巧。

我们先来简要介绍一下这三位诗人：

李广田（1906—1968），散文家。原名曦晨，号洗岑，笔名黎地等。山东邹平人。1929年考入北京大学外语系预科，次年开始发表诗文。1935年大学毕业，回济南教中学。曾与北大学友卞之琳、何其芳合出诗集《汉园集》。新中国成立初期任清华大学教务长、中文系主任，1952年调任云南大学副校长，主持学校日常工作，后任云南大学校长（1957—1959）。1959年在党内反右倾斗争中，他被划为"右倾机会主义分子"，并由校长降为副校长。1968年11月2日被迫害致死。

何其芳（1912—1977），四川万县人，现代诗人、散文家、文学评论家。何其芳1935年于北京大学哲学系毕业，先后在各地任教，创办刊物《工作》，发表过大量诗歌与政论文章，对国民党消极抗战表示了极大愤慨。他早期的作品，如《汉园集》《夜歌》《预言》《夜歌与白天的歌》等深受读者喜爱。1938年,到延安鲁迅艺术学院任教,同年加入中国共产党,为革命文艺作了大量拓荒工作。新中国成立后,历任一、二、三届全国政协委员,第三届全国人大代表,中国文联历届委员,中国作家协会书记处书记,中国社会科学院哲学社会科学部学部委员,文学研究所所长,《文学评论》主编。

卞之琳(1910—2000),生于江苏海门汤门镇,祖籍江苏溧水,曾用笔名季陵,诗人、文学评论家、翻译家。曾是徐志摩的学生。1929年,毕业于上海浦东中学,考入北京大学英文系。1930年开始写诗,1931年开始发表作品。抗战期间在各地任教,是西语教授,为中国的文化教育事业做了很大贡献。沈从文曾倾囊帮其出版诗集,他的北大同学陈梦家选编诗集《新月诗人》,将其位列"新月十八家",因此一举成名。他被公认为新文化运动中重要的诗歌流派新月派的代表诗人,在现代诗坛上做出了重要贡献。《断章》是他不朽的代表作。

抗日战争期间,卞之琳曾前往延安和太行山区访问,先后在四川大学、西南联合大学任教。其间,诗风开始转向歌唱人民的战斗生活,主要作品有《慰劳信集》《十年诗草》等。1946年到南开大学任教。次年应英国文化委员会邀请,赴牛津从事研究。1949年回国,任北京大学西语系教授。1953年,任中国社会科学院文学研究所研究员。1964年后,任中国社会科学院外国文学研究所研究员,长期从事莎士比亚等外国作家作品的翻译、研究工作,译有《莎士比亚悲剧论》《英国诗选》等作品。1979年出版自选诗集《雕虫纪历1930—1958》。2000年12月病逝。

20世纪30年代前期,季羡林与三位文友时有过从。李广田是他的山东同乡,同样出身寒门,他们有相似的经历;何其芳小季羡林一岁,报考大学时也是被北大和清华同时录取,他选择了北大;卞之琳和季羡林同为《清华周刊》的撰稿人,他们常有来往,寒暑假相互走访。《清华园日记》有多处记载,请看季羡林1934年2月

25日日记:"晚上之琳来,在长之屋谈话,陈梦家亦来,真有诗人的风趣,有点呆板,说话像戏台上的老旦。谈到熄灯以后才散。"

随着时间的流逝,青年时代的朋友逐渐风流云散,各忙各的工作,见面机会也变得寥寥了。偶有接触,他们彼此知根知底,感觉还是十分亲切的。1952年院系调整,李广田调往云南大学担任主持工作的副校长。三年之后,季羡林第一次来到昆明。见到老朋友,心里格外高兴。此后,他又到昆明来过几次,每次都要和老朋友李广田见个面。就这样,在季羡林的意识里,春城昆明的美景、美食等一切美好的东西就同李广田紧紧联系在一起了。

1979年3月,经过一番凄风苦雨的折腾,春回大地,天日重明,季羡林又一次来到昆明。他游览了翠湖、龙门、筇竹寺、圆通寺、珍珠泉等名胜古迹,观赏了京剧表演艺术家关肃霜的精彩节目。在昆明短暂的停留,日子过得如同在天堂一样。可是,在季羡林内心深处,总感到缺少点什么,有点惘然,有点寂寞,有点凄凉,有点惆怅,有点悲哀。原因何在呢?因为"冠盖满昆明,斯人独已逝"。这个人不是别人,就是他的老友李广田。他在《春城忆广田》一文中写道:

> 他原名曦晨,不知从什么时候改名广田。我们在中学并不是同学,第一次见面的情景,现在也回忆不清了。不知怎么一来,我们就认识了。在北京读书的时候,他在北大,我在清华。距离虽然很远,但也经常见面。他有时候从城内长途跋涉,到清华园去看我。相聚的时间不长,我却是非常喜欢他的。他的为人,正如他的诗文一样,恳切真挚,朴素无华,真正是文如其人,或者人如其文。后来,我离开祖国,到一个很遥远的地方去待了十多年。因为当时我们国家和世界上都正是多事之秋,我们没有能够通信。我回国以后,到了北京,他不久也到了北

京。碰巧我们俩都担任了北京一个中学的校董。开会时又常常见面，一面叙旧，一面谈新，过了一段非常愉快的日子。又过了不久，他调到昆明在云南大学担任领导职务。我那时候还没有到过昆明，只是从书本上和人们的口中知道昆明的情况，是所谓"四时无寒暑，一雨便成冬"的容易引起人们幻想的地方。曦晨这样一个人，到昆明这样一个地方来，我觉得真是珠联璧合，相得益彰。我为他祝贺，也为昆明祝贺。他调到昆明的第三年，我第一次到了昆明，同曦晨见了一面。一别三年，他乡音无改，衣着如旧，站在我面前的还是那一个恳切真挚、朴素无华的我多年见惯了的曦晨。我们都没有想到我们在万里之外见了面，我心里真是非常的高兴。以后，我几次到过或经过昆明，又同曦晨见过几面，都给我带来了极大的愉快。有时候在报刊上读到他写的诗文，也都感到异常的亲切。

李广田是一个热爱新中国，热爱新中国的教育事业，热爱生活，热爱春城昆明的人。他呕心沥血，忍辱负重，献身西南边疆的高等教育，他用一支生花妙笔，歌唱"春光似海，盛世如花"。在"文化大革命"中，他被监禁，被拷问，被上台批斗，被挂牌罚跪，被拳打脚踢，被"群众专政"，但他绝没有屈服。

1968年11月2日夜里，李广田突然死在昆明市郊外的莲花池内，头部被击伤，满脸是血，脖子上有绳索的痕迹，腹中无水……待人发现时，他已直挺挺地站立了好几小时，死而不倒！

季羡林悲叹说：

他是多么热爱这似海的春光、如花的盛世啊！然而，这样一个人到哪里去了呢？我也是热爱这似海的春光、如花的盛世的，但我只觉得茫茫大地，独缺此人。我心灵里面的空虚是无论如何也填补不起来的。我感到寂寞，感到凄凉；为了他我将永远感到寂寞，感到凄凉。

而季羡林与何其芳和卞之琳的交往，就比较少了。

武侠小说宗师金庸

金庸，1924年3月10日生于浙江海宁，原名查良镛，华人最知名的武侠小说作家、新闻学家、企业家、政治评论家和社会活动家，《中华人民共和国香港特别行政区基本法》主要起草人之一。金庸与古龙、梁羽生并称为中国武侠小说"三大宗师"。著有"飞雪连天射白鹿，笑书神侠倚碧鸳"及《越女剑》等15部武侠小说，作品脍炙人口，亦被改编成影视剧集、游戏、漫画等产品。1944年考入重庆中央政治大学外交系。1946年秋，金庸进入上海《大公报》。1948年移居香港。1959年，金庸等人于香港创办《明报》。1996—1997年，担任全国人大常委香港特别行政区筹委会委员。1998年，获文学创作终身成就奖。2000年，获得大紫荆勋章。2009年9月，被聘为中国作协第七届全国委员会名誉副主席，同年荣获"2008影响世界华人终身成就奖"。

20世纪末，金庸访问北京大学，当被问及喜欢读什么书时，金庸回答："《牛棚杂忆》。"又问："您最崇敬的北大教授是谁？"金庸毫不犹豫地答道："季羡林。"

季羡林上小学的时候，酷爱看"闲书"。他最感兴趣的是《彭公案》《施公案》之类公案小说和《七侠五义》《小五义》之类武侠小说。由于识字有限，看书经常遇到"拦路虎"，念错别字是家常便饭。比如把"飞檐走壁"，念成"飞dǎn走壁"。他与堂妹互相开玩笑说："你是用笤帚扫，还是用扫帚扫？"不认识的字少，就用笤帚，多了就得用扫帚。不过这类小说内容浅显，即使有些字不认识，意思还是能看明白的。看"闲书"可以使人上瘾，他看闲书的瘾头极大。那时候，家里没有电灯，晚上，把煤油灯吹灭后，在被窝里用手电筒照着看，一看大半宿。季羡林还把书带到学校去，偷空就看上一段。校门外空地上，正在施工盖房子。很多红砖摞在那里，中间有空隙，坐在里面，外面谁也看不见。他就搬几块砖下来，坐在上面，下课之后，且不回家，掏出闲书，大看特看。看得入了迷，书中侠客们蹿房越脊，刀光剑影，仿佛就在眼前晃动。等到脑筋清醒了一点，回家已经过了吃饭的时间，常常挨婶母数落。季羡林看了数量极大的"闲书"，受到"侠客"影响，他照书上讲的，拿一把木尺当"宝剑"，和小伙伴们玩侠客游戏。他还一度练习铁沙掌，找来盛豆子的瓦罐，用手指往里戳，戳得皮破流血，疼痛难忍，只好作罢。他还练过隔山打牛，在屋顶吊一纸球，朝它挥舞拳头，胳膊挥得酸痛，纸球却纹丝不动，又以失败告终。但总的看来，他看"闲书"还是利多弊少。通过这些课外书，他知道了许多课堂上学不到的东西，养成了良好的阅读习惯，增强了驾驭语言文字的能力，中国人对侠义的崇尚深深地植根在他的心中。

2000年11月2日，由北京大学和香港作家联会共同主办的"北京金庸小说国际研讨会"在北大召开，来自全国各地以及美国、英国、澳大利亚、日本、韩国和以色列的近60名专家学者与会，季羡林以名誉顾问身份参会并与金庸亲切交谈。

2007年6月18日，金庸夫妇到医院看望季羡林，这次季羡林与金庸讨论"侠"的概念，和对这个概念理解的中西差异。季羡林说，"侠"从字义来看，是两个人在打架。而对打架，中国人与西方人的态度是截然不同的。在日本侵略中国的时候，我们还去国联告状，请求主持正义，当时我在欧洲，就觉得这个做法行不通。人家会想，你有本事打回去。武侠精神，在中国，还有日本、韩国、泰国、新加坡、越南这些亚洲国家，人们非常接受，认为很有道理。但是西方人就不大接受。他们不明白侠者要路见不平，拔刀相助。西方人觉得强的可以欺负弱的。他讲了一个在德国亲眼看到的例子：

一天，有两个男孩打架，大的十一二岁，小的八九岁。小的打不过大的，输了并不服气，一边哭，一边反击，打得难解难分。大人见了，并不干预。打得久了，有个老太太泼过来一盆凉水，喊道："吵死了！别处打去！"如果在中国，肯定会认为大欺小，不公道，一定要干预的。

当天下午金庸在北大作报告，引用了这个例子。关于季老讲的两个小孩打架的故事，笔者查阅了他1936年2月24日的日记：

去吃饭的时候，雨仍在下着，看样子似乎一直没停。回家，稍稍休息就开始读Wihelm Meister。读到精神有点疲倦了，点（抬）头朝窗外看的时候，还有两个孩子在打架，打得很凶，许多孩子围着看。后来又来了许多大人，也都不拉，任他们打。一个显然矮一点儿，当然要占下风。于是大火，脱光了外衣，又打上前去。但不久就又被对方拖到地下，抓了头发，没头没脸地揍了一气。一位太太看不下去了，拿了文明杖把两个孩子打开，别的孩子笑了，被揍者也哈哈大笑。但当太太一走，又交了锋，脱去衣裳的那位又被抓住头发，半天没能动。从对面窗子里浇出一瓢冷水，一道白光，两个分开了。被抓者觉得赤手空拳不能取胜，于是走到一辆自行车旁，伸手抽气筒，预备做武器。但旁边看的大人却干涉了，结果气筒被夺去，又回来，还是冲上前去，又挨了一顿揍，分开了。胜了的一个孩朝南走去，败者跳进铁栏杆找了一条树枝，从后面追了去——到这里，从窗户便看不见了。不知究竟如何，我为被揍的弱者祝福！（转引自季羡林《季羡林日记》第1卷，江西人民出版社

2014年版，第186页。）

武侠小说拥有很多读者，"侠"的观念深入中国人的文化基因。季羡林晚年在病床上也曾与儿子季承讨论过这个问题。有人说，季羡林本人就是有几分侠气的士。

季承在《我和父亲季羡林》一书中，这样记载父子二人关于"侠"和"士"的谈话：

> 那一天，还谈到"侠"和"士"。他从清平官庄的贫农单身汉胡二疙瘩谈起，说中国社会里有一种人，应该是属于流氓无产者，在他们身上有一种侠气。行侠仗义，扶弱济贫，也即所谓"路见不平，拔刀相助""为朋友两肋插刀"。这些人属于"侠"一类。父亲说，爷爷就有点侠气。我说："在你身上也有侠气。"他笑了笑，说可能也有点。（转引自季承《我和父亲季羡林》，福建鹭江出版社2016年版，第181页。）

淡泊宁静张中行

张中行（1909—2006），原名张璇，学名张璿，河北省香河县河北屯乡石庄（今属天津市武清区河北屯镇）人，毕业于北京大学，著名学者、哲学家、散文家，主要从事语文、古典文学及思想史的研究。人民教育出版社编审。曾参加编写《汉语课本》《古代散文选》等。合作编著有《文言文选读》《文言读本续编》；编著有《文言常识》《文言津逮》《佛教与中国文学》《负暄琐话》等。张中行是20世纪末未名湖畔三雅士之一，与季羡林、金克木合称"燕园三老"，季羡林先生称赞他为"高人、逸人、至人、超人"。2006年2月24日凌晨2：40左右，张中行在北京安然辞世，享年98岁。

20世纪80年代，张中行出版的多部散文集成为畅销书，从而闻名于世，人称"文坛老旋风"。短短几年就奠定了他散文大家的地位。

张中行先生一生低调澹泊、无欲无求。张先生一生清贫，86岁的时候才分到一套普通的三居室，屋里摆设极为简陋，除了两书柜书几乎别无他物。老人为自己的住所起了个雅号叫"都市柴门"。他的书房里书卷气袭人，桌上摊着文房四宝和片片稿纸，书橱内列着古玩，以石头居多。张老谦称书房像"仓库"。而于治学方面，他则一丝不苟，晚年仍拍案而起，痛批台湾"国学大师"南怀瑾，可谓"后五四时代"学者风范的真实写照。

张中行先生是著名作家、学者，长期在人民教育出版社工作。张中行有二三十年住在北大朗润园女儿家里，和季羡林算是"街坊"。可是，最初十几年他们并不相识。直至张中行离开北大迁入建德门附近的新居以前的几年，他们才认识，这个"认识"指的是见面认识。因为他们的文章，彼此早就读过了。而且彼此心仪已久。季羡林评价张中行是"淡泊宁静，不慕荣利，淳朴无华，待人以诚"。

也是由于因缘和合，不知道是怎样一来，他们就认识了。早晨起来，在门前湖边散步时，有时会碰上。他们俩用"土法"打招呼：只是抱拳一揖，然后各行其路。有时候，他们也站下来聊一聊。谈一点学术界的情况，谈一谈读了什么有趣的书。有一次，季羡林把张中行请进自己书房，送了他一本《陈寅恪诗集》。季羡林题写的书名，受到张中行的赞誉，季羡林有点不知所措。张中行有时也来敲门，把自己新出版的著作亲手递给季羡林。季羡林双手接书，连声致谢。

1994年春夏之交的一天，他们早晨散步，走到一起了，就站在小土山下，荷塘边上，谈了相当长的时间。此时，垂柳浓绿，微风乍起，鸟语花香，如画的风光中，两位老者交谈甚欢。此情此景，后来时时浮现在季羡林的眼前，认为是人生一乐也。然而过了不久，张中行便乔迁德胜门外祁家豁子。这当然是件喜事。但是，对季羡林来说，朗润园不见了老朋友的身影，却增加了无限惆怅。

文可以载道，也可以会友。季羡林对张中行的了解，更多的是通过他的文章。张中行的文章，季羡林读的的确不少，而且评价颇高。他说张中行那些谈红楼沙滩的文章，信笔写来，舒卷自如，宛如行云流水，毫无斧凿痕迹，而情趣盎然，间有幽默，令人会心一笑。读这样的文章，简直是一种享受。张文中谈到的老北大的几种传统，季羡林大都是同意的，特别是其中的容忍，即蔡元培提倡的"兼容并包"，季羡林十分赞成。他认为，中外历史都证明了，哪一个国家能兼容并包，哪一个时代能兼容并包，那里的文化学术就昌盛，经济就发达。

季羡林说：

> 中行先生的文章是极富有特色的。他行文节奏短促，思想跳跃迅

速；气韵生动，天趣盎然；文从字顺，但绝不板滞，有时宛如大珠小珠落玉盘，仿佛能听到节奏的声音。中行先生学富五车，腹笥丰盈。他负暄闲坐，冷眼静观大千世界的众生相，谈禅论佛，评儒论道，信手拈来，皆成文章。这个境界对别人来说是颇难达到的。我常常想，在现代作家中，人们读他们的文章，只须读上几段而能认出作者是谁的人，极为稀见。在我眼中，也不过几个人。鲁迅是一个，沈从文是一个，中行先生也是其中之一。它融会思想性与艺术性，融会到天衣无缝的水平。在当今学者散文中堪称独树一帜，可为我们的文坛和学坛增光添彩。

（季羡林《我眼中的张中行》）

张中行对季羡林印象如何呢？他在《季羡林先生》一文中这样描写季羡林：

——结识之前，有关季先生的见闻，虽然不多，也有值得说说的，用评论性的话总而言之，不过两个字，是"朴厚"。在北京大学这个圈子里，他是名教授，还有几项煊赫的头衔：副校长，系主任，研究所所长，可是看装束，像是远远配不上，一身旧中山服，布鞋，如果是在路上走，手里提的经常是个圆筒形上端缀两条带的旧书包。青年时期，他是很长时期住在外国的，为什么不穿西服？也许没有西服。老北大，在外国得博士学位的胡适之也不穿西服，可是长袍的料子、样式以及颜色总是讲究的，能与人以潇洒、高逸的印象。季先生不然，是朴实之外，什么也没有。

张中行还举了一个让他深受感动的例子：

人民大学出版社印了几个名人的小品，其中有季羡林和张中行的。张中行一个学生的儿子开小书店，拿着书登门，求张先生签名，并请张先生代他登季先生之门求签。他认为季先生名位太高，不敢直接去求。张先生拿着十来本书来到季宅，让来人在门外等。季先生边签名边对张先生说，"卖我们的书，这可得谢谢。"签完便跑出来，握着来人的手，连声道谢。来人念过师范大学历史系，见过一些教授，没有见过向求人的人致谢的教授，一时不知道说什么才好，嘴里咕噜了两句，抱起书跑了。

　　物以类聚，人以群分。季羡林和张中行都是大学问家，而淡泊宁静、朴实无华是他们的共同特点。

兄弟系主任冯至

冯至（1905—1993），原名冯承植，字君培。冯家为天津著名盐商，八国联军侵华后避难于涿州，冯至生于涿州。早年就读于北京四中，1923年加入林如稷的文学团体浅草社。1925年和杨晦、陈翔鹤、陈炜谟等人成立了沉钟社，出版《沉钟》周刊、半月刊和《沉钟丛刊》。1927年夏毕业于北京大学德文系，出版第一部诗集《昨日之歌》，1929年出版第二部诗集《北游与其他》。被鲁迅先生誉为"中国最为杰出的抒情诗人"。1930年留学德国先后就读柏林大学、海德堡大学，1935年获得海德堡大学哲学博士学位。1936—1946年任教于同济大学、西南联合大学。1946—1964年任北京大学德语教授、西语系主任，1964—1982年任中国社会科学院外国文学研究所所长。曾任中国作家协会副主席。1985年获民主德国格林兄弟奖，1987年获联邦德国国际交流中心艺术奖。

季羡林也是学习德语出身，他与冯至的德语启蒙老师是同一个人，此人便是我国德语文学学科的创始人、北大德语系首任系主任杨丙辰教授。不过，冯至比季羡林年长六岁，又不在同一学校，上学时季羡林并没有见过冯至。人虽然没有见过，诗却是读过的。那些优美的诗句，季羡林无比喜爱。1946年，季羡林是东语系主任，冯至是西语系主任，他们的办公室挨着，他们互相接触的机会多了起来。除了北大的北楼，他们又都参加了中德学会的活动，这是由中德两国学术界人士组成的友好团体，从事文化交流活动。在那个古色古香的大四合院里，他们一起开过不少会。常参会的还有毕华德、张星烺、向达、袁同礼等。他们怀着共同的期待，迎来了北平的和平解放，又共同投入新中国的高等教育事业。解放后，由于他们的行当相近，社会地位相当，他们在一起开会就更多了。他们半个多世纪的友谊，与那些五花八门的会议联系在一起。1981年某次开会，冯至作套用李后主填了一首《虞美人》：

春花秋月何时了？
开会知多少！
小楼昨夜又秋风，
岁月不堪回首座谈中。

茶杯座椅应长在，
只是朱颜改。
问君能有几多愁？
恰似一涡潭水不东流！

季羡林看了捧腹大笑，说："实获我心！"

会开多了，虽然烦人，也不是没有乐趣。特别是季羡林与冯至独处的时候。在西安丈八沟召开的外国文学研究会年会，他们在会议间隙，漫步在茂林修竹旁，荷塘小溪边，边走边谈，谈唐诗，谈灞桥，谈渭水河，谈论李白、杜甫、白居易、李商隐……

季羡林与冯至虽为密友，但季羡林内心是把他当作老师的。用陈寅恪先生的一句诗概括，就是"风义平生师友间"。经过长时间的亲身感受，季羡林认定冯至是一个非常可爱、可以亲近的人，他淳朴、诚恳，不说谎，不虚伪，不吹牛，不拍马屁，同他相处是一件快乐的事情。在一起，他们无话不谈：时事、人物、社会风习、文坛奇闻。凡是从那个特殊年代过来的人，都不难理解，这是多么难得的情谊啊。古人说"人生得一知己足矣"，此话实在有理。

1991年季羡林过80岁生日的时候，弟子们给他张罗了一个庆祝会。季羡林交代，不许通知、邀请比自己年长的师友。可是冯至还是从大老远的东郊赶到西郊来为他祝寿。他连忙跳下台来迎接和搀扶。冯至的讲话优美得像一首抒情诗，赢得了热烈的掌声。这次讲话后来被冯至的女儿冯姚平整理成一篇《善于运用时间的人》，收录在她父亲的遗著《文坛边缘随笔》中，文章说：

我不知道从什么时候起，觉得羡林同志是最善于运用时间的人。时间对于生命的意义太重大了，有了时间就能做出很多工作。50年代，天天开会，年年搞运动。粉碎"四人帮"后羡林同志社会活动频繁，学术贡献却更加惊人。

我最钦佩他校注《大唐西域记》并为此写了一篇长达130多页的前言……

根据冯至日记，他与季羡林最后一次交谈是1992年11月27日：

上午羡林、李铮来谈，赠《季羡林八十华诞纪念册》一部两大本，印刷精美。

见到季羡林，冯至非常高兴，一再留他多谈谈。季羡林还提出，待到春暖花开，接冯至回燕园住几天，会会老朋友们。不料1993年2月，冯至先生病重，季羡林赶到医院探望。看到老朋友已经睁不开眼睛，说不了话，他泪如泉涌。为了冯至，他愿意将自己泪库里的泪水一次提光，痛痛快快哭上一场。可是，冯至的女儿姚平在一旁，一个劲地劝说："季伯伯，你不要难过！"他只能强迫自己，把眼泪流进肚子里！

冯至逝世以后，季羡林担当了《冯至全集》编辑出版委员会顾问。委员会对是否收录五六十年代某些文章有分歧，季羡林主张，为了尊重历史的原貌，仍照原样予以收录，并且起草了一份重要的"编者按语"：

> 编者按：冯至先生有一些文章写于五六十年代极"左"思潮炙手可热的时期，今天读起来十分别扭。但是我们仍主张保留原样，一字不改。其目的是：一、历史真实不容掩盖，更不容篡改。二、当时中国有良心的知识分子，在高压之下，有意无意地说些违心的话，不得不尔。冯先生的内心未必如此。现在，我们在感谢改革开放，解放思想的同时，保留像冯先生这样一个道德高尚、品质淳朴的诗人和学者当时的一些违心之论，对读者，特别是对青年读者是大有好处的。他们从中可以看到学者们正直纯真的灵魂会被扭曲到什么程度。这样的前车之鉴是十分难得的。

这篇按语充分表达了冯至、季羡林那一代知识分子，对历史、对人民、对后代高度负责的精神，代表了一代中国知识分子的良心。

忠厚长者曹靖华

曹靖华（1897—1987），原名曹联亚，河南省卢氏县五里川路沟口村人，中国现代文学翻译家、散文家、教育家，北京大学教授。1919年在开封省立第二中学求学时，投身于五四运动。1920年在上海外国语学社学俄文，加入社会主义青年团，后来被派往莫斯科东方大学学习，1924年加入文学研究会，1927年4月重赴苏联，1933年回国，在大学任教并从事文学翻译工作。1959—1964年，任《世界文学》主编。1987年获苏联列宁格勒大学荣誉博士学位。同年8月，获苏联最高苏维埃主席团授予各国人民友谊勋章。

曹靖华作为我国俄苏文学界的老前辈，从20世纪20年代初起就直接从俄语翻译介绍俄国文学和苏联文学。他的这项工作一开始就得到鲁迅、瞿秋白的热情关怀和支持。左翼文艺工作者把介绍俄罗斯文学和苏联文学当作庄严的革命任务。鲁迅把它比作"给起义的奴隶偷运军火"和"普罗米修斯取天火给人类"。瞿秋白则强调"翻译世界无产阶级革命文学的名著，并且有系统地介绍给中国读者……这是中国普罗文学者的重要任务之一"。早在1921年，曹靖华在莫斯科东方大学学习期间就结识了瞿秋白。曹靖华回国后，1923年的第一篇译作——契诃夫的独幕剧《蠢货》，经瞿秋白推荐发表在《新青年》杂志上。1924年，曹靖华翻译的契诃夫剧本《三姊妹》经瞿秋白修改后交给郑振铎先生列入文学研究会丛书出版。曹靖华与鲁迅是在北京大学相识，那时他旁听的课程主要是俄语和鲁迅的《中国小说史略》。课后还常到鲁迅寓所请教。1925年，为了协助苏联顾问团成员、年轻的汉学家瓦西里耶夫翻译《阿Q正传》，解决翻译中的疑难问题，曹靖华与鲁迅开始通信。同年，鲁迅和几位爱好文艺的青年酝酿成立了未名社，曹靖华是其成员之一。曹靖华翻译的苏联文学名著《铁流》，就是在鲁迅的资助下出版的。此书在延安多次翻印，产生过重大影响。在长期的共同战斗中，曹靖华与鲁迅、瞿秋白结下了深厚的友谊。

在新中国成立之前，季羡林与曹靖华无缘见面。但他在清华读书时，就阅读过一些曹靖华的翻译作品。1946年从欧洲回来，他在南京听说了曹靖华同国民党当局英勇斗争的事迹，益加敬仰这位文坛前辈。解放以后，季羡林担任北大东语系主任，曹靖华任俄语系主任，他们有幸成为同事。50年代前期，他们合作翻译了马克思的两篇长文《不列颠在印度的统治》和《不列颠在印度统治的未来结果》，发表在《新建设》上。在实际接触中，季羡林发现，曹靖华为人淳朴，待人接物诚挚，彬彬有礼，是一位忠厚长者。这当然只是他性格的一个方面；他自然有怒目金刚的一面。他有崇高的信仰和百折不挠的斗志。他不畏艰险参加左翼作家的革命活动，不遗余力介绍苏俄革命文学，哺育了一代又一代革命战士。所以，季羡林说，曹老的道德文章，可以为人师表。

有很长一段时间，曹靖华担任《世界文学》主编，季羡林是编委。每隔一段时间，编委会就要召开一次会议。季羡林虽然不喜欢开会，这样的会还是很乐意参加的。因为会上可以放言高论，其乐融融。能与曹靖华见面，是他的一大乐事。

1983年曹靖华因病住院，报了一次病危。那时候季羡林担任副校长，他奉派前往医院见曹老"最后一面"。见面后发现曹老情况有所好转，二人谈笑风生。这次曹老转危为安，后来他们一起在京西宾馆开会，曾一起坐在台阶上促膝长谈。1987年北大为曹靖华庆祝九十大寿，季羡林在座谈会上发言，盛赞曹老的道德文章。《关东文学》杂志向季羡林约稿，希望他把发言稿整理成祝寿文章，岂料文章尚未完稿,便传来曹老仙逝的噩耗。季羡林仔细回顾与曹老几十年的交往,写出了情深意切的《悼念曹老》。

比较文学扛旗者乐黛云

乐黛云1931年1月生于贵州贵阳,1952年毕业于北京大学中文系,早在沙滩红楼时期,便与季羡林相识。改革开放以来,季羡林致力于重建我国的比较文学学科,倡导组建比较文学中国学派,取得了可喜的成就。目前,中国的比较文学研究,乐黛云无疑是一位扛旗人物。她是北京大学现代文学和比较文学教授,博士生导师,上海外国语大学、东北师范大学、天津师范大学、厦门大学、南京大学、南京师范大学、中国语言大学兼职教授。1990年获加拿大麦克马斯特大学荣誉文学博士学位。现为中国比较文学学会名誉会长,曾任中国比较文学学会会长、全国外国文学学会理事,北京大学比较文学与比较文化研究所所长(1984—1998)、深圳大学中文系主任(1984—1989),国际比较文学学会副主席(1990—1997)。

乐黛云的命运起伏跌宕。正如她本人所言:

> 如果说"命"是注定的,不动的,而"运"则是动的。我常常觉得自己有很多"时来运转"的时候,也有很多运气很糟糕的时候。好多时候,你觉得你没有做什么,可就是发生了某种"运"。比如当时我们刚大学毕业,办一个刊物《当代英雄》。为此,1958年反右已经快结束了,我还是被补进去,划成了极右派。我为此二十多年离开学术界。后来我搞比较文学,也真是"时来运转"。那时已经是1981年了,我都已经50岁了。也是非常偶然的,我就不知道怎么把我选去哈佛了。而且,

不单是在哈佛访学了一年，当时伯克利大学有人来哈佛开会，看见我，就邀请我到他那儿做两年的特约研究员。我完全没有想到！怎么可能呢？伯克利和哈佛都是很好的学校。后来，我就相信这个"运"，就是说"时来运转"。

"运"是不能强求的，"运"没有来的时候，强求也没有用。当运气很坏的时候，你不要着急，运气很好的时候，你也不要觉得自己怎么了不起，它是有一个你所不知道的力量在后面推动的，并不是你自己有什么了不起。（乐黛云《大江阔千里》）

笔者以为，乐黛云所说的"运"，其实是大势使然，政治大势使然。俗话说，性格决定命运。乐黛云的性格如何呢？且看季羡林的观察：

我知道她，却颇有点不寻常。她为人坦诚率真，近乎天真；做事大刀阔斧，决不扭扭捏捏，决不搞小动作。有这样秉性的人，在解放后三十年来的连绵不断的政治运动中而能够不被溅上一身污泥浊水、戴上五花八门的莫须有的帽子，简直是难以想象的。事实上，她也确实没有能幸免。（季羡林《〈透过历史的烟尘〉序》）

乐黛云走过了坎坎坷坷的前半生，脾气依然坦诚率真，办事依然大刀阔斧，而且魄力、锐气胜过当年。在她50岁的时候，拓宽了自己的研究领域，发力于比较文学研究，作为季老的学生，为中国比较文学学科的重建贡献了自己的力量。她不仅奔走于国内许多高校传道授业，而且奔波于欧美学坛，让世界比较文学界听到中国的声音。最令季羡林钦佩和感动的是，她数十年虽然历经磨难，一颗赤诚的爱国之心却从未改变。当下许多人千方百计要求出国，昼思梦想把居留证变成绿色，乐黛云与丈夫汤一介都是著名学者,他们要到海外去弄一个名利双收易如反掌,可是他们依然选择留在北大,一袭青衿,十年冷板凳,一待就是一生。季羡林认为:在当前中国,我们所需要的正是这一点精神,这一点骨气。我们中华民族所赖以屹立于世界民族之林的也正是这一点精神,这一点骨气,我们切不可以等闲视之。

《季羡林评传》的作者说:

> 在比较文学领域,乐黛云与季羡林的关系,好比周文王和姜太公,是主帅和军师的关系。季羡林是中国比较文学学科建设的掌舵人。他们的这种关系,乐黛云在《季羡林与二十世纪中国学术》的《后记》中说得很透彻:"我无缘身立门墙,成为季先生的及门弟子,但先生的沛然正气,仁慈胸怀,学而不厌、诲人不倦的精神,正如孟子所说:仁义礼智根于心,其生色也,睟然见于面,盎于背,施于四体,四体不言而喻。就是在这不言而喻中,沐浴春风,始终以先生为自己人生的楷模。"(转引自郁龙余、朱璇《季羡林评传》,山东教育出版社2016年版,第189—190页。)

乐黛云先生十分敬佩季羡林的为人,十分喜爱季老的散文。她选编了季老的一本散文集,命名为《三真之境》。她说:"每次读先生的散文都有新的体味,我想那原因就是文中的真情、真思、真美。"怀真情,讲真话,他们是真正的知音。季老逝世以后,乐黛云撰文说:"最后的父辈离去了。"

2000年,为了庆祝季羡林90岁寿诞,乐黛云发起编写《季羡林与二十世纪中国学术》一书。钟敬文、启功、饶宗颐、王元化、张中行、周一良、范曾、张岂之、庞朴、汤一介、刘梦溪、白化文、王尧等学者纷纷响应,或撰写文章,或题词撰联,高质量的稿件源源不断。乐黛云说:"能为季羡林先生编纂九十诞辰纪念文集,是我一生中少有的大欢喜。"

大百科之父姜椿芳

姜椿芳（别名椒山），翻译家，1912年7月28日出生于江苏武进。曾先后担任全国政协第五、六届常委，中共中央马列著作编译局顾问，中国翻译工作者协会第一、二届理事长。长期以来，他还参加了大量的社会活动。他是中国地名委员会副主任，中华诗词学会常务副会长，宋庆龄基金理事，全国术语标准化委员会顾问，中国联合国协会理事，中国文联全国委员会委员，中国外国文学学会名誉理事，中国苏联文学研究会名誉会长等。其代表作品有《列宁在十月》《智者千虑，必有一失》《俄罗斯问题》。

说到姜椿芳早年参加革命，这里讲一个关于杨靖宇将军的棉袍的故事。

1931年底，日军攻入哈尔滨，姜椿芳供职的光华通讯社停办，姜椿芳失业了。"9·18"事变前夕，他受李大钊同学楚图南的影响，参加了共产主义青年团，第二年初加入中国共产党，并先后担任哈尔滨团市委及满洲省党委的宣传部长，开始了革命生涯。当时任中共中央政治局委员的罗登贤派他到英亚通讯社工作。英亚社是苏联塔斯社的化身，姜椿芳一边做党团工作，每天下午到英亚社工作，一边靠业余翻译来维持全家的日常生活。那个时期，所有东北的各种消息，尤其是关于各地义勇军和抗日部队的消息，以及来自上海、天津等地工人斗争、农民运动、社会名流营救被捕共产党人的消息，都是他通过英亚社这个渠道发送出去的。他负责编辑《满洲青年》《满洲红旗》（后改名为《东北人民报》）。省团委、省党委先后设立在他家中，他父母充当放哨员、交通员。这个革命家庭为了斗争需要搬了十三次家，其间李兆麟、李实、何成湘、杨靖宇、赵尚志等同志都在他家开过会或住过。有一次杨靖宇将军在他居住的哈尔滨家中，因革命经费紧缺，把自己的仅有的一件棉袍拿到当铺当掉，临走时都没钱赎回，只得将当票交给姜椿芳。后来姜椿芳筹到钱将棉袍赎回，全家人视棉袍为珍宝，洗净后不舍得穿，压在箱底等着杨靖宇将军再来时送还给他。可是到离开哈尔滨，始终没等到，更没想到的是棉袍随他们全家人到上海又过了八年。解放以后回北京才知道杨靖宇将军已经壮烈牺牲，全家人最后将棉袍作为遗物，送到吉林通化的杨靖宇烈士纪念馆。

1936年8月姜椿芳到上海，在亚洲影片公司做苏联影片的发行宣传工作，并发起成立中苏电影工作者协会。10月10日，鲁迅抱病前往上海大戏院看电影，姜椿芳向鲁迅介绍这次配合放映出版的《纪念普希金100周年纪念册》中有关内容，都是根据鲁迅主编的《译文》月刊的资料辑成的，这是鲁迅生前观看的最后一部影片。

1941年姜椿芳创办《时代》中文周刊，任主编。抗日战争胜利后，创办《时代日报》，任总编辑和时代出版社社长。

中华人民共和国成立后，姜椿芳任上海军管会文管会剧艺室主任，市文化局对外文化联络处处长，创办上海俄文学校（后改为上海外国语学院），任校长兼党委书记。1952年调北京任中共中央宣传部斯大林著作翻译室主任，1953年任中共中央马恩列斯著作编译局副局长，参与翻译出版《马恩全集》《列宁全集》《斯大林全集》等三部著作的组织领导和审校工作。自60年代起领导《毛泽东选集》和中央文献的外文翻译工作。

1978年5月中国社会科学院、中国科学院、国家出版局联名提出关于编辑出版《中国大百科全书》的报告，获中共中央、国务院批准后，他负责筹组中国大百科全书出版社。同年11月正式成立出版社，任《中国大百科全书》总编辑委员会副主任，并任中国大百科全书出版社总编辑，1986年改任顾问。他把晚年的全部精力献给了中国的百科全书事业。

这部巨著举世瞩目，共收有77859个条目，1.3亿字，涵盖了哲学、历史、社科、文艺、教育、自然科学、工程技术等在内的66个学科及知识门类，汇集了当代和世界最新的科学文化成果，参加编撰者有两万多人，囊括了很多一流的专家学者。

季羡林与姜椿芳相识是在20世纪50年代，那时候，季羡林翻译的《马克思论印度》和恩格斯的《英国工人阶级的状况》，中央编译局要加工出版，季羡林与姜椿芳交谈过马恩著作的翻译问题。季羡林对姜椿芳的第一印象是：温文尔雅，恂恂然儒者风度，觉得此人不错，可以交往。编撰《中国大百科全书》，为季羡林提供了与姜椿芳合作共事的机会，也为他们成为知心朋友提供了机缘。季羡林担任语言文字卷的主编和外国文学卷的副主编（主编冯至），这个担子的确不轻。季羡林办事认真严谨，事必躬亲，他从来不当挂名的主编。姜椿芳每次召集开会，研究重要问题，他必参加。他深知与自己年龄相仿、身体并不算好的姜椿芳肩头的担子有多么沉重。大百科出版社成立以后，季羡林在昆明、成都、杭州、重庆还有北京，参加过不少学术会议，这些会议内容庞杂，有宗教、历史、语言、文字等。可是姜椿芳逢会必到，每到必讲，一讲就是长篇大论。朱光潜先生对季羡林说：姜椿芳这个人头脑清醒得令人吃惊。

逐渐地，季羡林发现，姜椿芳不仅为大百科呕心沥血，对其他文化事业也很关心。他热心提倡优秀剧种昆曲，曾多次给季羡林送演出票；他对中国传统绘画与书法也有浓厚的兴趣。他本人是知识分子出身的领导干部，对知识分子十分关心体贴，理解知识分子的苦衷和烦恼。他曾多次与季羡林谈论学术著作出版的困难、买书不易的情况，还提出了一套解决的具体办法，可惜未能得到实现。季羡林觉得，姜椿芳可能还会拉自己合作去做许多事，岂料1987年12月17日姜椿芳遽然离世。仔细想想，姜椿芳实现了自己的人生价值，一部大百科就是一座丰碑。

书画名家范曾

范曾（1938—），字十翼，别署抱冲斋主，江苏南通人，书画巨匠、文学家、学者、诗人。现为北京大学中国画法研究院院长、讲席教授，中国艺术研究院终身研究员，南开大学、南通大学终身教授，联合国教科文组织"多元文化特别顾问"，英国格拉斯哥大学名誉文学博士，加拿大阿尔伯塔大学荣誉文学博士。范曾于2011年荣获中华艺文奖终身成就奖。范曾有二十四字自评：痴于绘画，能书；偶为辞章，颇抒己怀；好读书史，略通古今之变。

2001年乐黛云编纂《季羡林与二十世纪中国学术》一书，范曾撰文《彼美一人》，他写道：

对我来说，每次会见到季羡林，都宛如一次登临，总觉得云生胸次，有无法言说的高旷而清新的感受。他讲的每一句话，都像来自深山大壑的源头活水。（转引自乐黛云主编《季羡林与二十世纪中国学术》，北京大学出版社2001年版，第191页。）

2002年，著名书画巨匠范曾为季羡林先生画了一幅画像，像旁边还题写了《季羡林像赞》：

神似老圃，九畹滋兰。中西学贯，蔚然大观。文化书院，八表闻鸾。风云际会,公坐如磐。飘然皓首,万里击搏。般若境开,智且不殚。我逢佳士,意寄笔端。重逢他日,洗耳杏坛。持此作颂,意犹未阑。

此画生动传神,图文并茂,季羡林十分喜欢,一直摆放在客厅之中显眼之处。

据笔者所知,范曾为季老作画,至少有三幅。上面是第一幅。第二幅画于乙酉年(2005年),是季老手披书卷的半身肖像。上面题写了季羡林的一段文字:

德国伟大诗人歌德说:大自然不会犯错误,犯错误的是人。德国伟大的思想家恩格斯说:我们不要过分陶醉于我们对自然的胜利,每一次胜利大自然都对我们进行了报复。我有一个公式:人类在大自然面前翘尾巴的高度与人类前途的危险性成正比,尾巴翘得越高危险性越大。

落款是"乙酉江东范曾"。

季羡林的这段话出自他为范曾的《庄子显灵记》写的序。"天人合一"是季羡林和谐观的重要内容。在人与自然的关系上,季羡林最赞赏道家。所以,范曾写庄子,颇对他的心思。

范曾的第三幅画是给季先生祝寿的,画面上是一个六岁男童,前面一块大石头上落着一只展翅欲飞的小鸟。

第七章

同道中人

知心画家吴作人

1992年，季羡林收到江苏文艺出版社张昌华的一封来信，谈到大画家吴作人的一些情况。信中说：

那日下午，我们应约到吴作人先生家，为他拍照。他已中风，较严重。萧先生说他对以前的事记得清楚，对目下的事过目皆忘。有一件事，当时十分激动，想立即告诉您的。那日，为吴先生拍照以后，请他签名。我们把签名册送到他手中，我一页页翻过。当见到您签的那页时，十分激动，用手指着您的签字直抖，双唇颤抖，眼睛含着泪花。他执笔非要签在您的名字旁，萧夫人怕他弄损了您的签字不好制版，请他在另一页上签，他固执不肯，样子十分生气。最后还是在另页上签了，但十分令人悲伤，也十分令人感动。悲伤的是一代美术大师连自己的名字也签不起来了（想不出），尽管萧夫人再次提醒，他写不出自己的名字，倒写了一堆介乎美术线条的草字，杂乱，但十分清楚可辨的是您的"林"字。我想大概当时他完全沉浸在对您的美好回忆中。我可揣测，你们之间一定有着十分感人的友谊。而且，写着写着，他流了泪，他的签名始终没有完成。最后萧夫人用了一张他病中精神状态好时签在一张二寸长纸条上的名字，我们为此十分激动、感动。

读了这封信，季羡林的心颤抖起来，万万没有想到，分别还不过一两年，老友吴作人竟病成这个样子。他不禁潸然泪下。

季羡林同吴作人是在解放前认识的。那时候北大还在沙滩。担任东语系主任的季羡林筹办一个印度伟大诗人泰戈尔的画展，地点在孑民堂。因为画坛巨匠徐悲鸿曾应邀在印度泰戈尔创立的国际大学讲学，而且给泰翁画了一幅有名的肖像，所以季羡林就求助于徐悲鸿先生。徐先生非常热心，借画给他，并亲自到北大来指导。偕同前来的有徐夫人廖静文女士，还有吴作人。这是他们第一次见面，当时他们都还年轻，只有三十六七岁，都是风华正茂的时候。季羡林与吴作人行当不同，但对吴作人他早有耳闻。听美术界行内有人说，中国人学习西洋的油画，大都是学而不像；真正像的，中国只有一人，这就是吴作人。吴作人因此在季羡林的眼中成了传奇人物。当同这位传奇人物面对面站在一起的时候，他用好奇的眼光打量他，只见他身材颇为魁梧，威仪俨然，不像出自江南水乡。他沉默寡言，然而待人接物却诚挚而淳朴。从此，在无言中他们就成了朋友。

吴作人（1908—1997），安徽泾县人，生于江苏苏州，1926年入苏州工业专科学校建筑系，1927年至1930年初先后就读于上海艺术大学、南国艺术学院美术系及南京中央大学艺术系，从师徐悲鸿先生，并参加南国革新运动。早年攻素描、油画，功力深厚；所作国画富于生活情趣，不落传统窠臼。晚年专攻国画，境界开阔，寓意深远，以凝练而准确的形象融会着中西艺术的深厚造诣。吴作人1985年获得比利时王国王冠级荣誉勋章，1997年4月9日逝世。

1951年，新中国派出第一个大型代表团——中国文化代表团，赴印度和缅甸访问。代表团团员文理兼备，大都是在某一方面有突出成就的学者和艺术家，其中颇不乏非常知名的人物，吴作人和季羡林都是代表团成员。从1951年春天开始筹备，到1952年1月24日完成任务回国，前后共有八九个月。他们几乎天天在一起。他们遍访了印度和缅甸的名胜古迹，在童话王国般的环境里，他们有颇多聊天的机会。

在科钦海滨，茵莱湖畔，季羡林和吴作人常常坐对橘园，信口闲聊，上天下地，海阔天空，没有主题，而兴趣盎然。他们还在一起高歌《歌唱祖国》，季羡林发现，吴作人的发音同别人有时有点区别，声音低沉雄浑，就好奇地问了他一声，他说这是二重唱的和声。季羡林觉得长了见识。

出访回国不久，季羡林忽然对藏画发生了兴趣。虽然初入藏界，但雄心勃勃：不收齐白石以下的作品。他自己不是内行，便请吴作人代买几张白石翁的作品。吴以内行的身份问道："有人名的行不行？"收藏界有一种偏见，如果画上写着受赠者的名字，则不如没有写名字的值钱，季羡林觉得这个偏见十分可笑，立即答道："我不在乎。"吴作人认识白石翁，他买的画决不会是赝品。过了不久，他就写信通知季羡林：画已经买到。季羡林连忙赶到吴作人的老房子里去取画。共有四张，付了相当于新币人民币79元的价钱。这几张画就成了季羡林藏画的起点。有好朋友吴作人掌眼，不必担心买了假画，季羡林的胆子壮了。据季羡林的老搭档，东语系党总支书记贺剑城回忆：

> 季老很喜欢国画，一天傍晚，我看到他一手提着台灯，一手拿着一个镜框从城里回来，镜框里是齐白石的一张国画，上面还画了一只蝈蝈，季老告诉我，齐老是不轻易画虫鸟的，意思是这是一张力作。这张嵌有镜框的画，一直放在办公室，"文化大革命"中这张画命运怎样了，我始终没有问过，在那"史无前例"的日子里，恐怕也会当作"四旧"处理吧！1956年大幅度调资后，季老的经济状况有所好转，他对古画的兴趣也更加浓厚了。琉璃厂的一位叫刘云普的店员常常来给他送画，季老总是当时先看一眼，留下再挑选，过些天刘云普又送来一些画，把不买的画顺便取走。年复一年，季老买了多少画，我也从未问过。（转引自贺剑城《永远的怀念》，北京大学出版社2010年版，第42页。）

20世纪80年代,季羡林和吴作人同参加全国人大常委会。常委会的会是非常多的,要审议和通过法律、审议重要官员的任免、研究决定重大问题。在五年时间里,每两个月他们必能见面一次。可惜没能找出时间,像当年出访印度和缅甸那样,晤对闲聊。在这期间,吴作人曾亲临季家,带给老朋友一册影印的他同夫人萧淑芳女士的画集。没有想到暌别时间不长,他竟中了风,难以言行。就是在这样艰难的情况下,季羡林在吴作人心中竟然还能有这样的地位,季羡林内心焉能不感动?他带上儿子季承,赶往吴家探望。他拉着老朋友的手,安慰他静心调养,衷心祝愿他早日康复。

民俗学家钟敬文

比季羡林年长八岁的钟敬文教授也是他的晚年挚友。季羡林认为钟敬文是自己的学坛前辈。因为在季羡林读大学的时候,钟敬文已经在民俗学研究方面颇有名气了。由于行当不同,他们没有什么来往。在50年代,钟敬文有事到北大外文楼东语系主任办公室找过季羡林一次,以后他们就中断了联系。

钟敬文,原名钟谭宗。1903年出生于广东汕尾海丰公平鱼街,客家人。他毕生致力于教育事业和民间文学、民俗学的研究和创作,贡献卓著。

20世纪50年代的第一个春天,钟敬文与郭沫若、老舍一道筹组的中国民间文艺研究会宣告成立,选举郭沫若为理事长,老舍、钟敬文为副理事长,钟敬文主持日常工作。经历了数十年的努力,中国终于有了全国性的研究民间文艺的专门机构。1953年他率先在北京师范大学中文系开设了民间文学研究生班,为新中国培养该领域的高级人才。1954年他当选为北京市人大代表,并参加了政协全委会组织的宪法草案(初稿)座谈会,钟敬文先生充满了参政、议政的热情。可惜好景不长,一场突如其来的政治风暴将他打入了冷宫,1957年钟敬文先生被错划为右派,失去了政治权利,失去了学术研究的自由。1962年,右派摘帽,他悄悄地开始了学术研究,撰写了《晚清时期民间文艺学史试探》《晚清革命派作家的民间文艺学》等学术论文。接着是"史无前例"的"文化大革命",钟敬文的学术生命又被中断了十年之久。

改革开放后,钟敬文获得第二度学术青春。1979年,年近80的他为恢复民俗学的学术地位而奔走，邀请顾颉刚、容肇祖、杨堃、杨成志、白寿彝、罗致平等七位著名学者，联名倡议恢复民俗学的学术地位，建立中国民俗学学术机构。1983年，中国民俗学会成立，钟先生当选为理事长。钟敬文像绝大多数中国知识分子一样，由几千年历史环境所决定，视祖国为母亲，不管受到多么不公平的待遇，从不抱怨，总是无怨无悔，勤奋工作，因为他深爱着我们的祖国。

恰逢季羡林在逆境中用数年之力翻译的印度两大史诗之一《罗摩衍那》正式出版，季先生又对史诗中的几个民间故事和几种民间习俗，从影响研究的角度追踪其发展、传播和演变的过程。这无疑引起了民俗学家钟敬文的浓厚兴趣。他请季羡林到北师大做过一次有关《罗摩衍那》的学术报告，又复印了几篇季羡林关于民间故事传播过程的论文。

这样一来，他们就成了朋友，而且是忠诚真挚的朋友。陈寅恪在《王观堂先生挽词》中说："风义平生师友间"。季羡林认为，他同钟老的关系颇有类似之处。他对钟尊敬如师长。认为钟老为人正直宽厚，蔼然仁者，每次晤对，如坐春风。爱屋及乌，由于钟老的缘故，季羡林对北师大的事情也积极起来。每次有会，邀之即来，来后必讲。主要原因是想见上钟老一面。季羡林感到，像钟老这样的老人，忠贞爱国，毕生不贰，是中国知识分子的优秀代表，是我们学习的楷模。1998年，四卷本《季羡林散文全编》出版，96岁高龄的钟老欣然写序赋诗表示祝贺。文中说，"季先生以北人治南学（南亚之学），学成西方而精通东方（东方之学）；学问好人人都知道；散文写得好，却容易被忽略。其实他的文章一直伴随着他的学问，毋宁说也是他学问生命的一种形态。"概括得恰如其分而且妙趣横生。他赋诗："浮花浪蕊岂真芳？语朴情醇是正行。我爱先生文品好，如同野老话家常。"把季羡林散文的文风文品比喻得恰到好处。

2001年是季羡林九十大寿。年初，季羡林把接近九十或九十以上的老朋友六七位邀请到一起，说好来一个联合祝寿，林庚、侯仁之、张岱年等都参加了。大家都没有忘记邀请钟敬文，钟老也来参加了。大家推杯换盏、尽欢而散，成为一次难能可贵的盛会。可是走出勺园七号楼的大门时，发现大红布标上写着"庆祝季羡林先生九十华诞"，季羡林感到有违自己的初衷。9月29日，他又以给钟老祝寿的名义，在勺园举办了一次有近二百人参加的大会，群贤毕至，可谓极盛。

不久，钟老因病住院，季羡林几次要到医院里去看他。但是，他正在医生的严密"控制"下，不许会见老朋友。到了2002年初，季羡林也因病住进医院，也处在大夫的严密"控制"下。可他还梦想着，在预定2月中旬中央几个机构为钟老庆祝百岁华诞时，说不定能见他一面。然而他等来的却是噩耗。钟老匆匆忙忙地走了。2002年2月12日，听到钟老逝世的消息，病中的季羡林提笔写下《痛悼钟敬文先生》，忆及他们数年的交往，几次潸然泪下。

史学史家白寿彝

1962年11月,季羡林参加代表团出访伊拉克和埃及。代表团团长是季羡林的清华老同学,时任北京市副市长的吴晗,成员还有尹达、白寿彝和马坚。代表团在伊拉克的主要活动是出席巴格达建城1200周年庆典。可是出发之前找来找去,找不到一位对巴格达历史有研究的学者,只好找人写了一篇讲述中国人民与伊拉克人民友好交往历史的文章,由吴晗在庆祝会上宣读。由于论文与活动主题不符,吴晗感到很不好意思。国外20多天的朝夕相处,让季羡林与白寿彝成了要好的朋友。

白寿彝(1909—2000),字肇伦,又名哲玛鲁丁,河南开封人,回族。著名史学家、回族史和伊斯兰教史专家。1932年毕业于燕京大学国学研究所,先后执教于云南大学、中央大学、北京师范大学,致力于中国民族史、中国史学史及中国通史的研究。

白寿彝生于河南省开封市,12岁入开封教会学校圣安德烈中学。1920年考入上海文治大学,不久转学到河南中州大学文科二年级读书,受到著名哲学家冯友兰的直接教诲。1932年获得燕京大学国学研究所哲学史硕士学位,旋即被聘为北平研究院历史研究所及禹贡学会编辑。1940年后历任云南大学、重庆中央大学、南京大学等校历史系教授。其间,曾创办《伊斯兰》,主编《月华》《云南清真铎报》等杂志,同时深入乡村了解回族风俗民情,探讨研究回族发展历史。

1949年7月,白寿彝同郭沫若、范文澜等筹办中国史学会,于同年受聘于北京师范大学,任历史系教授。新中国成立后,被聘为中国科学院专门委员,与侯外庐等筹建中国科学院历史研究二所并兼任研究员。同时创办了《光明日报》的《历史教学》半月刊,与刘大年等发起创办了《历史研究》杂志。1951年7月28日中国史学会成立,郭沫若任会长,吴玉章、范文澜为副会长,白寿彝与季羡林均当选理事。这是他们相互交往的开始。1951年季羡林还参与了为天津《大公报》编辑《史学周刊》,并在第3期上发表《介绍马克思的"印度大事年表"》一文。同年他与曹葆华共同翻译的马克思著作《不列颠在印度的统治》和《不列颠在印度统治的未来结果》,也由北京人民出版社出版。1954年和1955年,季羡林又在《历史研究》上发表了两篇重要论文《中国纸和造纸法输入印度的时间和地点问题》和《中国蚕丝输入印度问题的初步研究》,这两篇论文白寿彝印象深刻。

那次出访,他们观摩巴格达军事学院的表演,参观开罗的金字塔和狮身人面像,每天在一起,几乎无话不谈。他们谈论共同的朋友臧克家,谈论北大和北师大的趣闻,谈论最多的当然是学问上的事,而他们最感兴趣的就是历史。白寿彝向季羡林详细介绍了他对中国史学史的看法,季羡林闻所未闻,听了"大有茅塞顿开之感"。他认为,中国是世界上最重视历史的国家,史籍之多,浩如烟海;名家辈出,灿若列星;史学理论百花齐放,治中国史学史必可大大丰富世界史学理论,必能为世界史苑增添奇花异卉。可惜这样一门重要学问少人问津。这不能不说是极大的憾事。白寿彝是个有心之人,他治中国史学史多年,在中国历史方面学养深厚,但他治学严谨,决不肯把自己认为不成熟的看法写成文章,公诸世界。如果换了别人,恐怕早就著作等身了。回国之后,每次见面,季羡林都要问白寿彝:中国史学史写得怎么样了?

从1967年起,白寿彝在毛泽东和周恩来的支持下,开始做《二十四史》的点校工作。改革开放后,白寿彝先生先后担任北京师范大学学术委员会主任、校务委员会顾问、历史系教授、《北京师范大学学报》主编、《史学史研究》主编等职,创建了北京师范大学史学研究所和古籍研究所。

1988年12月3日,白寿彝行将迎来八十大寿。季羡林为老友写了一篇祝寿文章

《寿寿彝》：

　　寿彝同志行年八十了，我认识他已经将近半个世纪，超过了他现在年龄的一半，时间不能算短了。但是我们的友谊却是与日俱浓。其中也没有什么奥秘。中国古人说："人之相知，贵相知心。"在这样漫长的时间内，我越来越明确地感觉到，寿彝同志的心是淳朴的、开朗的、正直的、敦厚的。我们俩的共同老友臧克家同志经常同我谈到寿彝，谈起来总是赞不绝口。他的看法同我没有什么差别。可见我的感觉是实事求是的，并非个人偏见。

　　文章以两句祝愿作结：我现在祝寿彝长命一百岁以上，祝他再为中国史学史工作二十年以上。

英语教授许国璋

在中国，特别是改革开放以来，学习英语的人，恐怕没有不知道许国璋教授的。那时候，广播里，电视上，到处都在教授《许国璋英语》。1994年，当季羡林家的小保姆告诉他，"刚刚接到北外的电话，说是许国璋先生去世了。"闻此噩耗，季羡林不禁"哎哟"了一声。这种不寻常的惊呼，在过去相同的场合是从来没有过的。

许国璋1915年生于浙江海宁，1934年入上海交大，1936年转入清华大学外文系，1939年毕业于西南联大。1947年赴英国留学，1949年回国任教，是我国著名的英语教育家。他主编的大学《英语》教材，从60年代初开始，通行全国，历30多年而不衰，成为我国英语教学方面同类教材的典范。他积极倡导外语教学改革，他的一系列有关英语教育的论文和演讲对我国外语教学产生了深刻的影响。他珍惜人才，教书育人，严谨治学，培养了一代又一代的优秀人才，为我国英语教育事业的发展做出了重大的贡献。

季羡林同许国璋的交往有将近半个世纪。在解放初期那种狂热的开会的热潮中，他们常常在各种各样的会上相遇。会虽然是各种各样的，但大体上离不开外国语言和文学。他们不是一个行当，许国璋是搞英语的，季羡林搞的是印度和中亚古代语言。但因为同属外字号，所以就有了相会的机会。英语界的同行们对许国璋无不钦佩。但是，他自己却绝无骄矜之气。他纯真、朴实、诚恳、谦逊。他说话实事求是，决不忸怩作态。因此，他给季羡林留下了非常好的印象。

到了那一个史无前例的"十年浩劫",许国璋也理所当然地在劫难逃,被打成了外院"洋三家村"的大老板。"三家村"者,反革命小集团也,况且还是"洋"的,还是"大老板"。许国璋所受的皮肉之苦和精神上的折磨,可想而知。

拨乱反正,天日重明。季羡林同许国璋的来往又多了起来。同是开会,但在浩劫前后,性质和内容,颇有所不同。劫前集会,多是务虚;劫后集会,则重在务实。不再是写不完的检讨,认不完的罪,而是认真、细致地讨论一些学术问题。最突出的例子是编写《中国大百科全书》"外国文学卷"和"语言卷"。

季羡林担任"语言卷"主编,他深知责任重大。这样一部巨著必须能代表我国几千年研究语言学的传统和语言学研究水平,他感到诚惶诚恐、如履薄冰。考虑再三,外国语言部分必须请许国璋出马。中国研究外国语言的学者不是太多,而造诣精深、中西兼通又能随时吸收当代语言新理论的学者就更少了。出于这样的考虑,极少登门访友的季羡林,在一个风大天寒的日子里,从北大乘公共汽车,到魏公村下车,穿过北京外院的东校园,越过马路,走到西校园的许国璋家中,恳切陈词,请他负起这个重任。许国璋二话没说,立即答应下来。季羡林一路受的寒风冷气和心里面的忐忑不安立刻不见了。他无意中瞥见了许家摆的那一盆高大的刺儿梅,觉得它也似向自己招手祝贺。

从那以后,季羡林同许国璋的来往就多了起来。有时与工作有关,有时与工作无关。许国璋在自己的小花园里种了荷兰豆,常采摘一些最肥嫩的,亲自送到季家。这些当时还算是珍奇的荷兰豆,季羡林嚼在嘴里,品出了醇厚的友情。许国璋带的硕士生和博士生参加论文答辩,几次请季羡林充当委员会主席,他们一起在外院附近的一个餐馆里吃火锅。许先生也到季家来过几次,他们推心置腹,无话不谈。谈论彼此学校的情况,谈论当前中国文坛——特别是外国语言文学界的新情况和新动向,谈论当前的社会风气。谈论最多的是青年的出国热。在80年代中期发生过这么一件趣事,有人说完全可以编进《新世说新语》。

常年在北外校门口摆摊儿的一位修鞋匠师傅托英语系一位教员带话给许老说:"您许老是无人不知的名教授,但一个月的工资还不及我两三天的收入,您有何感想呢?"许老听到后又托这位教员回话说,咱们两个人都依靠自己的劳动维持生活,没有什么不一样。如果硬要说有什么差别的话,那就是审美对象不同。你一锤子下去,砸得准,钉得牢,便获得一种美感。我读书写文章,得一佳句,也能高兴好几天。真正全神贯注工作的时候,你和我追求的都是成功所带来的美学上的享受。

那时候,季羡林常说"中国知识分子物美价廉",许国璋的安贫乐道就是一个典型的例子。

最让季羡林难忘的是,在他八十岁诞辰庆祝会上,许国璋带着一个大花篮专程赶来了。他们一见面,仿佛有什么暗中的力量在支配,不约而同地伸出了双臂,拥抱在一起。这种方式在当前的中国还是不多见的,在数百人的会场引起一片掌声和欢呼声。他们为什么竟同时伸出了双臂呢?古人说:"诚于中,形于外。"在他们两人的心中,不知道从什么时候早已埋下了超乎寻常的感情,一种"贵相知心"的感情。在当时那一种场合下,自然而然地爆发了出来。

许国璋逝世之后,季羡林在《悼许国璋先生》一文中写道:

我们并不在一个学校工作,见面的次数相对说来并不是太多。我们好像真是一见如故,一见倾心,没有费多少周折。我们也都并没有清晰地意识到,我们终于成了朋友,成了知己的朋友,难道真如佛家所说的那样人与人之间有缘分吗?

了解了我上面所说的这个过程,就能够知道国璋的逝世对我的心灵是多么大的打击。我们俩都是唯物主义者,不信有什么来生,有什么天堂。能够有来生和天堂的信仰,也不是坏事,至少心灵可以得到点安慰。但是,我办不到。我相信我们都只有一次生命,一别便永远不能再会。可是,如果退一步想,在仅有的一次生命中,我们居然能够相逢,而且成了朋友,这难道不能算是最高的幸福吗?遗体告别那一天,有人劝我不要去。我心里想的却是,即使我不能走,我爬也爬到八宝山,这最后一面我无论如何也要见的。当我看到国璋安详地躺在那里时,我泪如泉涌,真想放声痛哭一场。从此人天暌隔,再无相见之日了。

宋史权威邓广铭

在老北大的老朋友中,不能不提到邓广铭。季羡林1946年到北大的时候,发现担任胡适校长秘书的邓广铭是他的同乡。因为邓比季年长四岁,中学又不在一个学校,所以在济南竟失之交臂,一直到在北京上大学时他们才相识。季羡林经常到北大孑民堂前院东屋校长办公室去找胡适,当然都会见到邓广铭,他们很快成了无话不谈的知心朋友。解放前在沙滩时,他们时常在一起闲聊,上天下地,无所不聊。

邓广铭(1907—1998),历史学家,字恭三,1907年3月16日生于山东临邑。1936年北京大学史学系毕业,毕业论文《陈龙川传》深受指导教师胡适的赞赏,留校任北京大学文科研究所和史学系助教。先后发表《辛稼轩年谱》《稼轩词编年笺注》《宋史职官志考正》《宋史刑法志考正》等。陈寅恪为《宋史职官志考正》作序。他写道:"华夏民族之文化,历数千载之演进,造极于赵宋之世,后渐衰微,终必复振。"而"复振"的希望有一部分就寄托在邓广铭身上。他接着写道:"宋代之史事,乃今日所亟应致力者。"然而这一件工作并不容易做,因为《宋史》阙误特多,而在诸正史中,卷帙最为繁多,由此可见,欲治《宋史》,必须有勇气,有学力。1943—1946年,邓广铭任复旦大学史地系教授,撰写了《岳飞》一书,把岳飞传记的写作提高到了学术研究的水平。从1954年起,他先后担任北大历史系中国古代史教研室主任、历史系主任、中国中古史研究中心主任,以及国务院学位委员会成员、中国史学会主席团成员、中国宋史研究会会长、全国政协委员等职。

1998年1月10日上午9时50分，因病在北京去世，享年90岁。

邓广铭毕生致力于中国古代史特别是唐宋辽金史的研究。他治学严谨，领域宽阔，勇于探索政治史、经济史、军事史、学术文化史等各方面的重大课题，精于历史人物传记，在古籍整理方面亦有造诣。

他提出的治史入门的四把钥匙——职官制度、历史地理、年代学、目录学，一直受到史学界的重视。他因在宋史方面超越前人的成就，成为宋史学界的一代宗师。

邓广铭选择这样一个学术领域与当时的时代环境也有很大关系。在《邓广铭学术论著自选集》一书的《自序》中，他如是说：

> 这样一个学术研究领域之所以形成，……从客观方面说，则是为我所居处的人文环境、时代思潮和我国家我民族的现实境遇和我从之受业的几位硕学大师所规定了的。当初选择为陈亮做传记，其中隐含的一个动机，就是当时日寇步步进逼，国难日亟，而陈亮正是一位爱国之士；后来我写辛弃疾，也有这方面的原因。

1946年5月，邓广铭回到北平。正忙于北大复员和重建的傅斯年马上把他借调到校长办公室，做了一个未经正式任命的"校长室秘书"。在胡适到任以后，邓广铭仍然在从事教学、研究工作之余做了很长一段时间的校长室秘书。

1948年冬，傅斯年被南京政府教育部委派为台湾大学校长，他很想拉一批北大的教授去台大任教，以充实该校的师资力量。就在这年12月中旬胡适飞往南京之后，傅斯年屡次以北大校长胡适和教育部长朱家骅的名义致电北大秘书长郑天挺，指明要邀请部分教授南下，其中就有邓广铭。当郑天挺询问邓广铭的意向时，他这样回答：

如果单纯就我与胡、傅两先生的关系来说，我自然应当应命前去，但目前的事并不那样单纯。胡、傅两先生事实上是要为蒋介石殉葬去的。他们对蒋介石及其政府的关系都很深厚，都有义务那样做。我对蒋介石和国民政府并无任何关系，因而不能跟随他们采取同样行动。

1957年，中国知识分子的劫难开始了。次年，邓广铭在运动中受到批判，他提出的"四把钥匙"说被当作资产阶级的史学方法遭到清算。历史系的学生以铺天盖地的大字报要拔掉他这面资产阶级白旗，结果是剥夺了他上讲台的权利。1963年，他才重新获得为学生授课的资格。但此后迄至"文革"结束，学术研究工作基本处于停顿状态。1964—1977年的14年中，他竟然没有发表过一篇论文。57岁到70岁，正是一个学者学术生命最成熟的时期。这期间他写出的唯一一部著作是那本引起争议的《王安石——中国十一世纪时的改革家》。

直至"四人帮"被粉碎，邓广铭在年过七旬以后迎来了他学术生命上的第二个青春。他一生中的这最后20年是他学术贡献最大的时期。就学术成果而言，这20年出版的著作有8种之多：《岳飞传》增订本（1983年）、增订校点本《陈亮集》（1987年）、校点本《涑水记闻》（1989年）、《稼轩词编年笺注》增订本（1993年）、《邓广铭学术论著自选集》（1994年）、《辛稼轩诗文笺注》（1996年）、《邓广铭治史丛稿》（1997年）、《王安石》修订本（1983年、1997年）。与此同时，他还发表了40多篇论文。甚至在年过90以后，仍每日孜孜不倦地阅读和写作，直到住进医院时为止。

1962年，北大朗润园六幢公寓楼落成，季羡林和邓广铭相继搬了进来，比邻而居30多年。在风光旖旎的燕园中，此地更是特别秀丽幽静。有茂林修竹，翠湖青山。夏天红荷映日，冬日雪压苍松。难得的是，这里有季羡林的老朋友，陶渊明所谓"素心人"。当年全盛时期，如陶诗所言："闻多素心人，乐与数晨夕。"张中行先生住在这里，早晨散步时，有时二人会不期而遇，双方会聊上几句。撰写《糖史》的时候，季羡林每天到北大图书馆去。中午回家时，他们常在路上碰到。因为邓广铭每天上午11点前必到历史系办公室去取《参考消息》。他曾说，他故意把《参考消息》订在系里，以便每天往还，借以散步，锻炼身体。两个耄耋老人每天在湖边相遇，彼此心里都盛着他们半个多世纪的友谊。

据邓广铭的长女邓可因回忆，每年春节，妹妹可蕴孝敬父母的上等龙井茶，邓广铭总要分一些给季羡林品尝。有一次他派女儿小南去送茶叶，嘱咐道："季伯伯家有两位老太太，你管那个年轻一点的叫伯母，那个老一点的叫奶奶。"小南调皮地问："要是屋里只有一个老太太，我该叫什么呢？"这可真是送茶叶的一桩趣事。

1994年，季羡林的《留德十年》出版。邓广铭读了，写了一篇《向文科研究生推荐一本必读书》，发表在12月31日《光明日报》上，高度评价季羡林的为人和治学。次日，季羡林在《新年抒怀》一文中写道："在旧年最后一天的《光明日报》上，我读到老友邓广铭教授对我的评价，我也是既感且愧。"

邓广铭与臧克家是山东省立第一师范的同学，季羡林是他们的同乡密友。1976年10月，臧克家写信给邓广铭说：

> 我给季羡林发一信，我被他的"一语"所感动（"一年一次去看你，今生还能见几次呢？"）。去信说，"我有个意思，找个星期日，发函约你和恭三到我处吃便饭，畅谈半日。"他昨回信，大赞其成。我信上还说，邀请有心，但须种种条件具备。话是心声，但何日能实现？！

1994年10月11日，国家图书馆举办"臧克家文学创作65年展览"，季羡林与邓广铭同车前往祝贺。三位老友在主席台并肩站立，许多新闻记者拍摄下这难得的画面。岂料，这是三位好友最后一次相聚。

明清史专家郑天挺

在老北大结识的师友中,还有一位郑天挺(1899—1981),1946年季羡林来北大任教。当时秘书长就是郑天挺先生,是胡适校长的主要助手之一。郑天挺,字毅生,是明清史专家,蜚声士林。当时北大校部就设在沙滩子民堂前面的小院子里。东屋不过十几平方米,是校长办公室。同样大小的西屋是秘书长办公室,郑天挺就在里面办公。六大学院,上万名学生,几千个教员,吃、喝、拉、撒、睡,工作头绪是异常复杂的。虽然六院的院长分担了一部分工作,但剩下的工作还是够多的。作为这样一个庞大机构的秘书长,其繁忙程度可以想见。

郑天挺是福建长乐人。1920年北京大学毕业后,参与厦门大学筹建,后任教于此,兼任图书部主任。1922年被录取为北京大学研究所国学门研究生,修古文字学。1924年毕业后,任教于北京大学、浙江大学。抗日战争爆发后任西南联合大学教授、总务长,1946年任北京大学教授、文科研究所副所长。中华人民共和国成立后,任南开大学教授、历史系主任、副校长,《中国历史大词典》总编。为第三、五届全国人大代表,中国民主促进会中央委员,中国史学会主席团主席。

1919年五四运动,郑天挺积极参加北大学生会工作。同年冬,参加抗议日本登陆福州的活动。1922年加入北大"清代内阁大库档案整理会",参加明清档案整理工作,奠定日后从事明清史研究的基础。1930年任教育部秘书,同年底任北京大学预科国文讲师兼校长室秘书。1933年任北大秘书长,后兼中文系副教授,讲授古地理学、校勘学。1936年兼历史系课程,讲授魏晋南北朝史。

1937年任北大中文系教授。抗战全面爆发后，不畏强暴，保护北大师生安全离校，后与罗常培、魏建功等辗转至长沙临时大学。他于1938年至昆明，任北大历史系教授兼秘书长，兼任西南联大历史系教授，1939年任北大文科研究所副所长，1940年兼任西南联大总务长。抗战胜利后，奉北大命至北平筹备旧校址开学事宜，任北大史学系教授，系主任，并任秘书长，兼任文科研究所明清史料整理室主任。1948年12月14日夜晚，胡适给北大文学院院长汤用彤和秘书长郑天挺留下便笺，写道："今早及今午连接政府几个电报要我即南去。我就毫无准备地走了。一切的事，只好拜你们几位同事维持。我虽在远，决不忘掉北大。"15日下午，胡适夫妇与陈寅恪、黄金鳌、毛子水、英千里、钱思亮、袁同礼等人，在傅作义的卫队护送下，从南苑机场登机起飞。北平解放前夕，郑天挺尽力保护学校财产及师生的安全。时值北大五十周年校庆（12月17日），学生自治会以全体学生名义，赠给他"北大舵手"的锦旗，称赞他在北大几十年廉洁奉公、日夜操劳。1949年北平解放，他任北京大学校务委员会委员、副校长。

1952年院系调整，郑天挺调任南开大学历史系教授、系主任，中国史研究室主任。1961年参加教育部文科教材选编工作，任历史组副组长。主编了《中国通史参考资料》8册及《史学名著选读》6册。1962年，应中央党校邀请，他为学员讲授清史，著《清史简述》。1963年8月，任南开大学副校长，9月，到中华书局主持标校《明史》，多次应邀到中央档案馆作有关"清史研究与档案"和"清代史上的乾隆时期"的报告。

老北大时期，季羡林初任东方语言文学系的系主任，虽然只有几个教员，十几个学生，但是，正如俗话所说："麻雀虽小，五脏俱全。"有些事务性的事情也免不了同秘书长打交道。季羡林每次去见他，他总是满面春风，笑容可掬。凡能办到的，他立即办理，从来不推托扯皮，从来不发脾气。郑先生还兼任文科研究所副所长，季羡林兼任该所导师，他们相处，留给季羡林的都是愉快的记忆。其实担任秘书长这样的行政工作，只不过是郑先生的副业，他的主业是历史研究和教学，当时北大历史系教授阵容强大，水平很高，著名学者有张政烺、翦伯赞、周一良、邓广铭、邵循正、郑天挺等。按照学术界论资排辈的习惯，郑天挺是季羡林的师辈。对明清史，季羡林并不是太熟悉。1952年郑先生去了南开大学，先后担任历史系主任和副校长。他们虽然尚能偶尔在一些会议上相见，比如中国史学会、国务院学位委员会等组织的会议，可是每次都匆匆忙忙，难得有叙旧的机会了。

党的十一届三中全会后，郑先生尽管年事已高，仍抖擞精神，为振兴历史科学奋力拼搏。郑天挺在晚年还担任《中国历史大辞典》主编、国务院学位委员会历史组负责人、中国档案学会顾问等。1979年受教育部委托，开办明清史进修班，主编《明清史资料》以作教材。1980年郑天挺任天津市政治协商会议副主席。同年出版了他的学术著作《探微集》和《清史简述》。1980年，郑天挺在天津主持召开了明清史国际学术讨论会，宣读了《清代的幕府》论文，受到与会中外学者的重视。同年，中国史学会恢复活动，郑天挺被选为常务理事、主席团成员，也兼任执行主席。

郑天挺先生1980年加入中国共产党。1981年12月20日病逝，享年82岁。

1999年10月19日，季羡林为老朋友写下了《忆念郑毅生先生》。

铁骨仁心马石江

2001年2月6日,一向早起的季羡林发现窗外正下着纷纷扬扬的大雪。他想起不久前故去的老友,他铺开稿纸,饱含悲痛之情,写下了一篇文字《悼念马石江同志》:

> 上个月的某一天,蔚秋来告诉我:马石江同志走了。这并不出我的意料,因为他患的是一般人眼中的不治之症,而且已病入膏肓,所以才转沪治疗。但我总相信古人的一句话:"天佑善人。"石江绝对是善人,他应当得到上天的福佑,转危为安的。然而事实竟不是如此,他终于离开我们走了。这消息对我来说,宛如晴空的霹雳,打得我一时目瞪口呆,眼眶里溢满了泪水,强忍住没有流出来,而是流向内心的深处,其痛苦实非言语所能表达的。(转引自胡光利、姜永仁编《季羡林说北大那些人》,金城出版社2014年版,第57页。)

马石江,1925年出生,山东黄县(今龙口)人。1972年后任北京大学汉中分校党委书记、革委会主任,北京大学党委副书记,中共中央党史资料征集委员会副主任委员,中共中央党史研究室副主任。2001年1月7日在上海逝世,享年76岁。

马石江1938年7月参加革命,1939年12月加入中国共产党。曾任中共蓬莱县委秘书,北海地委青委宣传科科长,蓬莱县青年抗日救国会主任、中共蓬莱县区蔚阳山委员会工作队队长兼书记、胶东区青年抗日联合会组织部部长,西海地委新河区党委土改工作队队长、区党委行署支前通讯社总编辑,1948年7月任青年团中央团校研究室副主任。新中国成立后,历任中央团校教研室主任、校党委副书记、党委书记、副教育长、副校长,共青团中央常委。

季羡林比马石江年长十几岁,他们的经历大相径庭,从事的工作也大不相同,他们竟然一见如故,没有经过任何周折或者相互试探与考验,一下子就成了朋友,而且是亲密的知心朋友,原因何在呢?季羡林说:"这理由和根据,就在石江本人身上。他对祖国无限热爱,对教育事业无限忠诚,对青年学生无限爱护,对工作无限投入。"自己同马石江相比,是小巫见大巫。季羡林一连用了四个"无限",说这是马石江吸引自己、感动自己的根本原因。以至于每想到马石江三个字,他那朴实无华的衣着、诚恳淳良的笑容,立即浮现在眼前。

季羡林认为,在四个"无限"中,最根本的是对青年学生的无限爱护。要摆正对青年学生的态度,首先要对其现状做出正确的分析和估量。季羡林认为,现在的青年学生绝大多数是爱国的,极少数人受到"欧美文化"的影响,变成"新人类"或"新新人类",与老一代的代沟日益加深。就是这极少数人,也与大多数青年一样,并未背叛中国知识分子的优良传统:"天下兴亡,匹夫有责"。季羡林郑重指出:"我们做父兄的,在学校做教师或者领导工作的,甚至我们的行政当局,对青年学生只有教育爱护之责,其他的行动都是不恰当的。青年毕竟是我们伟大祖国未来的希望,我们万不能自己毁灭自己的未来。"

在对待学生问题上,季羡林是如此,广大的教师是如此,马石江作为北大的党委副书记,更是如此。他们相信自己的态度是正确的,无可非议的。尽管为此遭受诬陷,受到处分,但真理终究是不可战胜的。马石江死了,盖棺论定,被称为"优秀党员"。对季羡林和广大教师来说,这是极大的安慰。

记得几年前读李克强同志讲到自己几位恩师的文章,印象最深的就是马石江和季羡林。李克强本科毕业以后，就是马石江反复做工作，让他留校担任团委书记的。马石江自己也是共青团干部出身。关于马石江的生平，知者少。在网上查，只有卒年而不知生年，照片更是一张未见。我想，此人的铁骨仁心在史无前例的"无产阶级文化大革命"中必会有所表现。经查阅资料，发现一篇《马石江在"文革"中》，作者是曾宪新，发表在《百年潮》2002年第九期上。现抄录几段，以飨读者：

马石江，1964年任中央团校常务书记、第一副校长，负责全面工作。"文革"前，他在全校师生员工中就享有很高的威望，大家都觉得他水平高，分析问题深刻、全面，处理问题果断、机智，他在员工面前从不摆领导架子，吃在一起，玩在一起，一起"打打闹闹"也是常事。

"文革"中和"文革"后，马石江在老中央团校人员中的威望就更高了。因为他没有在江青、陈伯达这股恶势力面前低头，更没有在团校造反派们的凌辱折磨中屈服。他在逆境中敢于坚持真理、敢于坚持原则的铮铮铁骨，在事过三十多年后的今天仍使我油然生敬，激动不已。

读了曾宪新的文章，相信读者能够更清楚地了解马石江的为人，而季羡林对马石江的评价高是有根有据的。

红学权威周汝昌

在北京西郊香山脚下的万安公墓,季羡林与夫人彭德华和老祖的合葬墓北侧,就是红学泰斗周汝昌先生的墓。周先生一生仰慕季先生,故去之后,他们成了"近邻"。

周汝昌(1918年4月14日—2012年5月31日),天津人,当代著名红学家。本字禹言,号敏庵,后改字玉言。曾就学于燕京大学,西语系本科、中文系研究生。周汝昌是继胡适等诸先生之后,新中国研究《红楼梦》的第一人,享誉海内外的考证派主力和集大成者。

周汝昌历任燕京大学、华西大学、四川大学等外文系讲师、教授,人民文学出版社古典文学编辑,中国艺术研究院顾问兼研究员,美国鲁斯学人,美国威斯康星大学客座教授,中国和平统一促进会理事,燕京研究院董事,中国曹雪芹研究会荣誉会长等。

周汝昌曾评注校订过唐宋诗词及《三国演义》《水浒传》《红楼梦》等名著。已出版著作40余部。1953年版《红楼梦新证》为其首部也是最重要、最具代表性的著作,其丰富详备的内容以及开创意义在红学史上具有广泛持久的影响,被评为"红学方面一部划时代的最重要的著作";他的另一部代表作《石头记会真》是其历经五十余载潜心努力,对11种《红楼梦》古钞本的汇校勘本,堪称当今红学版本研究之最。

在20世纪的许多学者中,周汝昌的学术运气,算得上是上上签了。关于周汝昌的学术运气,学者胡文辉在他的《现代学林点将录》中归结了四点:

第一点归结于燕京大学教授邓之诚与胡适关系不好。邓之诚是老派学者,反对胡适提倡白话文。当年，胡适研究《红楼梦》，从邓之诚的《骨董琐记》中找到了一些关于《红楼梦》的相关史料。当时，为找寻曹雪芹的相关史料，胡适一直在找曹雪芹的好友敦敏的《懋斋诗钞》这本书。为此，胡适曾专门询问邓之诚。邓之诚明知此书就在燕京大学图书馆，却不告诉胡适。结果，到了20世纪40年代，周汝昌的哥哥周祜昌让他去燕京大学图书馆查找此书，抱着试试看的心态，周汝昌轻而易举找到了此书，并为此写成了《曹雪芹生卒年之新推定》的文章。此文发表后，很快引起胡适的注意，进而有了胡适与周汝昌的一段师生缘分。

周汝昌的第二个运气，源于胡适对他的欣赏。他原本跟胡适素不相识，却因为这一篇文章，打上了交道。为研究《红楼梦》，周汝昌专门去东厂胡同1号胡宅拜访胡适，两人仅仅见过这一次面，周汝昌就冒昧向胡适借甲戌本的《红楼梦》，没想到胡适一口就答应了。于是，周汝昌和他的四哥周祜昌利用一个暑假的时间，重新手抄了甲戌本的《红楼梦》。1949年，当胡适带着稀世珍宝甲戌本《红楼梦》离开大陆之后，整个大陆，也就只有周汝昌有这个本子了。

除了以上两个好运之外，胡文辉还举了两点。他认为周汝昌的《红楼梦新证》出版于1953年，可谓出版及时。因为倘使到了1954年，大陆掀起《红楼梦》批判，此书就很难出版了。最后一点是，周汝昌的书出版之后，得到了毛泽东的好评，高层对此心知肚明，周汝昌也因此有了保护伞，由此躲过了运动频繁时代的许多劫难。

除此之外，周汝昌的好运还在于，他的《红楼梦新证》，非常难得地取得了"两面讨好"的效果。一来，毛泽东看了此书之后，对此书评价甚高，这对周汝昌的学术生命来讲，无疑是一件好事情。二来，虽然此书很多地方批评了胡适，但胡适对此书却也青睐有加。1960年11月19日，在给高阳的信中，胡适写道：

> 关于周汝昌，我要替他说一句话。他是我在大陆上最后收到的一个"徒弟"——他的书绝不是"清算胡适思想的工具"。他在形式上不能

不写几句骂我的话，但在他的《新证》里有许多向我道谢的话，别人看不出来，我看了当然明白。……汝昌的书，有很多可批评的地方，但他的功力真可佩服。可以算是我的一个好徒弟。（胡颂平《胡适之先生年谱长编初稿》第9册，第3373页。）

《红楼梦》是中国文学史上的瑰宝。100年来红学研究长盛不衰，涌现出一批又一批大家。周汝昌和季羡林有交往。周汝昌的女儿周伦玲说，1950年时，父亲就翻译过季老的《列子与佛典》一文，此文后来刊载于1951年第六卷Studia Serica上，"甚为国际学者所重视"。

后来周汝昌在写有关胡适的书时，又请季羡林写过序。当时季老谦虚地表示"只希望能给你们帮上忙"，让周汝昌感念至今。2005年，周汝昌的新书《我与胡适》出版之际，还曾亲自去医院看望季老，但由于季老的身体原因，两人并没有见着面，这让周汝昌感到十分遗憾。

周伦玲说，由于两位老人的身体原因，加上季羡林晚年一直住在医院，两位老人见面的机会并不多。"知道季老身体不好，父亲一般不去打扰。但季老的生日，我父亲去过两三次，还为他写过一首贺词。"

季羡林逝世后，周汝昌写诗悼念：

古历己丑闰五月十九日惊闻季羡林先生谢世痛悼不已敬赋小诗略展悲怀

大师霄际顾人寰，五月风悲夏骤寒。

砥柱中华文与道，渠通天竺梵和禅。

淡交我敬先生久，学契谁开译述关。

手泽犹新存尺素，莫教流涕染珍翰。

书法教育家欧阳中石

季羡林2007年出版的《病榻杂记》收录了一首诗《赠中石》，是写给著名书法家欧阳中石的：

    学习逻辑辩证法

    甄甀台上显才华

    劝君莫忘雕龙术

    天下书法第一家

这首诗写于2006年6月1日。大约此前9个月，我参与编写的《此情犹思：季羡林回忆文集》付梓，请欧阳先生为该书题签。欧阳先生题写了书名，落款是"中石拜题"。我十分高兴，想奉上一点润笔。欧阳先生正色道："能为季老的书题签，是我的荣幸。你这是干什么？你知道我和季老是什么关系？"我喏喏道："知道，你们是好友兼同乡。""好友不假。你知道秋妹吗？""知道，季老的堂妹。""那是我二嫂。季老家里早年的照片，就是我为他收集的。"原来如此！都怪我自己孤陋寡闻，后来才知道，岂止是收集老照片，连季老叔父和婶母在济南郊区的坟茔，都是中石先生和夫人张茞京找到和重修的。

欧阳中石，1928年生于山东省泰安市肥城。著名学者、教育家、书法家、首都师范大学教授、博士生导师。欧阳中石是中国当代艺术大师，既是一位学者，又是一位教育家。高中毕业后在济南某小学任教。20世纪50年代初，年轻的欧阳中石考取了辅仁大学哲学系，一年后进入北京大学哲学系，主修中国逻辑史，拜在逻辑学大师金岳霖的门下。1954年，欧阳中石毕业于北京大学，开始在中学从事基层教育工作。他教过中学的各门课程，深得学生敬重。在长期从事中学教学的实践中，他对语文教学中长期存在的一些问题进行了积极深入的思考，运用他敏锐的目光和明辨的思维，以及对中国语言文字特点独到而深刻的理解，提出了一套科学的语文教育改革方案，在中学试点，取得了令人瞩目的成果，得到了各界的一致好评。

欧阳中石说过，自己一生就做三件事：教书、写字、唱戏。这里，谈谈他教中学的经历：1954年欧阳中石从北大哲学系毕业，分配到河北通县女师教几何。看来似乎与他的专业逻辑学风马牛不相及，实际上，逻辑与数学就是你离不开我，我离不开你。好，就教数学。几何教得好好的，学校又要他改教语文。语文是欧阳中石的强项，教起来得心应手。他很快就成了全校乃至全县的榜样。接下来领导要他改教物理。是因为欧阳中石精通物理？没有的事，原因是"需要"，必须无条件服从。很快，他又从物理教学中找到了乐趣。这时，学校又要他改教化学。就这样，从26岁到50岁，在中学、中专，他教过写字、语文、美术、物理、化学、历史、体育、唱歌还有戏剧，成了一位全能老师。他自幼喜欢唱戏，早年曾拜奚啸伯为师。在样板戏流行的日子，一度成为校内外宣传队争抢的香饽饽。

1981年，欧阳中石调到北京师范学院（现为首都师范大学）教育系，走上了书法教育之路。那是中国书法教育逐渐复兴的时候，欧阳中石与当时许多的有识同道共同承担了一个艰巨而又伟大的历史任务——开辟高等书法教育。他首先为在书法艺术复兴时期不懈追求的众多有志青年着想，开办了成人书法大专班，首批面向全国招收近百名学生，以后又发展到本科、硕士教学领域。欧阳中石的举动获得了书学界的广泛赞誉和支持。他曾说过一句话："中国的书法教育事业不是个人的事业，我愿意和朋友们一起来推动它向前发展。"他把全部精力都投入到中国书法教育中。1985年参与创办中国书画函授大学（今重组为中国书画国际大学）并担任学术委员会主席。这些年来，他为中国书法教育事业无私奉献的赤子之心感动着每一位愿为中国书法事业作出贡献的人。

1993年，国家为了促使书法教育蓬勃发展，在首都师范大学设立了美术学（书法教育）博士点。1998年，国家人事部又在首都师范大学设立书法博士后教学点，使首都师范大学在书法教育上迈出了一大步。欧阳中石与众多同道一起投入积极深入的探索之中，不仅弥补了很久以来中国书法教育的不足，培养了一大批中国书法教育的高级专门人才，而且为中国文化教育事业的全面发展拓展了新的领域，为中国书法史写下了浓墨重彩的一页。

2013年5月25日，欧阳中石受聘为中国人民解放军三军仪仗队文化总顾问。

欧阳中石2006年获第二届"中国书法兰亭奖——终身成就奖"。2007年荣获中国文联第六届"造型表演艺术成就奖"，是11位获奖者中唯一的书法工作者。欧阳中石现为中国书法家协会理事，北京书法家协会理事，齐白石艺术函授学院副院长，首都师范大学教授。欧阳中石的书法师承吴玉如先生，有继承也有创新，格调清新高雅，沉着端庄，俊朗而又飘逸，古朴而又华美。观他的作品，如欣赏高山流水，又如见万马奔腾，足见他无日不临池的深厚功力和勇于创新的精神。他出版了《欧阳中石书沈鹏诗词选》《中石夜读词钞》《当代名家楷书谱·朱子家训》《中石钞读清照词》《老子〈道德经〉》等众多作品集。其书法在国内外享有盛誉。欧阳中石博学多才，对中国传统文化、艺术有较全面、精深的造诣。著述40余种，涉及国学、逻辑、戏曲、诗词、音韵等。

欧阳中石作为书法大家，他那飘逸俊朗的书法几乎随处可见。而他的国画作品恐怕就很少有人见到了。据中石先生的学生介绍，他的画作只赠送亲密的朋友，所以传世稀少。笔者在季老家中见过欧阳先生的两幅作品：一幅大写意的《季荷》，丹青分明，题有赞语，字画皆佳，是一件罕见的艺术珍品；另一幅是《果实》，也是写意国画，画的是肥硕的寿桃。

哲学大家任继愈

早在半个世纪以前，笔者在北大上学的时候，就知道任继愈是哲学家、名教授，却无缘与任先生相识。1978年暑期，季羡林先生应邀去新疆参加学术活动，活动结束，在乌鲁木齐火车南站为先生送行的时候，我才第一次得见同来新疆的任继愈先生。但见任先生身材瘦高，穿藏青中山装、皮鞋，持手杖，花白头发梳理得十分整齐，镜片后面闪烁着睿智的目光。后来，渐渐得知任先生的女儿考取了季老的研究生，季老的一些弟子有的考取了任先生的研究生，有的分配到任先生任领导的世界宗教所或国家图书馆工作。季老和任老门下的学生交往颇多。没有想到的是，两位老先生竟在同一天结伴西行。著名国学大师饶宗颐当日挥笔写下挽辞："国丧两宝，哀痛曷亟"。

任继愈（1916—2009），山东德州平原人，是著名哲学家、宗教学家、历史学家，国家图书馆名誉馆长。任继愈毕业于北京大学哲学系，曾任北京大学教授、中国社科院研究生院博士生导师、中国哲学史学会会长、中国社科基金宗教组召集人、中国无神论学会理事长。

两位大师辞世不久，我在网上看到一篇未署名的文章《让大师的智慧照亮未来》，写得真好！现抄录部分，以飨读者，同时对作者表示谢意：

（2009年）7月11日，一个哀恸的早晨。

4时30分，北京医院，93岁的任继愈先生静静地合上了双眼；四个半小时后，在301医院，98岁的季羡林先生驾鹤西去。

以学问报效祖国是两位大师不约而同的人生目标，这是他们勤勉治学、勤谨做人的动力所在。

朴素的真理从朴素的生活开始，朴素的追求也一定会到达朴素的目标。北大的学子都知道，朴素的季先生常年一身旧中山装，一双布鞋，数十年如一日。因为这身打扮，他常常被误以为是学校的校工。一次，一位新入学的大学生把他当作校工，请他照看行李，他慨然答应，等到开学典礼上季羡林登台讲话，那位大学生才如梦初醒。

> 做人的标准是朴实、真实，一个人不要天天耍花腔，也不要一天愁衣服少了，一天愁好东西吃得太少了，我不要一个人这样子，人活的目的，不是为了吃饭、穿衣，一个人为了吃饭穿衣而活着，这个人格儿不高。

一生信奉朴素、对自己过于苛刻的季羡林，对于别人却从不吝啬。2003年末，在301医院住院的季羡林把爬格子所得的15万美元稿酬捐给了母校清华大学。在此之前，他把自己的图书、手稿以及所收藏的宋代名人绘画等个人收藏品捐给了北京大学。"摆在国家手里最放心。"

季羡林说过，自己喜欢的人是这样的：

> 质朴，淳厚，诚恳，平易；骨头硬，心肠软；怀真情，讲真话；不阿谀奉承，不背后议论；不人前一面，人后一面；无哗众取宠之意，有实事求是之心；不是丝毫不考虑个人利益，而是多为别人考虑；关键是

一个"真"字,是性情中人。

"季羡林先生和任继愈先生深受大家热爱的原因在于,他们在道德品格上同样融合了中外知识分子的优秀传统。"古典文学家、北京语言大学副校长韩经太说。中国传统士大夫的仁爱和恕道、强烈的忧患意识和责任感、坚毅的气节和情操,西方人文主义知识分子的自由独立精神、尊重个性和人格平等观念、开放创新的意识,这些优秀传统都凝聚融化在他们身上。韩经太说:"所以,他们能够做大学问,成大事业,有大贡献,他们是中国当代知识分子的旗帜和榜样。"

历史地理学家侯仁之

侯仁之（1911—2013），祖籍山东恩县（今平原县恩城镇），生于河北枣强县。中国著名历史地理学家。1936年毕业于北平燕京大学，留校读研并兼任助教。1940年获文硕士学位，继续留校任教并担任校学生辅导委员会副主席。1946年赴英国利物浦大学地理系学习，1949年获哲学博士学位。回国后历任燕京大学副教授、教授，兼任清华大学营建系教授。1952年院系调整后任教于北京大学。

1950年，侯仁之发表《中国沿革地理课程商榷》，第一次在中国从理论上阐明沿革地理与历史地理的区别及历史地理学的性质和任务，率先为中国现代历史地理学的建立奠定了理论基础。1952年，侯仁之在北京大学正式开设中国第一个"历史地理学"专业。历任北大副教务长、地质地理系主任、地理系主任等职。1980年当选为中国科学院地学部学部委员（院士）。曾任北京大学城市与环境学院教授、博士生导师。主编有《北京历史地图集》，著作编为《侯仁之文集》。

在不堪回首的十年浩劫中，季羡林和侯仁之他们这一对朋友因为反对"老佛爷"又成了"棚友"。他们被关在"牛棚"中时，校园里的高音喇叭经常鬼哭狼嚎地喊叫"打倒周一良、侯仁之、季羡林"的口号，三人名字连成一串。这是富有正义感、敢在太岁头上动土的三位老教授。侯仁之是德高望重的历史地理学家，而周一良是优秀的历史学家。有一次，批斗北大教务长戈华，他们三个都是"陪斗"，被赶进了大饭厅台下的一间小屋里，面壁而立。在上台挨斗之前，季羡林、侯仁之和周一良首先挨了一顿拳打脚踢，只听到几声巴掌打脸或脊梁的声音，清脆"悦"

耳,接着台上传来一声狮子吼:"把侯仁之、周一良、季羡林押上来!"他们就分别被两个壮汉反剪双臂押上台去,口号声震天动地。他们只能弯腰低头,坐静止的"喷气式"。对那些野狗狂叫般的批判发言,他们充耳不闻。这样的批斗不止一次,而是经历了几次、十几次,乃至几十次,在办公楼礼堂、在东操场、在体育馆、学生宿舍区的"斗鬼台"等。这一段十分残酷然而却又十分光荣的经历,把季羡林同侯仁之、周一良紧紧联系在一起。

话说2008年7月4日,季老的孙女季清带着丈夫和孩子回国看望爷爷。季羡林从医院请假回到燕园。老先生会见过亲人以后,从十三公寓出来,由北大原副校长郝斌、原图书馆馆长林被甸、北大副秘书长赵为民以及著名学者汤一介、乐黛云夫妇陪同,坐轮椅绕未名湖转了一周。路上遇见熟人,停下来说几句话。学生们见到季老,争着留影。来到未名湖东岸,和侯仁之先生及夫人张玮瑛先生见面了。侯先生也坐着轮椅,似在有意恭候,鼻子里插着氧气管,已经不能说话。两位老朋友手拉着手,久久不肯放开。季老和侯老的这次会面,乐黛云说是"北大校史上的一个镜头"。这次见面两位老人都十分激动。季先生一见到侯先生就说:"今天就想来看你!我们是多年的、几十年的老友。"侯先生虽然无法用语言表达,但他一直紧握着季先生的手,眼睛一刻不曾离开季先生的脸,就这么一直望着。季先生又举起左手,伸出四根手指。"我比他大四个月。"季羡林说,"我们也不容易啊!活过九十岁,古今中外不太多的。"郝斌说:"侯先生经常念叨,您是他的老哥哥。"两位老先生的会面,引来了众多学生的关注。正值毕业季,许多身穿学位服的学生围拢来与老先生合影留念。未名湖畔一时热闹非凡。

在改革开放的新时期,两位老先生与广大老知识分子一样,都努力拼搏,做出了骄人的成绩。1984年侯仁之被英国利物浦大学授予"荣誉科学博士"称号。同年,侯仁之在美国康奈尔大学讲学时接触到《保护世界文化和自然遗产公约》,认为中国加入《公约》刻不容缓。他在归国后立即以全国政协委员的身份起草了一份中国应加入公约的提案，为国家所采纳，中国最终成为"世界遗产公约"缔约国。侯仁之院士则被誉为"中国申遗第一人"。1999年获何梁何利基金科学与技术成就奖，同年为表彰侯仁之在历史地理学领域的卓越贡献，美国地理学会授予他"乔治·戴维森勋章"，侯仁之成为全世界获此殊荣的第6位著名科学家。2006年北京大学向十名优秀教师授予首届"蔡元培奖"，侯仁之与季羡林这对老朋友双双入选。

未名湖边的会见是两位老友的最后一次会面。一年以后，季羡林先生与世长辞，侯仁之先生于2013年10月22日在北京友谊医院逝世，享年103岁。

自学成才金克木

金克木（1912—2000），字止默，笔名辛竹，1912年8月14日生于江西，祖籍安徽寿县。中学一年级就失学，若论学历不过小学毕业。1930年到北平求学，1935年到北京大学图书馆做图书管理员，自学多国语言，开始翻译和写作。1938年任香港《立报》国际新闻编辑。1939年任湖南桃源女子中学英文教师，恰逢湖南大学招聘法文讲师，本来不懂法文的金克木自学一阵便去应聘，居然获得成功，登上了大学讲台。20世纪30年代同施蛰存、戴望舒、徐迟等诗人相交往，创作诗歌，1936年出版诗集《蝙蝠集》。早年曾热衷于天文学研究，是戴望舒将他"从天上拉回人间"，鼓励他从事语言学研究。1941年金克木经缅甸到印度加尔各答，任中文报纸《印度日报》编辑，同时学习印地语和梵文、巴利文，后到印度佛教圣地即释迦牟尼初转法轮处鹿野苑，从娇赏弥老居士钻研梵文佛典，又随迦叶波法师学习印度教经典《奥义书》，并与印度学者师觉月、潘尼迦和戈克雷交往密切，曾协助戈克雷从藏译本、汉译本还原校勘《集经》梵文本。校勘本《集经》不久在美国刊物上发表。金克木1946年回国后任武汉大学哲学系教授，讲授印度哲学，并发表《〈吠檀多精髓〉译述》等论文。1948年胡适聘他任北京大学东语系教授，讲授梵文、巴利文，成了季羡林的同事。季羡林说："金克木是神童，我只是中等之才。"他只有小学学历，却能当北大教授；他是教梵文、印地文的，却能在北大礼堂给全校师生讲辩证唯物主义和历史唯物主义。金克木的散文小品，也拥有众多的读者。

金克木历任第三至七届全国政协委员，九三学社第五届至第七届常委，宣传部长。2000年8月5日，因病在北京逝世，临终遗言："我是哭着来，笑着走。"

金克木是罕见的语言奇才。他精通梵语、巴利语、印地语、乌尔都语、世界语、英语、法语、德语等多种外国语言文字。他曾仅靠一部词典，一本恺撒的《高卢战纪》，就学会了非常复杂的拉丁文。他的日语也很不错。金克木学贯东西，知兼古今，学术研究涉及诸多领域，自己在生前自称"杂家"。他除了在梵语文学和印度文化研究上取得了卓越成就外，在中外文化交流史、佛学、美学、比较文学、翻译等方面也颇有建树，为中国学术事业的发展作出了突出贡献。

世人皆知金克木是人文学者，其自然科学素养亦不低。他对天文学有特别的兴趣，不仅翻译过天文学的著作，还发表过天文学的专业文章。20世纪30年代，戴望舒非常欣赏金克木的作品，硬是将当时痴迷天文学的他从天文学拉回文学。对此，金克木颇有遗憾，曾在一篇随笔中，怅然道："离地下越来越近，离天上越来越远。"数学也一直为他所好，他曾很有兴趣地钻研过费尔马大定理，临终前写的一篇文章中还涉及高等数学的问题。早年即同数学大家华罗庚很谈得来，华先生也是文理兼通。他还曾和著名数学家江泽涵教授在未名湖畔边散步边讨论拓扑学的问题。

金先生一生笔耕不辍，30年代就开始发表作品，留下学术专著三十余种，主要有：《梵语文学史》《印度文化论集》《比较文化论集》等。他的诗、文，文笔清秀，寓意深刻，有诗集《蝙蝠集》《雨雪集》，小说《旧巢痕》《难忘的影子》，散文随笔集《天竺旧事》《燕口拾泥》《燕啄春泥》《文化猎疑》《书城独白》《无文探隐》《文化的解说》《艺术科学旧谈》《旧学新知集》《圭笔辑》《长短集》等，翻译作品《伐致呵利三百咏》《云使》《通俗天文学》《甘地论》《我的童年》《印度古诗选》《莎维德丽》等。

金先生有一颗童心，对一切新鲜的东西，总是那么好奇，85岁学会用电脑写作和传稿即是一例证。"文革"前他去北大图书馆借书都是拖着小车去拉的，"文革"后体力大不如前,但却始终关心国际学术的最新发展。在国内还少有人提及诠释学和符号学的时候,他已经在撰文介绍,并将它们用于研究中国文化。

金先生一生淡泊名利,很少谈论自己,也很少接受采访。晚年更是深居简出,以著述为本分。但他平易近人,关心后辈,喜欢与后辈交流;始终把读者当作朋友,坚持给读者回信。金先生做教授50多年,桃李满天下。1991年,80岁的金克木在《金克木小品》自序中说:

> 说到人,不免兴起对朋友的深切感触。我不能明白是不是"命中注定",总是能遇上好人使我绝处逢生。当我踯躅街头只有去公共图书馆烤火挨饿之时,有朋友当上小学教员,每月得二十五元。他慷慨分给我五元做一个月的伙食费。认识不到几个月的朋友见我只有一件棉袍,便拿过新毛衣送我,说这件有高领子,他不喜欢,但对我的咳嗽有好处。还有素不相识的人见我冬无大衣仿佛发抖,便暗中托我和他的共同朋友替他去当铺当东西给我买衣服,被我发现后坚决制止。当我口袋里只有几块港洋无计奈何时,竟凭一位过路朋友的一张名片介绍和偶尔手里拿着的一本英文书被报馆主持人收容。第一夜为他译外电,第二夜他就让我独自连译带编,得到了安身之地。还有好友暗中给我钱以便汇出供养母亲还再三叮嘱要求我万不可透露一个字。在生活上学业上思想上以种种方式帮助过我的中国以至外国的朋友以及不居师生名义的老师都使我毕生感谢。(转引自金克木《金克木小品》,中国人民大学出版社1992年版。)

季羡林与金克木是同行同事,他们共事50余年,同住十三公寓,"文革"前给同一个班学生授课,"文革"中同住一所牛棚,一起抬过煤筐。可是,在学生看来，他们的关系完全是工作关系，不离不即，远谈不上密切。是脾气秉性使然？是"文人相轻"？抑或是所谓"瑜亮情结"？笔者以为，其主要原因，是因为新中国成立后政治运动接连不断，季先生是党员领导干部，而金先生则不幸当了老"运动员"，他们不得不保持距离，这既是为了自保，更是为了保护对方。我这样说是有根据的。记得1968年夏季，工宣队进校后，运动进入"斗批改"阶段，季先生奉命随我们班活动。一天，有同学提议："咱们批斗一下金克木吧。"有人表示赞成，有人认为打"死老虎"，没意思。这时，有人问季先生的意见，季先生悠悠说了一句："新鞋不踩臭狗屎。"大家哈哈一笑，事情就不了了之了。当时以为是笑话，事后回想，季老的确机智，把金先生贬到极致，实际是帮他过关。用当时流行的大批判语言描述，真是"小骂大帮忙"。

　　金先生与季先生的性格、做派迥然不同。季先生喜欢藏书，是北大有名的藏书状元，坐拥书城，自得其乐。他爱书如命，他的书概不出借，连心爱的孙女都不例外。而金先生虽然学识渊博，却没有藏书的习惯。他是去图书馆借书，而且认定"书非借不能读"。客人来访，问金先生在读什么书，他会拉开抽屉，向你展示："就是这本。"季先生谦谦君子，彬彬有礼。金先生率性而为，不拘小节。有一次张中行先生受人之托，找季先生和金先生在书上签名。季先生不仅签名，还跑出楼门对委托签名的售书人致谢。金先生却对张先生说："不签不签，我从来不签。"在张先生扭住他的耳朵以后，他才乖乖"就范"。脾气秉性不同，并不影响他们的合作。几十年来笔者从未听说，也未听别人说过，两位先生有相互攻讦的话。这也许就是古人所说的"君子和而不同"吧。

敦煌守护神常书鸿

常书鸿（1904—1994），满族，伊尔根觉罗氏。热河头田佐人，生于杭州。擅长油画、敦煌艺术研究。1923年毕业于浙江省立甲种工业学校染织科，1932年毕业于法国里昂国立美术学校，1936年毕业于法国巴黎高等美术专科学校。历任北平艺专教授，国立艺专校务委员、造型部主任、教授，教育部美术教育委员会委员，1943年任国立敦煌艺术研究所所长。1949年后历任敦煌文物研究所所长、名誉所长，敦煌研究院名誉院长、研究员、国家文物局顾问，甘肃省文联主席，第三届、第五届全国人大代表，第六届全国政协委员，第四届全国文联委员。因一生致力于敦煌艺术研究保护等工作，被人称作"敦煌的守护神"。

常先生自幼喜欢艺术，而他的父亲是个信奉实业救国的人。所以，执拗地把他送到工业学校去读书。无奈，他选择了与绘画有关系的染织专业，并参加了由名画家丰子恺等人组织的西湖画会，在那里学到很多知识。为了进一步深造，1927年他去了法国，在那里他把一切时间用来学习法文和绘画技术，后来终于考上了里昂中法大学公费生，毕业后他取得了里昂市公费奖学金，并转到巴黎高等美术学校继续深造。留学十年间，他取得了卓越的成就，许多油画作品获金奖或被国家博物馆收藏。虽然获得了令人羡慕的荣誉和良好的生活条件，但他始终忘不了报效祖国。

大约1935年秋的一天，常先生在一个旧书摊上，偶然看到由伯希和编辑的一部名为《敦煌图录》的画册。全书共六册，收录约400幅有关敦煌石窟和塑像的照片，他十分惊奇，方知在中国还有这样一座艺术宝库存在，而且在国外引起了轰动,中国人却不知,他内心感到一种震撼。为了敦煌艺术宝库,他放弃了优越的生活条件和工作环境,毅然回到祖国。回国之后,他一直挂念着莫高窟的保护工作,向往着早日能实现梦想。

功夫不负有心人。在国民党元老于右任先生的建议下,经多方努力,促成了设立敦煌艺术研究所的设想。常先生首先担负起了这一重任,为首任"敦煌艺术研究所"所长,终于实现了他的夙愿。

1943年3月27日,常先生肩负着筹备"敦煌艺术研究所"的重任,经过几个月艰苦的长途跋涉,终于到达了盼望已久的敦煌莫高窟。初到莫高窟,他心旷神怡,犹如进入仙境,心情非常激动,彻夜难眠。但是,这种感觉很快就消失了。面临的是重重困难,生活条件非常艰苦,与在法国的条件相比,简直是天壤之别,对于他来说,人生第一次到了如此艰苦的地方。在回忆录中,他这样写道:

>宝藏被劫已经三四十年了,而这样一个伟大的艺术宝库,却仍然得不到最低限度的保护,就在我们初到这里时,窟前还放牧着牛羊,洞窟被当做淘金人夜宿的地方。脱落的壁画夹杂在残垣断壁中,随处皆是。我不胜感慨,负在我们肩上的工作,将是多么艰巨沉重。从我们到达莫高窟的第一天起,我们就感到有种遭遗弃的服"徒刑"的感觉压在我们的心头,而这种压力正在与日俱增。

尽管如此,他们仍然坚持着,清流沙、筑沙墙、护洞窟、修壁画,无论困难有多大,其信念一点也没改变。

到了1944年的秋天,国民党政府教育部才正式批准成立"敦煌艺术研究所",常书鸿任所长。然而,正当他们干得起劲的时候,想不到的事又发生了。才刚刚成立不到一年的研究所,因政局不稳,财力紧张,教育部宣布解散"敦煌艺术研究所"。这是1945年秋天。对于任何困难他们都能克服，而对于这突如其来的消息，他们实在是无法理解。面对现实，他毫不犹豫，领导着大家继续干下去。他说："我们的工作本来就是全凭自己的力量干起来的，研究所的撤销或不撤销，实际意义不大。"这年冬天，他带一双儿女，前往重庆，为敦煌奔走呼号，经过近一年的努力，说服了中央研究院院长傅斯年，敦煌艺术研究所得以恢复。

常书鸿把全部心血都倾注于事业，其余什么也顾不得，只知拼命工作。妻子因忍受不了艰苦生活条件离他而去，丢下两个孩子无人照管，一切落在他的肩上。本来工作中困难重重，妻子离去更是雪上加霜，使他受到了更大的打击。在这接二连三的打击之下，他的决心从来没有动摇过，无论遇到多大的困难，他都要坚持工作下去。

常书鸿把他的一生奉献给了敦煌艺术。在几十年的艰苦生活中，经历了妻离子散、家破人亡的种种不幸和打击，克服了难以想象的困难，但他仍然义无反顾，为保护莫高窟默默地奉献着。在他辛勤工作的几十年中，组织大家修复壁画，搜集整理流散文物，撰写了一批有较高学术价值的论文，临摹了大量的壁画精品，并多次举办大型展览，出版画册，向世人介绍敦煌艺术，为保护和研究莫高窟做出了卓越的贡献。他的奉献精神得到了广大人民的高度赞扬，他的一生为莫高窟做出了光辉的业绩，人民永远不会忘记。1994年6月23日，常书鸿因病去世，他的墓就在莫高窟对面的沙岗上。

季羡林作为研究敦煌学的学者，敦煌学研究的领军人物，对常书鸿这位敦煌守护神一向敬佩。他们之间开始交往当不晚于20世纪五六十年代。据蔡德贵编著的《季羡林年谱长编》记载：1972年秋天，常书鸿在北京治病，让儿子常嘉煌到饭店安排，宴请季羡林和著名舞蹈家叶宁（叶宁是季老的内弟媳——笔者），三人相见甚欢，边吃边谈，一顿饭吃了四个多小时。翻检《季羡林书信集》，发现1972年11月19日晚写给臧克家的信，有当天季羡林请常书鸿等在北京展览馆附近的莫斯科餐厅吃饭的记载。信中说:"今天我们全家还是到北京展览馆餐厅去了,因为同他们已约好。除了我们这一伙子以外,还有我们的亲戚叶宁(搞舞蹈的),她又约了常书鸿。我同常已有多年没见面,晤谈甚乐。"

1979年初秋,季羡林首次造访敦煌,实现了多年的梦想。回到北京他写了一篇较长的散文《在敦煌》,其中有这样一段文字:

> 在寂静中,我又忽然想到在敦煌创业的常书鸿同志和他的爱人李承仙同志,以及其他几十位工作人员。他们在这偏僻的沙漠里,忍饥寒,斗流沙,艰苦奋斗,十几年,几十年,为祖国,为人民立下了功勋,为世界上爱好艺术的人们创造了条件。敦煌学在世界上不是已经成为一门热门学科了吗?我曾到书鸿同志家里去过几趟。那低矮的小房,既是办公室、工作室、图书室,又是卧室、厨房兼餐厅。在解放了三十年后的今天,生活条件尚且如此之不够理想,谁能想象在解放前那样黑暗的时代,这里艰难辛苦会达到何等程度呢?门前那院子里有一棵梨树。承仙同志告诉我,他们在将近四十年前初到的时候,这棵梨树才一点点粗,而今已经长成一棵粗壮的大树,枝叶茂密,青翠如碧琉璃,枝上果实累累,硕大无比。看来正是青春妙龄,风华正茂。然而看着它长起来的人却垂垂老矣。四十年的日日夜夜在他们身上会不可避免地留下了痕迹。然而,他们却老当益壮,并不服老,仍然是日夜辛勤劳动,这样的人难道不让我们每个人都油然起敬佩之情吗?(转引自季羡林《此情犹思》第4卷,哈尔滨出版社2006年版,第55页。)

1983年,季羡林与常书鸿、周林等20多位学者联名给党中央、国务院上书,建议成立敦煌吐鲁番学会。建议很快被采纳,邓小平等中央领导同志作出批示,在财政部支持下，季羡林牵头成立了学会筹备组。同年8月15—22日，中国敦煌吐鲁番学会成立暨1983年全国敦煌学术讨论会在兰州和敦煌召开。来自全国22个省、直辖市、自治区和香港地区的汉、满、蒙、回、藏、维吾尔等6个民族的194名代表参加了会议。大会收到论文85篇，就历史、遗书、考古、语言文学、美术、音乐舞蹈等学科和专业分为6个小组，围绕有关学术问题进行了热烈讨论。大会还讨论通过了中国敦煌吐鲁番学会章程，聘请李一氓、周林、吴坚、姜亮夫等27位著名专家学者和领导同志担任该学会顾问；选举季羡林、段文杰、唐长儒、张锡厚、金维诺等60名同志组成学会理事会，推举季羡林先生为会长。中国敦煌吐鲁番学会成立之初设址北京大学，下设语言文学、音乐、舞蹈、科技史、体育卫生、少数民族语言文字、染织服饰等专业委员会，并有浙江省敦煌学研究会、新疆吐鲁番学学会等团体会员，开展了轰轰烈烈的学术研究活动，中国敦煌学研究进入了一个崭新的阶段。

中国敦煌吐鲁番学在季羡林先生的大智慧引导下，三十多年来，形成了前所未有的既切磋琢磨甚至激烈争论而又友好合作、团结互敬的学术氛围，使得敦煌学研究者一直都具有很强的向心力和凝聚力。季羡林先生的跨越西东、高瞻远瞩，他的许多精辟深邃的见解，至今具有普遍指导意义。在思想理论战线重要期刊《红旗》1986年第3期上发表的《敦煌吐鲁番学在中国文化史上的地位和作用》一文中，季羡林先生精辟地总结道："世界历史悠久、地域广阔、自成体系、影响深远的文化体系只有四个：中国、印度、希腊、伊斯兰，再没有第五个，而这四个文化体系汇流的地方只有一个，就是中国的敦煌和新疆地区，再没有第二个。"这对敦煌吐鲁番学研究者来说，确实是再重要不过了，因为它不仅揭示了敦煌吐鲁番学的真谛，鼓舞了研究者的信心，指引了研究方向，而且在政治上、思想上有着重大而深刻的影响，引起了国家领导人和各级地方组织的重视并给予积极支持。中国敦煌吐鲁番学会对敦煌文化的研究、对推动中国敦煌学的研究走向昌盛起着重要作用。以常书鸿为代表的第一代敦煌学家开创的事业，正在得以发扬光大。

第八章

海外知音

惺惺相惜饶宗颐

当今中国学界流行"南饶北季"之说,是说国务院参事、香港学者饶宗颐和北大教授季羡林是双峰并峙的两座学术高峰。饶宗颐,1917年生于广东潮安,字固庵,号选堂,是当代著名的历史学家、考古学家、文学家、经学家、教育家和书画家,是集学术、艺术于一身的大学者,又是杰出的翻译家。饶宗颐曾任香港大学教授,笔耕70年,治学领域遍及10大门类:敦煌学、甲骨学、考古学、金石学、史学、目录学、词学、楚辞学、宗教学及华侨史料等。出版图书70种,学术论文过500篇。其《20世纪饶宗颐学术文集》有浩浩12卷,洋洋1000多万字;饶先生通晓英语、法语、日语、德语,以及古梵文、巴比伦古楔形文字等被形容为异国"天书"的文字,艺术方面于绘画、书法造诣尤深。

季羡林对饶宗颐的学术成就作过介绍,称饶宗颐在中国文、史、哲和艺术界,以至在世界汉学界都是一个极高的标尺。1993年上海古籍出版社推出《饶宗颐史学论著选》,季羡林写了一篇热情洋溢的序言,详细介绍饶宗颐的学术成就。饶宗颐的学术著作,并非大多数人可以读懂,要向社会作全面介绍,也唯有季羡林这样的大家方能胜任。2000年季羡林在《学海泛槎》中这样说:

在这一篇序言中,我首先介绍了饶宗颐先生的生平,然后介绍他的著作。饶先生学富五车,著作等身,研究范围极广,儒、释、道皆有所涉猎,常发过去学者未发之覆。我在这里提出来了一个大家所熟知,而实践者却不算太多的观点,这就是:"进行学术探讨,决不能故步自封,抱残守缺,而是必须随时应用新观点,使用新材料,提出新问题,探索新方法。只有这样,学术研究这一条长河才能流动不息,永远奔流向前。"我认为,这个意见很值得我们大家都来深思,而且付诸实施,任何时候也不应忘记。饶先生是做到了这一点的。

足见这篇序言的用意,不仅仅在于介绍饶宗颐及其著作。以下的引文长了一些,但笔者以为,非如此,难以窥见饶选堂先生的庙堂之美妙,也难以见到季羡林先生的良苦用心。季羡林说:"饶宗颐教授是著名的历史学家、考古学家、文学家、经学家,又擅长书法、绘画,在中国台湾省、香港,以及英、法、日、美等国家,有极高的声誉和广泛的影响。"

几年以前,饶先生把自己的大著《选堂集林·史林》三巨册寄给了我。我仔细阅读了其中的文章,学到了很多东西。在大陆的同行中,我也许是读饶先生的学术论著比较多的。因此,由我来介绍一下饶先生的生平和学术造诣,可能是比较恰当的。中国有一句古话:"桃李不言,下自成蹊。"即使我不介绍,饶先生的学术成果,一旦在大陆刊布,自然会得到知音。但是,介绍一下难道不会比不介绍更好一点吗?在这样的考虑下,我不避佛头着粪之讥,就毅然答应写这一篇序言。

饶宗颐幼承家学,自学成家。自十八岁起,即崭露头角。此后他在将近五十年(季羡林此文写于1984年——笔者注)的漫长的岁月中,在学术探讨的许多领域里做出了显著的成绩,至今不衰。饶宗颐教授的学术研究涉及范围很广,真可以说是学富五车,著作等身。要想对这样浩瀚的著作排比归纳,提要钩玄,加以评价,确非易事,实为我能力所不及。因此，我只能谈一点自己的看法。

从世界各国学术发展的历史来看，进行学术探讨，决不能固步自封，抱残守缺，而是必须随时应用新观点，使用新材料，提出新问题，摸索新方法。只有这样，学术研究这一条长河才能流动不息，永远奔流向前。讨论饶先生的学术论著，我就想从这个观点出发。我想从清末开始的近一百多年来的学术思潮谈起。先引一段梁启超的话：

自乾隆后边徼多事，嘉道间学者渐留意西北边新疆、青海、西藏、蒙古诸地理，而徐松、张穆、何秋涛最名家。松有《西域水道记》《汉书西域传补注》《新疆识略》，穆有《蒙古游牧记》，秋涛有《朔方备乘》，渐引起研究元史的兴味。至晚清尤盛。外国地理，自徐继畬著《瀛环志略》，魏源著《海国图志》，开始端绪，而其后竟不光大。近人丁谦于各史外夷传及《穆天子传》《佛国记》《大唐西域记》诸古籍，皆博加考证，成书二十余种，颇精赡。（《清代学术概论》）

梁启超接着又谈到金石学、校勘、辑佚等等。其中西北史地之学是清代后期一门新兴的学科，在中国学术史上，这是一个新动向，值得特别重视。金石学等学问，虽然古已有之，但此时更为繁荣，也可以说是属于新兴学科的范畴。这时候之所以有这样多的新兴学科崛起，特别是西北史地之学的兴起，原因是多种多样的。赵瓯北的诗句"江山代有才人出，各领风骚数百年"，应用到学术研究上，也是适当的。世界各国的学术，都不能一成不变。清代后期，地不爱宝，新材料屡屡出现。学人的视野逐渐扩大。再加上政治经济的需要，大大地推动了学术的发展。新兴学科于是就蓬蓬勃勃地繁荣起来。

下面再引一段王国维的话：

古来新学问之起，大都由于新发见之赐，有孔子壁中书之发见，而后有汉以来古文家之学；有赵宋时古器之出土，而后有宋以来古器物古文字之学。惟晋时汲冢竹书出土后，因永嘉之乱，故其结果不甚显著，然如杜预之注《左传》，郭璞之注《山海经》，皆曾引用其说，而竹书经年所记禹、益、伊尹事迹，至今遂成为中国史学上之重大问题。然则中国书本上之学问，有赖于地底之发见者，固不自今日始也。（**转引自王国维《近三十年中国学问上之新发见》**。）

这里讲的就是我在上面说的那个意思。王国维把"新发见"归纳为五类：一、殷虚甲骨；二、汉晋木简；三、敦煌写经；四、内阁档案；五、外族文字。我觉得，王静安先生对中国学术史的总结，是实事求是的，是正确的。

近百年以来，在中国学术上，是一个空前的大转变时期，一个空前的大繁荣时期。处在这个伟大历史时期的学者们，并不是每一个人都意识到这种情况，也并不是每一个人都投身于其中。有的学者仍然像过去一样对新时代的特点视而不见，墨守成规，因循守旧，结果是建树甚微。而有的学者则能利用新资料，探讨新问题，结果是创获甚多。陈寅恪先生说：

一时代之学术，必有其新材料与新问题。取用此材料，以研求问题，则为此时代学术之新潮流。治学之士，得预于此潮流者，谓之预流（借用佛教初果之名）。其未得预者，谓之未入流。此古今学术史之通义，非彼闭门造车之徒，所能同喻者也。（参阅陈寅恪《陈垣敦煌劫余录序》，见《金明馆丛稿二编》，上海古籍出版社1980年版。）

陈先生借用的佛教名词"预流"，是一个非常生动、非常形象的名词。根据这个标准，我们可以说，王静安先生是得到预流果的，陈援庵先生是得到预流果的，陈寅恪先生也是得到预流果的，近代许多中国学者都得到了预流果。从饶宗颐先生的全部学术论著来看,我可以肯定地说,他也已得到预流果。

我认为,评价饶宗颐教授的学术成就,必须从这一点开始。

谈到对饶先生学术成就的具体阐述和细致分析,我想再借用陈寅恪先生对王静安先生学术评价的几句话。陈先生说:

然详绎遗书,其学术内容及治学方法,殆可举三目以概括之者。一曰取地下之实物与纸上之遗文互相释证。凡属于考古学及上古史之作,如《殷卜辞中所见先公先生考》及《鬼方昆夷玁狁考》等是也。二曰取异族之故书与吾国之旧籍互相补正。凡属于辽金元史事及边疆地理之作,如《萌古考》及《元朝秘史之主因亦儿坚考》等是也。三曰取外来之观念,与固有之材料互相参证。凡属于文艺批评及小说戏曲之作,如《红楼梦评论》及《宋元戏曲考》、《唐宋大曲考》等是也。此三类之著作,其学术性质固有异同,所用方法亦不与尽符会,要皆足以转移一时之风气,而示来者以轨则。吾国他日文史考据之学,范围纵广,途径纵多,恐亦无以远出三类之外,此先生之书所以为吾国近代学术界最重要之产物也。(参阅陈寅恪《王静安先生遗书序》,见《金明馆丛稿二编》。)

陈先生列举的三目,我看,都可以应用到饶先生身上。我在下面分别加以论述。

一、地下实物与纸上遗文

饶宗颐教授在这方面的成就是非常显著的。一方面,他对中国的纸上遗文非常熟悉,了解得既深且广。另一方面,他非常重视国内的考古发掘工作。每一次有比较重要的文物出土,他立刻就加以探讨研究,以之与纸上遗文相印证。他对国内考古和文物刊物之熟悉,简直远达令人吃惊的程度。即使参观博物馆或者旅游,他也往往是醉翁之意不在酒,而是时时注意对自己的学术探讨有用的东西。地下发掘出来的死东西，到了饶先生笔下，往往变成了活生生的有用之物。再加上他对国外的考古发掘以及研究成果信息灵通，因而能做到左右逢源，指挥若定。研究视野，无限开阔。国内一些偏远地区的学术刊物，往往容易为人们所忽略，而饶先生则无不注意。这一点给我留下了深刻的印象。

饶先生利用碑铭的范围很广，创获是非常突出的。从中国藏碑一直远至法国所藏唐宋墓志，都在他的视野之内。《论敦煌石窟所出三唐拓》一文主要从中国书法的观点上来研究伯希和携走的三个唐代拓本。在《从石刻论武后之宗教信仰》一文中，他利用碑铭探讨了武后的信佛问题。几十年以前，陈寅恪先生在他的论文《武曌与佛教》中曾详细探讨过这个问题。他谈的主要是武后母氏家世之信仰和她的政治特殊地位之需要。他指出，武后受其母杨氏之影响而信佛，她以佛教为符谶；他又指出，《大云经》并非伪造；对唐初佛教地位之升降，他作了详细的分析。总之，陈先生引证旧史与近出佚籍，得出了一些新的结论。陈先生学风谨严，为世所重；每一立论，必反覆推断，务使细密周详，这是我们都熟悉的。但在《武曌与佛教》这一篇文章中，陈先生没有利用石刻碑铭。饶先生的这一篇文章想补陈先生之不足，他在这里充分利用了石刻。他除了证实了陈先生的一些看法之外，又得出了一些新的看法。他指出，武后在宗教信仰方面一度有大转变，晚年她由佛入道；他又指出，武后有若干涉及宗教性之行动，乃承继高宗之遗轨。陈、饶两先生的文章，各极其妙，相得益彰，使我们对武后这一位"中国历史上最奇特之人物"（陈寅恪先生语）的宗教信仰得到了一个比较完整的了解。

二、异族故书与吾国旧籍

饶宗颐教授在这方面取得了很大的成绩。这一方面的内容是很丰富的，中外关系的研究基本上也属于这一类。在饶先生的著作中，中外关系的论文占相当大的比重，其中尤以中印文化交流的研究更为突出。我就先谈一谈中印文化交流的问题。

在《安荼论与吴晋间之宇宙观》一文中，饶先生从三国晋初学者，特别是吴地学者的"天如鸡子"之说，联想到印度古代婆罗门典籍中之金胎说，并推想二者之间必然有某种联系。中国古代之宇宙论，仅言鸿蒙混沌之状，尚未有以某种物象比拟之者。有之，自三国始。汉末吴晋之浑天说以鸡卵比拟宇宙。印度佛经中讲到许多外道，其中之一为安荼论，他们就主张宇宙好像是鸡子的学说。印度古代许多典籍，比如说梵书、奥义书、大史诗《摩诃婆罗多》等等，都有神卵的说法。估计这种说法传入中国，影响了当时中国的天文学说，从而形成了浑天说。最初宣扬这种学说的多为吴人。这种情况颇值得深思，而且也不难理解。吴地濒海，接受外来思想比较方便。陈寅恪先生的《天师道与滨海地域之关系》，讲的就是这种情况。

大家都知道，中印文化交流关系头绪万端。过去中外学者对此已有很多论述。但是，现在看来，还远远未能周详，还有很多空白点有待于填充。特别是在三国至南北朝时期，中印文化交流之频繁、之密切、之深入、之广泛，远远超出我们的想象。在科技交流方面，我们的研究更显得薄弱，好多问题我们基本没有涉及。我们要做的工作还多得很，我们丝毫也没有理由对目前的成绩感到满意，我们必须继续努力。我们要向饶宗颐教授学习，在中印文化关系史的研究上，开创新局面，取得新成果。

除了中印文化关系以外，饶先生还论述到中国在历史上同许多亚洲国家的关系。《早期中日书法之交流》这一篇论文，讲的是中日在书法方面的交流关系。《说诏》一文讲的是中缅文化关系，《阮荷亭往津日记钞本跋》则讲的是中越文化关系。这些论文,同那些探讨中印文化关系的论文一样,都能启发人们的思想,开拓人们的眼界。我在这里不再细谈。

三、外来观念与固有材料

我在这里讲的外来观念是指比较文学,固有材料是指中国古代的文学创作。饶宗颐教授应用了比较文学的方法,探讨中国古代文学的源流,对于我们研究中国古代文学史也有很多启发。

在《〈天问〉文体的源流》一文中,饶先生使用了一个新词"发问文学",表示一个新的概念。他指出,在中国,从战国以来,随着天文学的发展,"天"的观念有了很大的转变。有些学者对于宇宙现象的形成怀有疑问。屈原的《天问》就是在这样的环境下产生出来的。饶先生又进一步指出,在《天问》以后,"发问文学"在中国文学史上形成了一个支流,历代几乎都有摹拟《天问》的文学作品。饶先生从比较文学的观点上探讨了这个问题,他认为,这种"发问文学"是源远流长的。世界上一些最古老的经典中都可以找到这种文学作品。他引用印度最古经典《梨俱吠陀》中的一些诗歌,以证实他的看法。他还从古伊朗的Avtsta和《旧约》中引用了一些类似的诗歌,来达到同样的目的。中国的《天问》同这些域外的古经之间是一种什么样的关系呢?苏雪林认为可能有渊源的关系,并引证了印度的《梨俱吠陀》和《旧约》。饶先生似乎是同意这种看法。我自己认为,对于这个问题现在就下结论,似乎是为时尚早。但是,不管怎样,饶先生在这一方面的探讨,是有意义的,有启发的,值得我们认真注意。

饶先生治学方面之广,应用材料之博,提出问题之新颖,论证方法之细致,给我们留下深刻的印象,在给我们以启发。我决不敢说,我的介绍全面而且准确,我只不过是尽上了我的绵薄,提出了一些看法,供读者参考而已。

如果归纳起来说一说的话,我们从饶宗颐教授的学术论著中究竟得到些什么启发、学习些什么东西呢?我在本文的第一部分首先提出来一个重要的问题:进行学术探讨,决不能固步自封,抱残守缺,而必须随时接受新东西。我还引用了陈寅恪先生的"预流果"这一个非常形象的比喻。我在这里再强调一遍:对任何时代任何人来说,"预流"都是非常重要的。我们做什么事情,都要预流,换一句通俗的话来说,就是要跟上时代的步伐。生产、建设,无不有跟上时代的问题。学术研究何能例外?不预流,就会落伍,就会僵化,就会停滞,就会倒退。能预流,就能前进,就能创新,就能生动活泼,就能逸兴遄飞。饶宗颐先生是能预流的,我们首先应该学习他这一点。

预流之后,还有一个掌握材料、运用材料的问题。我们都知道,进行学术研究,掌握材料,越多越好。材料越多,在正确的观点和正确的方法的指导下,从中抽绎出来的结论便越可靠,越接近真理。材料是多种多样的;但是我们往往囿于旧习,片面强调书本材料,文献材料。这样从材料中抽绎出来的结论,就不可避免地带有片面性与狭隘性。我们应该像韩愈《进学解》中所说的那样:"玉札丹砂,赤箭青芝,牛溲马勃,败鼓之皮,俱收并畜,待用无遗。"我在上面已经多次指出,饶先生掌握材料和运用材料,方面很广,种类很多。一些人们容易忽略的东西,到了饶先生笔下,都被派上了用场,有时甚至能给人以化腐朽为神奇之感。这一点,我认为,也是我们应该向饶先生学习的。

中国从前有一句老话:"学海无涯苦作舟。"如果古时候就是这样的话,到了今天,我们更会感到,学海确实是无涯的。从时间上来看,人类历史越来越长，积累的历史资料越来越多。从空间上来看，世界上国与国越来越接近，需要我们学习、研究、探讨、解释的问题越来越多。专就文、史、考古等学科来看，现在真正是地不爱宝，新发现日新月异，新领域层出不穷。今天这里发现新壁画，明天那里发现新洞窟。大片的古墓群，许多地方都有发现。我们研究工作者应接不暇，学术的长河奔流不息。再加上新的科技成果也风起云涌。如今电子计算机已经不仅仅限于科技领域，而是已经闯入人文科学、社会科学的藩篱。我们从事社会科学研究工作的人，再也不能因循守旧，只抓住旧典籍、旧材料不放。我们必须扫除积习，开阔视野，随时掌握新材料，随时吸收新观点，放眼世界，胸怀全球；前进，前进，再前进；创新，创新，再创新……愿与海内外志同道合者共勉之。

一九八四年九月十日，时为农历中秋，诵东坡"但愿人长久，千里共婵娟"之句，不禁神驰南天。（参阅胡光利、梁志刚编《季羡林眼中的老先生》，沈阳出版社2016年版，第317—325页。）

阅读并摘引季先生的序文，笔者有两点感受：唯陈寅恪先生能够介绍王国维先生，而唯季羡林先生能够介绍饶宗颐先生。此其一。大师做学问，果然不同凡响。立意之高、眼界之广、与时俱进，非常人所能及，故其见识之深，亦非常人所能及，此其二。我辈后学，看了这样的介绍，对大师如何治学，可以略知一二，这其实也是度人的金针啊。

2008年10月28日，来京办画展的饶宗颐先生到301医院看望季羡林先生。下午2时45分，饶老来到医院门口，径直通过安检来到四楼的病房。媒体记者抢先走进季老的房间，只见季老身着浅灰色中装，满面红光，如孩童般期待的神情，双手合十，翘首盼望。记者向季老问好之后，迅速占领拍照的最佳位置。这时，饶老出现在门口,双手抱拳,兴高采烈地向季老走来。两位老先生紧紧握手,饶老对季老说:"您是全中国最高的老师。"两位老人,一个合十、一个作揖,都是内心感情的自然流露,表现了既不同又相通的南北风范。双峰并峙,风景独特。数十年来,他们曾多次相见,亲切交谈,可这是最后一次。

饶老来访的前一天,蔡德贵来为季老做口述历史,季老告诉蔡德贵,饶老多才多艺,能书善画,香港没有人能和他相比。饶宗颐与季羡林相交数十年,两人在语言学、中西文化交流等方面研究颇有交集,惺惺相惜。"北季南饶"已成学界佳话。季羡林是最早向大陆学术界撰文推荐饶宗颐的人。他盛赞饶宗颐:"近年来,国内出现各式各样的大师,而我季羡林心目中的大师就是饶宗颐。"1993年,两人共同创办《华学》杂志,传播中华传统文化。饶宗颐形容季老"笃实敦厚",并称"季先生是中国唯一的"。他在为蔡德贵著的《季羡林传》作序时说:

> 从我肤浅的考虑,常见的学问家,可能有以下几种类型:一是才士型,一是辩士型,还有探险家型,或者是会计师型。才士型胜处在紧抓问题,入情入理,但易流于感情用事,接近文学家。辩士型长于辨析,鞭辟入里,每每拨弄辞说,有如哲学家。其他一是比较大胆,有究元决疑的缒幽疏证精神,另一则谨慎、扎实,喜欢校勘、统计,好像核数师。这几种类型有单纯的,亦有复杂的。有的一人只能属于某一类型,有时一人亦可同时兼有其中一二者。我不欲举出任何人属于哪一类型,让读者自己去考虑或遴选代表人物。
>
> 我所认识的季先生,是一位笃实敦厚,人们乐于亲近的博大长者,摇起笔来却娓娓动听,光华四射。他具有褒衣博带从容不迫的齐鲁风格和涵盖气象,从来不矜奇、不炫博,脚踏实地,做起学问来,一定要"竭泽而渔",这四个字正是表现他上下求索的精神,如果用来作为度

人的金针，亦是再好没有的。

要能够"竭泽而渔"，必须具备许多条件：第一要有超越语文条件，第二是多彩多姿的丰富生活经验，第三是能拥有或有机会使用的实物或图籍，各种参考资料。这样不是任何一个人可以随便做到的，而季老皆具备之，故能无一物不知，复一丝不苟，为一般人所望尘莫及。

"竭泽而渔"的方针，借《易经·坤卦》的文句来取譬：真是"括囊、无咎、无誉"，又是"厚德载物"的充分表征。多年以来，季老领导下的多种重要学术工作，既博综，又缜密，放出异彩，完全是"海涵地负"的具体表现，为中华学术的奠基工程做出人人称赏的不可磨灭的劳绩。有目共睹，不劳我多所置喙。这本传记的刊行，对于从学者的鼓舞，从而带起严正、向上的学风，一定会"不胫而走"，是可以断言的。（见蔡德贵著《季羡林传》序，陕西师范大学出版社2010年版。）

2009年7月，季老驾鹤西去，饶宗颐先生写了一首七律《挽季羡林先生》［用杜甫长沙送李十一（衔）韵］：

> 遥睇燕云十六州，商量旧学几经秋。
> 榜加糖法成专史，弥勒奇书释佉楼。
> 史诗全译骇鲁迅，释老渊源正魏收。
> 南北齐名真忝窃，乍闻乘化重悲忧。

回顾两位大师心心相印、惺惺相惜的交往，令人感慨唏嘘；大师的学养人品，令人高山仰止。

赠书报国石景宜

季羡林在《佛山心语》一文中说:

> 我平生颇有几个一见如故,"一见钟情"的朋友。我们见面不过几次,谈话不过几个小时。他的表情,他的谈吐,于我心有戚戚焉,两颗素昧平生的心立即靠拢,我们成了知己朋友。

季羡林所说的"一见如故"的朋友,石景宜博士算是一位。石景宜不是季羡林的多年旧友。他们是临近20世纪末才相识的。石景宜,1916年生,广东佛山人,第七、八、九届全国政协委员,香港汉荣书局董事长,是一位爱国书商。他以卖书、出版为业,在香港创出了一番事业。说他是爱国书商,他爱国的表现很独特:自1978年以来,石景宜就向内地和台湾无偿赠送珍贵的图书。到1999年,据不完全统计,石景宜向大陆数百家文化、教育、科研机构无偿赠送图书300万册,向台湾赠送图书11万册,受益单位遍及大陆和台湾各地。

不过,在北京大学授予石景宜名誉博士学位之前,季羡林与这位石先生并不相识。1998年10月14日,北京大学图书馆馆长林被甸教授陪两位香港客人到季羡林家中造访。客人就是石景宜和他的儿子石汉基。客人拿着一帙从台湾购得的贝叶经请季羡林鉴定。季羡林接过来一看,原来是用泰文字母刻写的巴利文大藏经。巴利文是印度古代的一种文字,没有自己固定的字母。在南印度,就用南印度字母抄写,间或也用天城体字母；在泰国，就用泰文字母；在缅甸，就用缅文字母；在近代，英国的巴利经典刊行会使用拉丁字母。现在世界各国的巴利文学者、佛教学者习惯使用拉丁文。据德国梵学大师吕德斯的看法，泰文字母的巴利藏有许多优异之处。季羡林当即写出了鉴定意见，认为这批巴利文贝叶经既有学术价值，又有极高的收藏价值，十分珍贵。最高兴的要算石景宜了，他为自己的贝叶经找到识者而高兴，更为这批国宝有了权威鉴定而高兴。当场，石景宜将那部贝叶经赠送给季羡林，季羡林欣然接受。这就是他们交往的开始。

1998年10月29日，北京大学在新建图书馆大楼举行隆重仪式，授予石景宜名誉博士学位，以表彰他对祖国文化教育事业的巨大贡献。季羡林看到，广东省的几届党政领导专程来京祝贺，足见他们对石景宜的尊重。季羡林对石景宜的爱国善举表示由衷的钦佩。他认为，石景宜捐书的规模之大是绝对空前的。这一件事，从表面上看起来，能促进海峡两岸文化教育的发展，但是，其意义远远不止于此。它能增进两岸同胞的相互了解，而了解又能使感情增长。感情逐渐浓厚了，会大大有利于统一。等到将来中华土地金瓯重圆之日，麒麟阁上必然会有石景宜的名字。

12月1日，石景宜和夫人刘紫英携义女施汉云再次来到季羡林家中，带来一帙缅文字母刻写的巴利藏贝叶经。这部经典装帧十分考究，两面夹板上涂以金饰，堪称国宝。石景宜要把这部贝叶经赠送给季羡林，季羡林立即谢绝了，说："这是宝贝，应由石老自己收藏。"

当时季羡林正在写《新疆佛教史》，需要台湾出版的《高僧传索引》。可是北京大学图书馆只有其中的一本。季羡林抱着试试看的心情对石景宜提及，他万万没有想到的是，四五天以后施汉云从香港打来长途电话说：《高僧传索引》，石景宜已用十万火急的方法从台湾购得，而且用特快专递运到了香港，花去两千多元港币。这套书已从香港寄出，很快就可以送到季羡林手中。这可真是雪中送炭啊，石景宜对朋友之忠诚，办事之雷厉风行，让季羡林大受感动。

1999年11月8日，石景宜在广州暨南大学向全国101所"211工程"大学赠书。11月1日，石景宜专程来到北京，请季羡林参加赠书仪式。平常深居北大燕园极少出门的季羡林"舍命陪君子"，飞越迢迢关山，亲临羊城现场。

　　施汉云和暨大副校长蒋述卓教授到机场迎接。季羡林下榻在暨大专家楼。11月9日上午，赠书仪式在曾宪梓援建的科学会堂举行。教育部副部长韦钰院士，来自中央和广东的一些党政要员到会。大厅坐满来自全国的三四百位大学负责人和图书馆馆长，他们代表着101所211工程大学。所谓211工程，是在教育部领导下，经过极其严格慎重的手续评选出的大学，是全国1000多所大学的排头兵，代表着中国高等教育的最高水平。季羡林触景生情，即兴吟诵一副对联。

　　石老的儿子石汉基代表父亲发言。仪式隆重简朴，不到一个小时就结束了。

　　赠书仪式结束后，石景宜热情邀请季先生到他的家乡——广东佛山、南海参观游览。季羡林访问了暨南大学、佛山陶瓷厂、西樵山、南国桃园、南海影视城，同石景宜共同度过了"永世难忘"的三天，还被石景宜刘紫英伉俪文化艺术馆聘为永久学术顾问。季老为该馆题词"功在祖国，泽被人民"。季羡林在随后乘机北返时在高空回忆："我们短短三天相聚，已经结成了深厚的友谊，这友谊像仙露醍醐一样，滴到了我这老迈的心头，使它又溢满了青春的活力。垂暮之年，获此殊幸，岂不快哉！岂不快哉！"

　　2001年12月20日，石景宜、石汉基父子在北京国家图书馆向西部70所大学图书馆和70所公共图书馆等150个单位赠书，所赠40万册图书均为港台出版。石氏父子还向台湾捐赠10多万册大陆书籍。季羡林特意从医院发来贺信说："我是下定决心要参加您的赠书仪式的，无奈医院不让外出，我只能借此信表达心意。"此后多次赠书，季羡林都有贺函送来。

　　石景宜与季羡林两位老人一样的出身寒微，一样的爱国爱书，一样的正直诚挚，一样的勤俭克己，一样开辟出璀璨的人生之路。他们相见恨晚，兄弟相称，情同手足。虽然地隔南北，但心灵相通，过从甚密。2003年国庆节，季羡林特意向医院请了几天假，回到蓝旗营自己的新居，专门接待来京观礼的石景宜夫妇。石景宜想在经济上帮助季羡林，又不好直接送钱。在2003年12月的一次会见中，他委婉地向季老表示："请您帮我写一部传记，稿酬每字一元，一共30万港元，好吗？"季羡林说："我从来不给任何人写传记，但我给老弟写。因为老弟了不起，值得写，值得表扬。"此后季羡林认真收集资料，拟写提纲，准备写《爱国奇人石景宜博士传》，虽因种种原因，书稿未能完成，但留下了两位老人深情厚谊的一段感人佳话。

2007年10月21日，石景宜因病在香港逝世，享年九十一岁。11月10日，悼念仪式在香港殡仪馆举行。据中新社报道，全国政协常委徐展堂在致悼词时表示：

石景宜博士在经营图书业务时，时刻惦记着祖国的文教事业。1978年，石景宜博士把超过1000册外国书籍赠予内地图书馆，开始展开了他近三十年"以书为桥、以画作舟"促进两岸文化融合的使命和工作。

为了支持祖国文教科技事业的发展和令内地同胞进一步了解台湾，石景宜博士自1978年以来，已向全国700多个城市、近2000个地区的图书馆、大学、科研单位等无偿捐赠台湾版图书，已达650余万册。

徐展堂指出，石景宜博士一生心系桑梓，情系中华，为祖国的文化事业、国家的教育发展鞠躬尽瘁。他的德言懿行，赢得了两岸人民的尊重，被赋予"文化书使""开启两岸文化交流第一人"等美誉。

因为担心季羡林精神受到刺激，周围的人对他隐瞒了石景宜去世的消息。2007年底与2008年春，石汉基两次从香港来京，依然如从前一样去301医院，代表父亲向季老问好，并以父亲的名义，送给季老一些营养品。关于石景宜的近况，只说是身体欠安，暂时不能来北京。季羡林听罢，总是双手合十，连说："谢谢他的礼品！谢谢他的礼品！请你也代表我向你父亲问好！"

"一见倾心"梁披云

梁披云,学名梁龙光,又名梁雪予,1907年生于福建省永春县,晚年居澳门,著名诗人、书法家、教育家、社会活动家。梁披云是全国政协六、七、八届委员,澳门特区筹委会委员,推委会委员;梁先生书法自成一家,任书法界著名杂志香港《书谱》杂志社社长多年,生前为全国侨联顾问,东方文化研究会顾问,国际儒学联合会顾问,澳门归侨总会创会会长,澳门福建同乡会会长,澳门笔会创会会长,澳门中华诗词学会会长,澳门文化研究会会长,中国书画函授大学名誉教授,厦门大学名誉教授,澳门大学荣誉博士,华侨大学副董事长,黎明大学名誉董事长。

梁披云16岁入武昌师范大学,翌年转上海大学。"五卅运动"初起南下宣传,其间曾就读于广东大学,旋复北返原校,20岁毕业获文学学士学位。后两度留学日本,最后为东京早稻田大学研究生。23岁从事文教工作,1929年春,他在著名教育家蔡元培、马叙伦的指导下,与当时的社会知名人士创办了黎明高中,首任校长。这所学校在文化古城泉州发出闪光异彩,一时学者专家云集,学术研究气氛浓厚,学生思想活跃,与当时晓庄师范(南京晓庄学院)、立达学园遥相呼应。该校培养出一批勇于开拓和创新的人才,成为中国革命和社会主义建设的骨干力量。黎明高中因开展揭露当时黑暗统治的活动,于1934年7月被国民党反动派查封。他南渡至吉隆坡尊孔中学任教,兼任《益群报》总编,从事救亡活动;后往印尼棉兰任苏东中学校长,创办《苏东月刊》。1939年秋,他与当地侨领创办中华中学,首任校长。他针对不同的历史环境和社会条件,弘扬中华文化,致力华文教育,学校朝气蓬勃，新马及荷印青年纷纷来校就读。他以学校为基地，为声援祖国抗战，积极开展抗敌后援会工作，并亲自选授毛泽东的《论持久战》、介绍斯诺的《西行漫记》，激发华侨同胞爱国热情，共赴国难。

1944年，他回闽任国立福建音乐专科学校校长。次年调任海疆专科学校校长。他对海疆教育的目标和任务作了更明确的阐述，他认为"海疆的范围，不限于台湾，海疆建设，更不限于沿海，海疆学校的教育，应以培育海外建设人才为其主要目标"。遂即扩大招生范围，兼收南洋侨校学生，期望他们毕业后能适应海疆建设的需要，与侨居地各界人士融为一体，为侨胞的生存和经济繁荣作出贡献。海疆学校虽仅存六年，却培育了八百多名学子，遍布全球各地，有些已成为知名学者，有重大的发明创造；有些是各级领导干部，都在各自岗位上作出了贡献。

1981年，梁披云回泉州创办黎明学园，发扬当年黎明高中的优良传统，为培养各类建设人才作出贡献。1984年春，为适应形势发展的需要，在黎明学园的基础上创办了泉州黎明职业大学，首任校长，为泉州市经济建设培养又红又专的实用型人才。

他关怀家乡文教事业的发展，号召永春海外侨胞捐资兴学，提出"思本、爱本、固本"的倡议，得到海内外乡亲响应，纷纷捐建大、中、小学。

梁先生幼承家学偏口才嗜书法，初习欧、褚、李（邕）、颜，继及苏、米、赵、刘（墉）。东渡扶桑前得碑帖一箧，闲里临池，愁中读碑，兴至笔追，自是极受启迪。后又得于右任亲授，始悟悬腕运笔之道。书作以行草见长，结体严谨灵活，运笔内劲外秀，隽永多姿，风貌别具。作品多次入选全国书法篆刻展、国际书法展，并在多种报刊发表，为博物馆、艺术馆、纪念馆收藏或被碑刻。工旧体诗词，积稿千余。精于书法篆刻理论，主编出版《中国书法大辞典》《中国篆刻大辞典》等。

2002年2月梁披云获澳门特别行政区颁发的银莲花勋章，2007年获大莲花勋章。

梁披云是一位爱国诗人。他的诗词，感时抚事，直抒胸臆，清新俊逸，意境深邃。尤其是纪游诗，情景交融，清新隽永，深为名家、士林推崇，他本人被誉为近代山水诗和古体诗高手。他的《雪庐诗稿》引起国内外文坛强烈的反响。赵老朴初致函："弥钦爱国至忱，更佩雅人深致，中心藏之，何日忘之。"《雪庐诗稿》收录了他自1928年至1949年的劫余诗稿及50年代以来的历年佳作。时间跨度长达60年，自始至终贯穿着时代的主旋律，洋溢着爱国爱乡的炽热之情。1993年，《雪庐诗稿》在祖国大陆出版，82岁的季羡林挥笔为这位一见倾心的老朋友的诗集作序：

> 余向不能诗，但阅读既多，自谓稍能解诗。至于知人论事，则"世故老人"如不佞者，殊不敢妄自菲薄矣。
>
> 而立之年，余负笈欧陆十年余。归国后滥竽北大教席垂五十年。其间曾漫游亚、非、欧二十余国，见闻颇广，阅人亦多，又历经国内各种运动，风风雨雨，坎坎坷坷，对世态之炎凉与夫人物之心态，自谓已能洞察幽微，如烛照犀，知人之明，油然而生。直至今日，已届耄耋之年。宋词"悲欢离合总无情，一任阶前点滴到天明"。此种境界过去望之如蓬莱仙山，而今视之，则宛在眼前。此心已作沾泥之絮，不逐东风历乱飞矣。
>
> 然而数年前，经刘月莲女士及黄晓峰先生之介绍，在京得识梁雪予老先生，蔼然仁者，即之也温。借用小说套语，真乃"一见如故"，"一见倾心"。不意人世间竟尚有高人如雪翁者。得识此翁，即称之为不虚此生，亦不为过也。
>
> 先生之诗，虽阅读再三，殊不敢赞一辞。《雪庐诗稿》，因在澳门出版，内陆流传颇少，可谓一大憾事。古人论人，多以道德文章并举。

先生之德，山高水长。先生之高风亮节，彰彰在人耳目。独先生之文章殊尚隐而不彰，我辈知先生者，决不应任其如此。顷接月莲电告，大陆将出版《雪庐诗稿》。如此，则先生之道德文章皆能大昭于天下，乐何如也！故喜而为之序。（转引自王树英编《季羡林序跋集》，新世界出版社2008年版，第558—559页。）

讲到季老与梁老的交往，郁龙余在他与朱璇合著的《季羡林评传》中讲过这样一段故事：1993年3月3—5日，季羡林、任继愈一行应邀赴澳门出席"东西方文化交流——历史与展望国际学术讨论会"。我和妻子郑亦麟也应邀出席。会上，季羡林作演讲《东方文化和西方文化》，谈三十年河东，三十年河西。第二年吴志良编辑出版《东西方文化交流——国际学术研讨会论文集》，收入季羡林演讲词。3月5日，成立澳门文化研究会，季羡林、任继愈任名誉会长，梁披云任会长，贺田、马若龙任副会长，魏美昌任理事长。这次澳门之行总体上很成功，这要归于梁披云老先生、吴志良先生和黄晓峰、刘月莲夫妇等的悉心筹措。

由澳门大学澳门研究中心、澳门社会科学学会、澳门中山学会和澳门基金会联合主办的澳门"东西方文化交流"国际学术研讨会，假澳门货币暨汇兑监理署会议厅举行。应邀与会学者70余人。主持者对洋人的热情引起季老的反感，着中山装坐在主席团，演讲。（转引自蔡德贵《季羡林年谱长编》，长春出版社2010年版，第122页。）

其实，以上是史家平和的写法。实际情况是：季羡林、任继愈是这次大会的主嘉宾，可是在安排座位和介绍来宾时，没有按常规和常理来办，明显失礼。这种怠慢之举，引起澳门学者不满。此时，季羡林站了起来，坐在他旁边的任继愈也站了起来。我坐在季羡林的后排，和其他大陆学者一样也站了起来。正准备跟季羡林离场，会议主办方急忙来人解释劝慰。大家见季羡林坐下，才都纷纷坐下。一场不愉快，就这样暂时化解了。后来，我们到梁披云先生家做客，他说你们的做法是对的。我都对他们说了。他们根本不懂季老的地位和身份。此事看似偶发，其实反映出殖民地澳门的许多深层问题。季先生在会上的行为，有理有节，表现出中国知识分子应有的骨气，令人敬佩。（转引自郁龙余、朱璇《季羡林评传》，山东教育出版社2016年版，第608—608页。）

据新华社消息，2010年1月29日上午9时许，梁披云老先生溘然辞世，享年103岁。梁老逝世的消息传开后，各地唁电不断。党和国家领导人纷纷哀悼，梁老逝世的消息传来，由梁老亲手创办的《书谱》社同仁沉浸在无比的悲痛中，现任社长张培元先生挥笔写下挽联："披荆斩棘，百年两世纪，杖履所至起春风，九州共仰；云蔚霞蒸，三国六学堂，内外兼修兴法雨，四海同沾！"

梁老毕生矢志教育，诗书双绝，誉满天下。巴金、季羡林、施蛰存、饶宗颐等一批文化大师、专家学者与之相交，或助力其兴学建校，或著文话其品德、赏其书法、品其诗词，为后人了解梁老生平提供了丰富论据。梁老的代表作、诗书两绝的艺术巨著《雪庐诗稿》，被列为"澳门文化丛书"之冠。

英籍作家韩素音

韩素音（1917—2012），英籍华人女作家伊丽莎白·柯默（Elisabeth Comber）的笔名，原名周光瑚（Rosalie Elisabeth Kuanghu Chow），1917年9月12日生于河南信阳。韩素音是客家人，祖籍广东五华县水寨镇，周氏仁德公第22世孙。父亲周映彤出生于成都郫县，是中国第一代庚款留学生，母亲玛格丽特出身比利时贵族家庭。1933年周光瑚入燕京大学学习，1935年到比利时的首都布鲁塞尔学医。1937年"七七事变"爆发，韩素音闻讯后既惊诧又悲愤。在多次参加国民政府驻比利时大使馆组织的演讲会、讨论会和系列爱国集会后，她决定回国。她写道："中国，中国是我的骨肉，我的灵魂，我的气息，我的生命！"像大多数那个大时代的海外爱国青年一样，她毅然放弃赖以继续学业的奖学金和做医生的美好前途。"回去，回去，回到我的中国去！现在我知道，没有什么别的爱比这种爱的力量更为强大。"

1938年回到中国以后，韩素音以流利英文写作中国故事。其作品有30多部。她的主要作品取材于20世纪中国生活和历史，体裁有小说和自传。韩素音是"汉属英"三字的谐音。

韩素音1939—1942年，在四川成都美国教会医院当助产士，与他人合写一部小说《目的地重庆》。1948年，获英国伦敦大学医学博士学位。1955—1963年，在马来亚开设光瑚药房。1960—1963年，在新加坡南洋大学任现代亚洲文学史讲师。

1964年，开始写5部传记性著作——《伤残的树》《凋谢的花朵》《无鸟的夏天》《吾宅双门》《凤凰的收获》，成为职业作家。

韩素音常到美国、德国、瑞士等20多国讲学和游历，介绍中国历史、政治、社会改革、宗教、民族、青年、妇女、知识分子等问题，写了不少有关中国的文章著作。还有《早晨的洪流》《中国，2001年》《餐风沐雨》《回面》《拉萨，开放的城市》等著作。

韩素音1952年的自传小说 *A Many-Splendoured Thing* 曾被好莱坞拍摄成电影《生死恋》（*Love Is A Many Splendoured Thing*）。

1956年以后以至"文化大革命"期间，韩素音多次访问中国，并出版关于中国及中国领导人的著作，用英文、法文写作。

韩素音的感情生活，其实比小说还要传奇。她一生有过多次感情经历，以及3次过程结局迥异的婚姻。在布鲁塞尔留学期间，她曾有一位年轻有为的律师男友。因为回国，这段感情无疾而终。1938年她在从马赛取道香港回国的海轮上，遇上生命中的第一位丈夫。这段开始甜蜜、后来苦涩的情感经历，成为她此生中最不愿回首的痛楚。

当年韩素音归国的目的地是当时被称为"抗日堡垒"的武汉。在轮船上，她认识了从欧洲归来的一名军官学校的毕业生——唐保黄。两人在旅途中一见如故。唐跟她大谈抗战，表示不惜为拯救祖国而捐躯。唐的慷慨男儿气息深深吸引了韩素音。于是他们相爱了，很快地，就在这年中秋节结婚。也因为两人在婚前缺乏真正了解，婚后不久两人的感情就出了问题。唐经常谩骂殴打她，夫妻同居一室视若路人。唐反对她去做救护工作，要她做一个本分的家庭妇女。

韩素音为了寻求精神寄托，于1940年收养了一个女婴取名榕梅，空闲时间写日记、回忆录自我安慰。在这期间，她写出处女作《目的地重庆》初稿。她把初稿请在成都助产学校任职的修女玛利安修改。1941年夏，玛利安帮忙把韩素音写的文稿带到美国去发表。1942年末，英文版《目的地重庆》出版。就是这本《目的地重庆》，激励韩走上文学创作这条道路。但也正是这本《目的地重庆》，触怒了丈夫唐保黄。唐大骂她不守本分，写书抛头露面，还殴打她……

1941年，唐保黄赴英国当外交官，韩素音随丈夫前往英国。1945年唐回国参加即将爆发的内战。她没有同他一道走，继续留在英国攻读医学专业。1947年唐死于东北战场，韩素音结束了这段痛苦的10年婚姻生活。

1952年，韩素音嫁给了英国出版商唐柏，改名伊丽莎白·唐柏。随后两人到马来西亚继续行医，还曾为新加坡南洋大学的创立而奔走。后来两人离婚。之后，韩嫁给了当年印度军队的一位上校。她给他取了一个中国名字，叫陆文星。他们育有3个印度血统的孩子，现都已在印度成家。

韩素音和陆文星的相识也颇为传奇。1956年1月，她接受印度总督、前香港总督马尔科姆的邀请，去印度新德里度假，而后又去南亚一带旅游。在印度总督的官邸里，韩素音见到印度总理尼赫鲁。随后不久，印度官方向她提供参观的新项目中，有一项是参观尼印公路风光（由印方捐建），向导是印方负责人陆文星。陆文星出身名门，父亲为一所大学的校长。1993年，韩素音回成都访问时，跟当地的媒体讲了一个真实的故事。在1960年，印度准备在中印边界攻打中国，派一位高级军官领兵前往边界，可这位军官说："中国是友好邻邦，不能打中国人。"他的上级对此十分气恼，严厉地对他说："你若不去就撤了你的职！"他却坦然地回答："撤职我也不去。"这个故事中的那位高级军官就是韩的丈夫陆文星。

晚年，韩素音和陆文星定居瑞士西部的小城洛桑，夫妻俩感情很好。平常，他们各做各的工作，互不干扰；韩每年有7个月在世界各地访问、演说，陆则埋头干自己的技术工作。2003年1月6日，陆文星因病辞世。当地时间2012年11月2日中午，韩素音在瑞士洛桑的家中去世，享年96岁。

1994年，韩素音获中华文学基金会颁发的"理解与友谊国际文学奖"。1996年，中国人民对外友好协会授予韩素音"中国人民友好使者"称号。

韩素音的英文造诣在当代英美文坛堪称一流。朋友金坚范说：一如许多大作家，韩素音的本名周光瑚鲜为人知。她之所以要取这个笔名，是因为韩为汉的谐音，她是要尽自己微薄之力在世界上喊出中国之音。名标其志，数十年来，她不改初衷，身体力行，无愧于这一笔名。中国是韩素音根之所系，可谓"孤舟一系故园心"。

以下是韩素音几段有代表性的话：

我虽入英籍，但我根在中国。

我的一生将永远在两个相反的方向之间跑来跑去：离开爱，奔向爱；离开中国，奔向中国。

我想写一本关于父母亲的书，一本关于中国的书。这个念头像种子一样滋生发芽，长成了一棵有许多枝丫的树。一个人的生命在他祖先那里就开始了，又向后延续到他的子孙那里。未来是从昨天开始的。有人只看到断裂的地方，而不能把它连接起来；但我得做到这一点，做我自己这样的人，继续成长。我不愿成为一棵煞风景的伤残的树。

中国是我最倾心的国度，我始终保持中国的灵魂，矢志不渝。

韩素音用创作积蓄设立了5项奖金："中外科学基金奖""青年外语奖""普及英语奖"，用于奖励优秀翻译作品的"彩虹奖"和"印中友谊奖"。

据笔者所知，季羡林与韩素音夫妇的交往始于20世纪80年的中期。韩素音和他的丈夫陆文星热心于中印两国的文化交流和两国人民的友谊，他们痛感中印两个伟大的民族缺乏相互了解。1985年，他们来到北京，结识了季羡林教授。他们发现季羡林是位优秀的梵文学者。当时季羡林已经翻译出版了印度的伟大史诗《罗摩衍那》，韩素音认定这是一项不朽的事业。于是他们夫妇决定创立一项基金，帮助中国学者出版研究印度的著作。这个基金定名为"陆文星韩素音中印友谊奖"，并聘请为两国文化交流和两国人民友谊做出巨大贡献的季羡林担任基金委员会主席。在季羡林和韩素音夫妇的鼓励和这项基金的帮助下,中国学者对印度的研究和介绍取得了长足的进步。

后来十几年韩素音几乎每年都来北京,每次都住在北大西门校外的畅春园饭店。她说,为的是这里离季先生家不远,随时可以拜访和向季先生请教。韩素音写道:

> 一年一年地,我们的友谊,以及我对季羡林教授的尊敬和称赞愈益增长。他是一位完全具备知识分子品格的人,决心要做出最好的学术成果。季羡林教授对所有参与者所提出的高标准要求也许过于严格,但他从来没有放弃坚持一切都要优秀的原则。今天,我对季教授仍然怀抱着无限的敬爱和赞赏。我在他身上发现的不只是博学,而且是睿智。不仅是睿智,而且还有非常地谦恭有礼和幽默……我可以继续地写季羡林,写他尊严的人格,他对于物质利益的毫不动心,他对于书的热爱,他的耐心,还有他的充分的真诚。对我来说,他将永远是气节的象征。他毫不追求权力、财富,或者被人颂扬,他整个地献身他的国家中国和中国人民,还有他不动摇的忠诚,对我们所有的人来说,都是一个榜样。

(见韩素音《人格的魅力》,延边大学出版社1996年版。)

印度友人普拉萨德

1980年3月，季羡林访问印度。三月初的德里，已经是春末夏初季节。月季花、玫瑰花、茉莉花、石竹花，还有其他许多不知名的鲜花，纷红骇绿，开得正猛。木棉那大得像碗口的红花，开在凌云的高枝上，发出了异样的光彩，特别逗引起了他这个异乡人的惊奇。就在这繁花似锦的时刻，他见到了将近二十年没有见面的印度老朋友普拉萨德先生。

那时，他刚从巴基斯坦来到德里。午饭后，站在中国大使馆楼前的草地上，欣赏那一朵朵肥大的月季花，正在出神，冷不防从对面草地上树荫下飞也似的跑出来一个人，一下子扑了过来，用力搂住他的脖子，拼命吻他的面颊。来人眼里泪水潸潸，眉头皱成了一个疙瘩。他就是普拉萨德。这出乎意料的举动，使得季羡林既惊愕，又快乐。

普拉萨德是在解放初期由印中友协主席、中国人民始终如一的老朋友森德拉尔先生介绍到北大东语系担任外教的。他为人正直，坦荡，老老实实，本本分分，从来不弄什么小动作，不耍什么花样。借用德国老百姓的一句俗语：他忠实得像金子一样。在工作方面，他勤勤恳恳，给什么工作，就做什么工作，从不讨价还价。因此，他同中国同事和历届的同学都相处得很好，没有人不喜欢、不尊重他的。他后来回国结了婚，带着夫人普拉巴女士回到北京。生的第一个男孩，取名就叫作京生。长到三四岁的时候，活泼伶俐，逗人喜爱。每次学校领导宴请外国教员，一个必不可少的节目就是要京生高唱《东方红》。此时宴会厅里，笑声四起，春意盎然，情谊脉脉，喜气融融。

时光就这样流逝了。普拉萨德做的事情都是些平平常常的事情，日子也都是平淡无奇的日子。没有兴奋，没有激动。没有惊人的变化，也没有难忘的伟绩。有一年，普拉萨德生了肺病，有点紧张。作为系主任的季羡林就想方设法，加以劝慰，使他的情绪逐渐平静了下来。又有一年，普拉萨德告诉季羡林，想到莫斯科去参加青年联欢节。季先生报请有关的单位，实现了他的愿望。这些事季羡林认为不足挂齿，而普拉萨德却牢记在心上，逢人便说。他还经常讲，季羡林先生是他的长辈，是他的师尊。

大约是在一九五九年，中印友谊的天空里突然升起了一团乌云。某一些原来对中国友好的印度人，接踵转向。但是，普拉萨德一家人并没有动摇。他们不相信那一些造谣诬蔑，流言蜚语。他们一直坚持到自己的护照有被吊销的危险的时候，才忍痛离开了中国。

接下来是一段对中印两国人民都不愉快的时光。季羡林教授毕生研究印度的文化和历史，十分关心中印两国人民的传统友谊。在这一团乌云的遮蔽下，他感到有说不出来的苦恼，心情很沉重。他不时想到普拉萨德，想到他那一家人。当他们还在北京的时候，他并没有这样想过。现在一旦睽违，却竟如此忆念难置。他自己也说不清楚其中的原由。他不知道，普拉萨德一家人在想些什么，他们在干些什么。但是，对于他们一家人对中国人民的深厚友情，是从来没有怀疑的。季羡林相信，他同广大的印度朋友一样，既能同中国人民共安乐，也能同我们共忧患。他们既然能度过丽日和风，也必然能度过惊涛骇浪。

事实也正是如此。等到天空里的乌云逐渐淡下去的时候，从遥远的西天传来了普拉萨德一家的消息。他确实是没有动摇。在那些日子里，他仍然坚持天天到中国驻印度大使馆去上班。当时大使馆门外驻扎着军警。每一个到中国大使馆来的印度人，都要受到盘问。许多印度朋友，不管内心里多么热爱中国，在这种情况下，也只好望而却步。然而普拉萨德却毅然决然，决不气馁。当他在中国生肺病的时候，季羡林心里曾闪过一个念头，以为他太脆弱。现在才知道是自己错了。在大是大非面前，普拉萨德是非常坚强的。季羡林说：原来他是这样一个人，在脆弱中有坚强，在简单中有深刻，在淳朴中有繁缛，在平淡中有浓烈。

普拉萨德的妻子普拉巴也是夫唱妇随。有人要她捐献国家，她问为什么，说是为了对付中国，她坚决回答："爱国人人有份。但是捐了金银首饰去打中国，我宁死不干。我决不相信，中国会侵略印度！"这一番话义正词严，掷地作金石声。在那黑云翻滚的日子里，敢于说这样的话，是需要有点勇气的。普拉巴平常看起来也像丈夫一样是朴素而安静的，就在这样一个朴素而安静的印度普通妇女的心中蕴藏着多少对中国兄弟姊妹的爱和信任啊！在千千万万印度朋友心中蕴藏着的正是这样的爱和信任。印度古书上有一句话："真理就是要胜利。"她的话正是真理，因此就必然会胜利的。

难道普拉萨德一家人不热爱自己的祖国吗？季羡林认为，他们是非常热爱自己的祖国的。而他们这样的举动也正是真正热爱祖国的表现。

就这样，虽然相别十余年，相隔数万里，其间也没有通过信，但是，他们的心是相通的，是挨得非常近的。

事先季羡林无论如何也没有预料到，他们竟然能够在花团锦簇的暮春时分，在德里又会了面。这一次意外的会面也给普拉萨德带来了极大的愉快。他告诉季羡林，当他听说季先生要到印度来的时候，高兴得几夜睡不着觉。那时候，代表团的访问日程非常紧张，一个会接着一个会，忙得不可开交。但是普拉萨德却利用一切机会同季羡林会面和交谈。有一天晚上，他还带了另一位印度朋友来看望季羡林。刚说了几句话，他们俩突然跪到地上摸季先生的脚。这是印度人对最尊敬的人行的礼节。季羡林大吃一惊，觉得真是当之有愧。但是面对着这一位忠实得像金子一般的印度朋友，他有什么办法呢？

普拉萨德再三对季羡林讲，他要把他全家都带来同季先生会面。这正合季羡林的愿望。他是多么想看一看这一家人啊！但是时间却挤不出。最后商定在使馆招待会前半小时会面。到了时候，他们全家果然来了。当年欢蹦乱跳的京生已经长成了稳重憨厚的青年，大学医学院的毕业生。当年在襁褓中的兰兰也已经长成了中学生。季先生看到这个情景，心里面思绪万千，半天说不出话来。但是，普拉萨德却滔滔不绝地讲了起来，讲他过去十几年的经历。从生活到思想，从个人到全家，不厌其详地讲述。兰兰大概觉得他说话太多了，有点生气似的说道："爸爸！看你老讲个不停，不让别人说半句话。"普拉萨德马上反驳说："不行不行！我非向他汇报不行。我的话三天三夜也讲不完。"说完又讲了起来，大有"词源倒流三峡水"的气概，看样子真要讲上三天三夜了。但是，招待会的时间到了，他们只好依依不舍地辞别离去。

代表团在德里的最后一个节目是印中友协的欢迎会。散会后，也就是同普拉萨德全家告别的时候。季羡林自然而然地紧紧地搂住了他的脖子，吻他的面颊，眼里流满了泪水。同这样一位忠诚淳朴，对中国人民始终如一的印度朋友告别，他难道能无动于衷吗？

季羡林坚信，普拉萨德决不是一个个人，而是广大的印度朋友的代表和象征；他也是千千万万善良的印度人的典型。他也绝没有把季先生看成一个个人，而是看成整个中国人民的代表。他流露出来的感情，不是对哪一个人的，而是对全体中国人民的。

日本友人池田大作

池田大作是中国人民的老朋友，日本公明党创始人，曾任日本创价学会会长。他曾经多次访问中国，并受到周恩来、邓小平等中国领导人的接见。1978年9月，他第四次来华访问并向北大赠送图书时，结识了时任北大副校长的季羡林先生。池田对季羡林的第一印象是"季先生经历了长达十年的'文化大革命'的苦难，他的面孔仍像北京的秋天那样明朗、乐观"。

池田大作知道，季先生是中国最具代表性的世界有识之士之一，是20世纪印度学和佛学的最高峰，东方学的开拓者，是东方智慧的集中体现者，中国学界的泰斗。此时，池田考虑的是，如何才能把"战争与暴力的世纪"改变成"和平与共生的世纪"？围绕这个关乎人类前途与命运的大问题，东方智慧能够承担什么使命？此后七年时间，他与季羡林先生就此问题通过书信进行了深入的探讨。北大东语系日文教授卞立强先生充当翻译，起初是池田大作与季羡林对谈，后来应池田的要求，季羡林的高足，对《法华经》研究卓有建树的蒋忠新研究员参加进来，形成三人"鼎谈"的格局。他们三人在历史悠久的东方思想宝库中，努力寻找把民众、民族、宗教、文化联结在一起的"统合"与"共存"的智慧，用对话的方式相互鼓励与启发。他们的往来书信和共同探讨的成果，在2000年11月至2002年6月，分四批连续发表在东洋哲学研究所的学术杂志《东洋学术研究》第145—148期上。2002年出版了日文单行本，2004年四川人民出版社推出中文版，书名为《畅谈东方智慧：季羡林、池田大作、蒋忠新对谈录》。

池田大作是日本创价学会名誉会长、国际创价学会会长。迄今，池田大作被誉为世界著名的佛教思想家、哲学家、教育家、社会活动家、作家、桂冠诗人、摄影家、世界文化名人、国际人道主义者。1983年获联合国和平奖，1989年获联合国难民专员公署的人道主义奖，1999年获爱因斯坦和平奖。在中国获得的奖项有：中国艺术贡献奖（1959年），中日友好"和平使者"称号（1990年），"人民友好使者"称号（1992年），中国文化交流贡献奖（1997年）。

创价学会是一个以佛教的生命尊严为根本，使人人幸福，促进世界永久和平的民间团体，也是得到联合国支持的非政府机构。作为会长，池田看到：现代文明以发祥于西方的现代科学技术为动力，给人类带来了物质的丰富与方便；随着通讯、信息和交通工具的发达，全球正朝着一体化的方向发展。与此同时，市场经济化的浪潮也波及全世界的范围。但是，在这种全球一体化的背后，却隐藏着十分深刻的危机：自然环境不断恶化，核扩散的阴影挥之不去，贫者愈贫、富者愈富，难民问题不断发生，民族、宗教、文化纠纷不断，以至于发生"9·11"这样的恐怖袭击。解决之道在哪里？40多年前，他曾与英国哲学家汤因比对话。汤因比断言：中国将是统合未来世界的主轴。池田认可这个观点。

无独有偶，20世纪80年代，季羡林先生也在认真思考这个问题。他提出了"天人合一"新解，主张人与自然和谐相处；在人与人、国与国的关系方面，主张和为贵，和而不同，建立和谐世界；在东西方文化关系方面，主张坚持拿来，强调送去，用东方的药，治西方的病；提出"河东河西论"，大胆预言：21世纪将是中国的世纪。他的这些见解，与池田大作相当契合。他们彼此找到了知音。

季羡林与池田大作在历史悠久的东方思想宝库中发掘出来的东方智慧，是两位东方学人对全人类的巨大贡献。

行笔至此，笔者想说几句题外话——虽说题外，但十分重要。

前不久，见到印度汉学家狄伯杰先生，他在《季羡林作品全集》启动研讨会上发言说：世界不安宁的根源是"地缘政治"，而季羡林先生提出的"地缘文化"的理念，与之相反，是解决这个世界难题的一把钥匙。狄伯杰把季羡林提出的"文化交流促进人类社会发展"的观点概括为"地缘文化"，用以抵抗"地缘政治"的理念，是相当高明的，富有远见卓识的。就是这个狄伯杰，把《论语》等中国古代经典翻译成印地语，使之在印度广泛传播，让东方智慧广泛交融，发扬光大，以造福整个人类。

室伏佑厚一家人

季羡林与日本友人室伏佑厚先生一家相识相交，完全出于偶然。大约是在20世纪70年代晚期，室伏先生的二女儿法子和他的大女婿三友量顺博士到北京大学参观，坚持要见见副校长季羡林先生。季羡林同他们会面了。第一个印象是非常好的：两个年轻人都温文尔雅，一举一动，有规有矩。当天晚上，他们请季先生到北海仿膳去，室伏佑厚先生在那里大宴宾客，这是季羡林第一次同室伏先生见面，觉得他敦厚诚恳，精明内涵，印象是异常好的。从此他们就成了朋友。其实他们之间共同的东西并不多，各人的专行相距千里，岁数也有差距，这样两个人成为朋友，实在不大容易解释。也许这就是佛家讲的因缘吧？

1959年日本前首相石桥湛山先生来中国同周恩来总理会面，商谈两国建交的问题。室伏佑厚先生是石桥湛山的私人秘书，他是中日友谊的见证人。也许是在这之前他已经对中国人民怀有好感，也许是在这之后。总之，室伏先生从此就成了中国人民的好朋友。在后来的几十年内，他到中国已经一百多次了。他大概是把季羡林当成了中国人民某一方面的一个代表者。他的女婿三友量顺先生是研究梵文，研究佛典的，而季羡林是此行首屈一指的权威，这自然也是季羡林受到邀请的原因。

不管是出于什么原因，他们从此就往来起来。1980年，室伏先生第一次邀请季先生访问日本。在日本所有的费用都由他负担。他同法子和三友亲自驱车到机场迎接。季羡林下榻在新大谷饭店，在这里第一次会见了日本梵文和佛学权威、蜚声世界学林的东京大学教授中村元博士。中村先生著作等身，光是选集已经出版了20多巨册。他虽然已是满头白发，但实际年龄比季羡林还小一岁。有一次，在箱根，他们笔谈时，他在纸上写了四个字"以兄事之"，指的就是此事。他们也成了朋友。后来，季羡林主编《东方文化集成》，聘请中村元为顾问，中村欣然应允。据说中村元除了做学问以外，对其他事情全无兴趣，颇有点书呆子气。他出国旅行，往往倾囊购书，造成经济拮据。但是他却乐此不疲。有一次出国，他夫人特别叮嘱，不要乱买书。他满口应允。回国时确实没有带回多少书。他夫人甚为宽慰。然而不久，从邮局寄来的书就接连而至，弄得夫人哭笑不得。

在东京住了几天以后，室伏先生就同法子和三友陪客人乘新干线到京都去参观。中村元先生在那里等。京都是日本故都，各种各样的寺院特别多，大小据说有1500多所。中国古诗"南朝四百八十寺，多少楼台烟雨中"，一个城中有四百八十寺，数目已经不算小了。但是同日本京都比较起来，仍然是小巫见大巫。他们在京都主要是参观这些寺院，有名的古寺都到过了。在参观一座古寺时，遇到了一位一百多岁的老和尚。在谈话中，他多次提到李鸿章。季羡林一时颇为吃惊。但是仔细一想，这位老人幼年时正是李鸿章活动的时期，他们原来是同时代的人，只是岁数相差有点悬殊而已。季羡林在京都参加了日本国际佛教讨论会，会见了许多日本著名的佛教学者，还会见了日本佛教一个宗派的门主，一个英姿飒爽的年轻的东京大学的毕业生，留下了深刻而亲切的印象。

在参观佛教寺院时，季羡林的第一个想法就是：在日本当和尚真是一种福气。寺院都非常宽敞洁净，楼殿巍峨，佛像庄严，花木扶疏，曲径通幽，清池如画，芙渠倒影，幽静绝尘，恍若世外。有时候风动檐铃，悠扬悦耳，仿佛把人带到了另外一个世界去，西方的极乐世界难道说不就是这个样子吗？

中村元先生在大学里是一个谨严的学者，他客观地研究探讨佛教问题。但是一进入寺院，他就变成了一个佛教信徒。他从口袋里掏出念珠，匍匐在大佛像前，肃穆虔诚，宛然另外一个人了。其间有没有矛盾呢？看不出。看来二者完全可以和谐地结合起来的。人生的需要多矣,有一点宗教需要,实在用不着大惊小怪。

在日本期间,最让季羡林难以忘怀的是箱根之行。箱根是日本,甚至世界的旅游胜地。室伏先生早就说过,要他们到箱根去休养几天。从京都回到东京以后,又乘火车到了一个地方,下车换成缆车,到了芦湖边上,然后乘轮船渡芦湖来到箱根。那时天已经黑下来了。街灯也不是很亮。在淡黄的灯光中,街上寂静无人。商店已经关上了门,但是陈列商品的玻璃窗子仍然灯火通明。看不清周围的树木是什么颜色,但是苍翠欲滴的树木的浓绿,却能感觉出来。这浓绿是有层次的,从淡到浓,一直到浓得漆黑一团,扑上眉头,压上心头。此时,薄雾如白练,伸手就可以抓到。季羡林有一种奇异的感觉,仿佛遨游在阆苑仙宫之中。这一种感觉过去从来没有过,从那以后也没有过。实在奇妙极了。

旅馆的会客厅里则是另一番景象,灯火辉煌,华筵溢香。

室伏先生把他的全家人都邀来了:首先是他的夫人千津子,然后是他的大女儿、三友先生的夫人厚子,最后是他的外孙女,才不过一岁多的朋子。季羡林抱了抱这个小孩儿,她似乎并不认生,对着客人直笑。室伏先生立刻拍下了这个镜头,还要季羡林为他的外孙女祝福。这个小孩子的名字朋子来自中国的一句话:我们的朋友遍天下。据说还是周总理预先取下来的。这无疑是中日友好的一桩佳话。到了1986年,室伏先生第二次邀请季羡林访日时,他们又来到了箱根,室伏又把全家都找了来。此时厚子又生了一个小女孩:明子。朋子已经六七岁了。季羡林同室伏先生一家两度会面,在同一个地方——令人永远难忘的天堂乐园般的箱根。这是否是室伏先生刻意安排的,季羡林不知道。但是他却觉得,这真是再好不过的安排。在这样一个地方,会见一家这样的日本朋友,难道这不算是珠联璧合吗?难道说这不是非常有意义吗?他看着眼前这一个祖孙三代亲切和睦的日本家庭,脑筋里却不禁又回忆起第一次见面时的情景,想把这两幅情景联结在一起,又觉得它们本来就是在一起的。除了增添了一个小女孩外,人还是那一些人,地方还是那个地方,虽然实际上不是一回事，但看上去又确乎像是一回事。他一时间真感到有点迷离恍惚，然而却满怀喜悦了。

这一次在箱根会面，同上次有一点不同之处，就是，中村元先生也参加了。这一位粹然儒雅又带有一点佛气的日本大学者，平常很少参加这样的集会。这次惠然肯来，对主人和客人来说，实在是一种幸福。他们虽然很少谈论佛教和梵学问题，但是谈的事情却多与此有关。他们有共同的爱好，所以很容易谈得来。他对季羡林说，日文中的"箱根"，实际上就是中文的"函谷（关）"。季羡林听了很感兴趣。在箱根这个人间胜境，同这样一位日本学者在一起生活了几天，确实令季羡林永远难忘。这两件事情——一件是能来到箱根，第二件是能同中村元先生在一起，都出于室伏佑厚先生的安排。因此，只要想到室伏一家，就会想到中村元先生；只要想到中村元先生，就会想到室伏一家。对季先生来说，这二者真有点难解难分了。

1988年11月3日，在香港中文大学的会友楼，季羡林想念远在东瀛的日本友人，写下了一篇关于室伏佑厚一家的文字。他写道：

> 我最近越来越感觉到，佛家说人生如电光石火，中国古人说人生如白驹过隙，这两句话意思一样，确是都非常正确的。我从前很少感觉到老，从来也不服老。然而，一转瞬间，蓦地发现，自己已垂垂老矣。室伏先生也已届还历之年，也算是初入老境了。当我在他这个年龄时，我自认为还是中年。他的心情怎么样，我没有问过他。但是，我想，他也会有同样的心情吧。遥望东天，我潜心默祷，祝他长寿超过百岁！
>
> 我同几乎所有的人一样，忙忙碌碌了几十年，天天面对实际，然而真正抓得到的实际好像并不多。一切事物几乎都如镜花，似水月，如轻梦，似白云，什么也抓不住。对待人生，我自认为态度是积极的，唯物的。我觉得，人有生、老、病、死，是自然规律，用不着伤春，也用不

着悲秋,叹老不必,嗟贫无由。将来有朝一日离开这个世界时,我也决不会饮恨吞声。但是,如果能在一切都捉不住的情况下,能捉住哪怕是小小的一点东西,抓住一鳞半爪,我将会得到极大的安慰。同室伏佑厚先生一家的交往,我个人认为,就属于这种极难捉到的东西之一,是异常可贵。但愿在十年以后,当我即将进入期颐之年,而室伏先生庆祝他的古稀华诞时,我们都还能健壮地活在人间,那时我将会再给他的一家写点什么。(转引自季羡林《此情犹思》第3卷,哈尔滨出版社2006年版,第142—143页。)

梅特丽耶·黛维夫人

中国人民对印度伟大的诗人、伟大的爱国者和伟大的贤哲罗宾德罗纳特·泰戈尔并不陌生,因为他是中国人民的伟大朋友,他一生都在努力推进印中两国人民的传统友谊。在19世纪末叶,泰戈尔还是一个青年的时候,就撰写文章愤然谴责英帝国主义向中国输送鸦片。1924年,他应邀访问中国。在北京,他受到包括梁启超、胡适、徐志摩、林徽因等在内的知名学者和诗人以及青年学生的热情欢迎。他在各院校和学术机构发表演说。梁启超给他取了中国名字竺震旦,他则给徐志摩取了印度名字Susima。为中印两国人民的友谊留下了一段佳话。

1937年以后,日本军国主义大举入侵中国。泰戈尔写了一些如同利剑怒火一般的诗篇,猛烈抨击残暴的侵略者。同年,他撰写了著名的文章《中国与印度》。1941年,就在他辞世前不久,他撰写了另外一篇著名文章《文明的危机》。他在临终之际仍然惦念着中国的抗日战争。他在自己的文章中预言,一个伟大的未来正在离我们愈来愈近。我们应当做好准备,以迎接新纪元的到来。泰戈尔终其一生都是中国人民的伟大朋友,一直与中国人民呼吸相通。

1924年泰戈尔访问中国的时候,还到过北京以外的几个大城市,包括山东省会济南。那时候,十三岁的季羡林正在济南读中学,他有缘看到了这位银须飘拂的印度伟大诗人。虽然当时他对诗歌和印度懂的不多,可他认定泰戈尔是一个伟人。上了高中,季羡林开始阅读泰戈尔的作品,他被泰戈尔优美的散文诗深深吸引,曾经模仿他的体裁写过一些小诗。进入中年,季羡林研究过泰戈尔的诗歌和短篇小说,写过一篇长文《泰戈尔与中国》，还为泰戈尔办过画展。数十年来，季羡林对泰戈尔的兴趣和尊敬始终如一。1955年，季羡林第二次访问印度的时候，曾经去尼克坦访问泰戈尔创办的国际大学，在泰戈尔生前居住过的北楼住过一夜。黎明，他从那所古旧高大的房子里走出来，看到一个小小的池塘里，一朵红色的睡莲赫然冲出水面，迎着初升的朝阳，衬着满天的霞光。仿佛在冥冥之中，有诗人的在天之灵，在欢迎东方来的客人。

1978年，季羡林第三次访问印度，在加尔各答他第一次见到了女作家梅特丽耶·黛维夫人。他们自然而然地谈到了泰戈尔。黛维夫人的父亲达斯古普塔教授是泰戈尔的密友，两家亲如一家，泰戈尔把梅特丽耶当成自己的女儿。在诗人去世前的三年中，曾四次到她在喜马拉雅山麓蒙铺的家中度假。梅特丽耶·黛维以优美的文笔记录了诗人日常生活的点点滴滴。读者了解泰戈尔主要是通过他的作品，给人的感觉是正襟危坐、峨冠博带、仿佛不食人间烟火。这当然没有错，可这只是诗人的一面。诗人的另一面，我们从他的作品中是无法看到的。可是梅特丽耶看到了，而且忠实地记录了下来。泰戈尔处在家人中间，随随便便，不摆架子，一颦一笑，一喜一怒，自然率真，本色天成。人们应该感谢黛维夫人，她给我们描述了一个真实的泰戈尔。

1981年，黛维夫人来北京访问，季羡林到她下榻的饭店，二人长谈半天，临别时黛维夫人赠给季羡林一本书，这书原文是用孟加拉文写的，后来由她自己译成了英文。这就是《家庭中的泰戈尔》。英文书名直译是《炉火旁的泰戈尔》，二者意思是一样的。她问季羡林愿意不愿意把它翻译成中文。季羡林虽然没有读过这本书，但有两次同黛维夫人的接触，他相信这书一定是好书，就立刻答应了黛维夫人的要求。

季羡林很忙，可他没有忘记对黛维夫人的承诺。他在众多会议的夹缝里，着手翻译。顺便说一句，自从翻译了《罗摩衍那》，因为要做的事情实在太多，他已经下决心不再搞翻译了。现在受人之托，马行夹道内难以回头。他利用一切可以利用的时间，翻译这本书。好在原书文字很美，仿佛信手拈来，不费吹灰之力，又本色天成，宛如行云流水。翻译这样的作品，简直是一种享受。季羡林说：

> 在黛维夫人笔下，满头白发、银须飘拂的诗人，原来是一个十分富于幽默感、经常说说笑话、开个玩笑、十分有人情味的老人。他关心周围所有的人，关心自己祖国的前途，关心中国的抗战；他热爱自己的妻子和女儿，为她们甘心做最卑微不足道的事情。所有这一切都表明，他决不是一个逝世的仙人，而是一个富于感情的有血有肉的人。萦绕他头上的那一圈圣光消逝了，并无损于他的伟大。他同我们中国人民之间的距离反而更近了，我们的关系更密切了。这一切我们都要感谢黛维夫人。（转引自王树英编《季羡林序跋集》，新世界出版社2008年版，第92—93页。）

很快，该书第一章就译好了。恰在这时，季羡林遇到了诗人顾子欣，知道了他也收到同一本书，而且有意翻译。季羡林想顾子欣文笔很好，由他翻译译文肯定精彩。他就告诉顾子欣，自己已经翻了一章，如果他愿意翻译的话，其余三章由他来翻，出版时就算两人合译的。顾子欣也认为这个主意不错，就答应了。谁知顾子欣也实在太忙，过了两年多，他还没有动笔，这时黛维夫人又到中国来了，一见到季羡林，她就打听那本书译得怎么样了。季羡林如实以告，黛维夫人生气了。她说："难道非等到我死了以后你们翻译的书才出版吗？"季羡林完全理解黛维夫人的心情，她想尽快看到这本书的汉译本，倒不全是为了自己，她是为了泰戈尔，为了印中友谊。

顾子欣依然忙，无法指望他能在短期内译完书稿。季羡林只好征得他的同意，决定独自在八个月内把全书译完。他把旧稿找出来，重新审查了一遍，接着往下翻译。开会带着它，出差也带着它，一有时间就翻译。在杭州，招待所楼道里每天晚上都放电视，音量开到最大，季羡林无法睡觉，第二天照样早早起来，潜思凝虑，翻译书稿；在烟台，环境好得多了，他早晨起得更早，面对茫茫海天，点点渔火，心情怡悦，翻译进行得十分顺利。回到北京不久，初译稿便告完成。接下来，加工润色，写序言。1985年，汉译本《家庭中的泰戈尔》由漓江出版社出版。总算能给黛维夫人一个交代了。作者黛维夫人这一年71岁，她自然感觉时不我待，而译者季羡林比她还要年长三岁，已经74岁了。

泰戈尔无论在印度还是在中国都是中印友谊的象征。黛维夫人和季羡林这两位老人为泰戈尔、为中印友谊所做的这些事，是为中印友谊之树施肥浇水的善举，功德无量，是值得后人敬仰和称道的。

泰国侨领郑午楼

郑午楼博士可不是等闲之辈。季羡林在《曼谷行》一文中设问:"一个出身商业世家,自强不息终于成大功的人;一个既有经济头脑,又有文化意识的人;一个自学成家,博闻强记的人;一个既通东方语言,又通西方语言的人;一个既工汉字书法,又能鉴赏中国古代绘画的人;一个既能弘扬泰华文化,又能弘扬炎黄文化的人;一个架设了中泰人民友谊金桥的人;一个把爱国主义与国际主义紧密结合起来的人;一个悲天悯人,广行善事,广结善缘的人;一个待人接物处处有古风的人;一个年届耄耋而又精力充沛超过年轻人的人;总之,一个看似平凡实则不平凡的人。如此众多的不同的甚至有些矛盾的气质集中在一个人身上,世界上能有这样传奇性的人物吗?"接着,他自问自答,"答曰:有!他就是泰国华裔侨领大企业家和教育家郑午楼博士。"

郑午楼1913年生,2007年11月25日,以94岁高龄谢世。祖籍潮阳市沙陇镇东仙村,生于泰国曼谷。精通中、英、泰文,喜爱中国经书诗文,擅长中国书法。1950年,和友人合资在泰国创办京华银行,任总经理,后任董事长。该行有78家分行,是泰国主要商业银行之一。他还经营保险业和酒业,热心社会公益福利事业。曾任泰国最大慈善机构华侨报德善堂董事长,成功地将该善堂的救护医院扩建成泰国一所最现代化的全科华侨医院。日军侵占泰国时,他辞去所有社团职务,不与日军合作,因而遭日军逮捕。日本投降后,中国南方数省受灾,他倡组暹罗华侨救济祖国粮荒委员会,任该会主任。募集大米3万多吨,亲自回国监赈。曾多次荣获泰王御赐勋章。1980年获御赐一等白象大绶勋章。同年6月泰国国立诗纳巧辇威洛大学授予他工商管理学博士学位，并由泰王颁赐文凭。为泰国中华总商会、泰国潮州会馆永远的名誉主席。

1994年3月，季羡林一行应郑午楼先生的邀请，参加由他创办的华侨崇圣大学的开学典礼。头一天晚上飞抵曼谷，第二天晚上，郑午楼先生就在他那豪华的私邸中设盛宴，欢迎中国大陆、香港、台湾和美国参加庆典的客人：中山大学校长曾汉民教授和蔡鸿生教授，汕头大学校长林维明教授，香港中文大学校长高锟教授，香港大学前校长黄丽松教授，香港学界泰斗饶宗颐教授，台湾郎静山老先生，美国加州大学伯克立分校校长田长霖教授。一时众星灿烂，八方风雨会曼谷。季羡林同助手李铮和荣新江是北京大学的代表。季羡林万万没有想到，郑午楼博士同他一见面，就握着他的手说："你的著作我读过的。"

季羡林颇为惊讶，暗想："我们相隔万水千山，而且又不是一个行当，他怎么会读我的所谓的著作呢？是不是仅仅出于客气呢？"在以后的交往中，他慢慢地体会到：郑先生说的不是客气话，而是实话。几天以后，季先生在国际贸易中心发表演讲时，郑先生在千头万绪十分忙碌的情况下亲自去听。这充分说明，他对季羡林那一套对东西方文化的看法还是饶有兴趣的。

在这一天晚上，在就餐之前，郑午楼先生亲自陪客人参观他的住宅和艺术收藏品。他女儿站在大厅的入口处，当欢迎嘉宾。季羡林成了贵宾中的首席，跟着主人看了大大小小的很多房间。郑先生着意介绍自己收藏的中国绘画和书法，这些珍品都装裱精致，整整齐齐地挂在墙上。其中有明代大画家唐伯虎和仇十洲的画，都是精品。还有张大千的画和于右任的字。季羡林说："他介绍这些精品时，从面部表情和整个神情来看，他对这些东西怀有无限深邃恳挚的感情，也可以说是他对整个中国文化怀有深邃恳挚的感情，更可以说是他对他降生的那一块国土怀有深邃恳挚的感情。"

其实郑午楼本人就是一个造诣很高的书法家。季羡林认为：汉字书法艺术是中华民族中汉族独有的艺术，世界民族之林中的任何民族都是无法攀比的。山有根，水有源，树有本，汉字本身就是汉字书法艺术之根。没有汉字，就不会有汉字书法艺术。但是，稍微懂行的人都知道，这个艺术并不容易。它已经有了二千多年的历史。从李斯写小篆开始，一路发展下来，而隶书，而楷草，而行书，而草书。"江山代有才人出，各领风骚数百年"，代代都出了一些书法大家。表面上看起来，变化极大，然而在大变中实有不变者在。也可以说是"万变不离其宗"，这个不变者，这个宗就是必须有基本功。抛开篆书和隶书不谈，专就楷书、行书、草书而言，基本功就是楷书，必须先练好横平竖直、点画分明的基本功，才能在这个基础上发展。譬如盖楼，必须先盖第一层，然后再在这上面盖第二层、第三层，以至更多的层。佛经上有一个寓言故事，说盖楼从第二层向上盖起。寓意是说这是根本不可能的。可我们当今一些书法家在没有基本功的基础上大肆"创作"，结果成了鬼画符。这些书法家正是佛经寓言中所讽刺的那些想从第二层盖楼的人。郑午楼先生的书法不是这个样子。他写的是楷书，是无法以荒诞文浅陋的楷书，是一切掩饰和做作都毫无用武之地的楷书。而且据季羡林的观察，郑午楼先生的楷书取径很高，他所取的不是元代赵孟𫖯和明代董其昌的规范，而是唐代柳公权的规范。敦煌藏经洞中贮藏的唐代写经中最高水平的写经，都具备这样的书风。季羡林说："如果把午楼先生写的小楷置诸敦煌写经中，几可乱真。俊秀而不媚俗，挺拔而不粗犷，这就是午楼先生楷书的特点。他之所以能达到这个水平，想来并非一朝一夕之功。"

郑午楼先生的勤苦磨炼，不但表现在书法上，在语言学习方面也能表现出来。他能熟练掌握泰语和英语，也是勤学苦练的结果。季羡林一向认为："一个人的成功取决于三个条件：禀赋或天资，努力和机遇。三者缺一不可。三者中最重要的是努力。只要勤奋努力、锲而不舍，则一方面能弥补禀赋之不足，另一方面又能招来机遇。"在曼谷，他发现了郑午楼先生这样一个具体的例子。从他学习书法、学习外语来看（泰语对他来说已经不能算是外语了），他的勤奋努力是非常感动人的。中国古话说："书山有路勤为径，学海无涯苦作舟。"这两句话在郑午楼先生身上得到了充分的证明。

季羡林看到，郑午楼先生虽然年事已高，却总是腰杆笔直，神采奕奕，行动敏捷，健步如飞，不但不像一个年届耄耋的老人，而且连那几位同他在一起工作的中年人都自愧弗如。他们告诉季羡林，每次跟董事长检查工作，总是被他拖得满身大汗。季羡林打趣说："瞻之在前，忽焉在后；来似雨飘，去似风骤。"

几个从大陆去的中年朋友，对季先生谈到郑午楼先生时，总称他为"董事长"或者"午楼博士"，亲切之情溢于言表。显然，他们对郑午楼先生是尊敬的，是爱戴的。郑午楼先生对他们没有架子，严格要求，亲切爱护，不以自己是领导凌人，不以自己是老人凌人，不以自己是名人凌人，不以自己是亿万富翁凌人。否则，这种尊敬爱戴之感从何而来呢？有一天在崇圣大学里一个什么典礼之后，很多客人和成群的中小学生聚集在餐厅里吃饭，因为人太多，实际上已无法摆开桌椅，正襟危坐。大家都随随便便在人声嘈杂中找到一把椅子坐下，把每人分得的一盒饭打开来吃。不知什么时候，郑午楼先生也手拿一盒饭，边吃边走了过来，同大家坐在一起，大嚼起来，一不矜持，二不做作，亲切自然，兴致颇高。

在以后几天的参观中，客人们到过很多地方：华侨报德善堂、世界贸易中心、潮州会馆、郑氏大宗祠、华侨医院、京华银行等。这些机构都与郑午楼先生有关系，有的就是他鼎力创建的。在曼谷以外，还有不少的工厂、公司和其他机构，也都是郑午楼先生创办的。由此可见他的经营能力之强，组织领导艺术之高，精力之富，事业进取之锐。现在他又倡导创办了华侨崇圣大学，他的事业可以说是达到了一个新的高峰。在这些机构中，有一些是广行善事，赈灾济贫；有一些则是弘扬泰华文化。在这些方面，他都取得了辉煌的成绩。他真正做到了精神与物质并重，经营与倡导齐飞。1991年，郑午楼先生亲率赈灾团，不远千里，又一次来到中国，救济中国受了水灾的灾民，可见他没有忘记中国这一个根。

　　季羡林在曼谷待了十天，在郑午楼先生身上发现了许多闪光的东西，很值得学习。在离开泰国之后，郑午楼先生的音容，仍然历历如在眼前，如在耳边。他遥望南天，衷心祝愿他事业兴旺，福寿康宁。

德国汉学家傅吾康

傅吾康（Wolfgang Franke）原名沃尔弗冈·法兰克。德国汉学泰斗福兰阁之子，著名汉学家。

傅吾康1912年生于德国汉堡。1930年至1935年肄业于柏林大学及汉堡大学，专攻汉学、日语及古代和近代史。1935年获汉堡大学哲学博士学位。1937年来中国，任北平中德学会秘书，干事，总编辑等职。傅吾康在50—70年代还先后担任美国哈佛大学客座研究员，吉隆坡马来西亚大学、新加坡南洋大学和檀香山夏威夷大学的客座教授，德国东亚协会主席等职。德中建交，任外交部访华团顾问。著名的德国东亚学术杂志《远东学报》（*Oriens Extremus*）和汉堡亚洲研究所也是他倡导创办的。傅教授一生潜心研究东南亚华文碑铭史料，是国际知名的明代史权威学者和国际著名的汉学家。他精通中、英、德文，著作丰富。

1937年傅吾康只身来到中国，辗转上海、南京等地后到达北平，一待就是整整13年。在北平，傅吾康主要参与了"中德学会"（Deutschland-Institut）的组织、领导工作，先后在学会中担任秘书、总干事以及《中德学志》编辑主任等职。从1938年至1944年，共出版《中德学志》六卷（22期）、《汉学集刊》（*Sinologische Arbeiten*）三卷，同时组织出版了"德国文化丛书"等二十余种。

1941年夏季，傅吾康跟曾留学德国的胡万吉（雅卿）先生的女儿胡隽吟女士相爱，不过按照当时德国的法律，日耳曼人是不能娶非雅利安人为妻的。直到1944年9月他们才正式订婚，1945年3月在战争快要结束时，他们终于结为百年之好。

抗战胜利后，经萧公权先生的推荐，傅吾康谋得了设在成都的国立四川大学和华西大学教授的位子，讲授"明史"和"德国历史"等课程，并在中国文化研究所负责汉学研究西文集刊《中国文化研究所集刊》（*Studia Serica*）的编辑工作。在成都两年后，傅吾康又接受了北京大学西语系主任冯至教授的邀请，接替了由于卫德明（Hellmut Wilhelm）去了华盛顿大学而在北大空出的德语教授的位子。在北大期间，傅吾康与季羡林等学者建立了终身的友谊。

1946年季羡林从欧洲回国的时候，因为书籍太多无法随身携带，是傅吾康不辞劳苦，帮他托运回中国的。如果没有这些珍贵的专业书籍，季羡林的科研和教学简直无法继续。此后几年，在中德学会，他们时相过从，成为密友。

战后德国百废待兴，汉堡大学着手重建已遭破坏的汉学系。1949年6月，傅吾康得到了汉堡大学的正式任命书，他于1950年回到汉堡，接替了自颜复礼被迫退休后空置了两年的汉堡大学汉学系主任一职。在汉堡大学汉学系主任的位置上，傅吾康一直工作到1977年退休。二战之后德国汉学形成了三足鼎立的局面，以傅吾康为首的北部汉学重镇汉堡当然占据着重要一席（其余的两个重镇分别是：以傅海波［Herbert Franke, 1914—2011］为首的南部汉学堡垒慕尼黑，以及地处东德的以叶乃度［Eduard Erkes, 1891—1958］为首的莱比锡）。汉堡大学本来就是德国最早成立汉学系的大学，再加上傅吾康的研究领域为明代以来的中国历史、东南亚华人历史，因此汉堡学派的研究方向主要定位在明清史以及中国近代史方面。

1963—1966年期间，傅吾康利用大学和政府给他的三年学术假期，接受了马来亚大学客座教授的职位。除了学术研究工作之外，他还恢复了多年来没能够成立的中文系。他利用各种各样的方式，尽量多地培养华文人才。退休之后，傅吾康又应聘到马来西亚做客座教授，专门研究东南亚华人历史。

傅吾康1980年出版了《1851—1949年间的中国百年革命》一书，在书中叙述了中国近代革命的历史，把百年革命的历史划分为五个阶段，视中国革命的过程为一个不断发展、上升和深化的过程。傅吾康强调从整个中国历史的角度来观察中国近代史，不是机械地把近代和传统割裂开来，而是从"革命"概念入手，从《易经》里的"革命"说起，谈到五行学说以及孟子的"君轻民贵"的思想，证明了在中国的国家观念中，革命是作为一种合理的手段而存在的。傅吾康在书中批评西方革命党人的理想化和政治幼稚以及脱离中国实际的错误看法，进而指出，国民党从政治上背离革命走向反动和衰败，社会变革任务最终由共产党人完成。书中，傅吾康如实地记录了国共两党的不同形象：国民党政府的腐败到了惊人的地步，共产党人清贫而廉洁，充满着理想主义精神。共产党的军队装备很差，但是指挥有方，战斗情绪高涨。这表明进行社会革命的时机成熟了。傅吾康认为新中国的建立标志着中国近百年革命的最后阶段社会革命的完成。但是，傅吾康的进步历史观遭到了西方学者（特别是美国学者）的批评，指责他借用了共产党人的观点对中国革命过程进行解释。然而，德国当代汉学家斯泰格（Brunhild Staiger）和艾伯斯坦（Bernd Eberstein）等对其人其作的评价为：傅吾康继承并发展了福兰阁对中国历史的研究。福兰阁研究的是19世纪以前中国在一个相对封闭的东亚文化圈内的发展；而傅吾康研究的是19世纪以后中国通过种种决裂和危机走向现代化的过程。

也是在1980年，傅吾康教授的妻子胡隽吟女士把她以前翻译的、已经出版过的许多德国学者的学术论文汇集起来，重新出版，季羡林欣然命笔作序。他盛赞德国学者奉行的"德国的彻底性"，而傅吾康就是一个突出的范例。他满怀深情地写道：

> 傅吾康教授是我的老朋友，他的治学态度和治学方法，我是一向钦佩的。过去的不必说了，就拿眼前傅吾康教授所进行的工作来说，也可以充分表现出这些特点。傅先生正在进行东南亚华侨问题的研究，据他自己说，他为了调查华侨的历史情况和当前情况，曾经跑遍了印度

尼西亚、新加坡、马来西亚等国的城市与乡村，市场与学校，古庙与墓地，只要有关华侨的资料，不管是匾额还是碑铭，不管是活的资料，还是死的资料，傅先生无不广为搜罗，而且把这些东西都拍成照片，分门别类，储存备用。他利用所有的交通工具，从最近代化的飞机、火车，一直到比较原始的骡车、小船。有时候也难免遇到一些惊险。吃苦耐劳那就更不必说。然而傅先生却是锲而不舍，决不后退。甚至一件不太重要的资料，也决不放过。数十年如一日，勤勤恳恳地工作着。我上面谈的"德国的彻底性"，在傅吾康先生身上，难道不是表现得很具体、很充分吗？这一点是很值得我们学习的。（转引自王树英编《季羡林序跋集》，新世界出版社2008年版，第422页。）

新加坡华人陈瑞献

陈瑞献，1943年出生于印度尼西亚北苏门答腊的一个小岛，祖籍中国福建南安，幼年时到新加坡读书，后毕业于南洋大学现代语言文学系。他是世界上最古老的艺术研究机构——法兰西艺术研究院驻外院士，获选时年仅44岁，是最年轻的一位，也是驻外院士中唯一的东南亚艺术家。

陈瑞献通晓华文、英文、法文和马来文。在当今地球村的艺术长河里，他以其独特卓越的成就，在小说、散文、诗歌、戏剧、评论、油画、水墨、胶彩画、版画、雕塑、纸刻、篆刻、书法、佛学、哲学、美学、宗教学等诸多领域尽领风骚，举世瞩目；此外，他还精通饮食文化、园林艺术和服装设计。所以，很难用"艺术家"或"学者"概括他的身份。

陈瑞献自1968年迄今已出版各类著作36种；1973年至今在世界各地数十次举行个人艺术作品展及联展，荣获多项国际性大奖；1998年由联合国秘书长安南提名，他的彩墨画《大中直正》入选为《世界人权宣言》新版本插图。2003年，荣获世界经济论坛水晶奖、新加坡政府卓越功绩服务勋章，并获南大名誉文学博士荣衔。陈瑞献先生在新加坡建有"陈瑞献艺术馆"，在中国的青岛，建有"一切智园——陈瑞献大地艺术馆"。

季羡林先生在新加坡有不少朋友，学术界、文艺界都有。有的鱼雁传书，切磋学问；有的过从甚密，无话不谈。对新加坡文艺界的巨擘陈瑞献，他虽然无缘得见，却是久闻其名。而陈瑞献呢，也是早知季老大名，神交已久。1992年，《陈瑞献选集》在中国大陆出版，陈先生恳请季先生作序，季先生愉快地答应下来，以为是"乐事中的乐事"。而这样做，他便在新加坡多了一位朋友。

季羡林翻看了陈瑞献的文集，欣赏了他的绘画，又看了一些介绍他的文章，想循着通常写序的方法，先为作者正一下名，给他一顶什么家的帽子。可是，他犯了难：陈瑞献是诗人、哲学家、画家、小说家、散文家、剧作家、评论家、学者、书法家、篆刻家、翻译家、外国文学研究者。在艺术领域，他是油画家、中国写意画家、版画家，精通胶彩、纸刻，还是雕塑家；在哲学范围内，他通佛学、西洋哲学、中国哲学、美学、宗教学等；他还精通饮食文化、园林艺术、服装设计；在语言方面，他掌握多种语言。总之，陈瑞献先生的成就，足以令人"目迷五色，眼花缭乱"。尽管他在许多方面造诣精深，却很年轻，当时尚不到50岁。所以吴冠中先生说他是"东方青年的楷模，杰出的炎黄子孙"。季羡林认为，这话说到点子上。对非同寻常之人，必有非同寻常之文。季羡林在序中独辟蹊径，从东西方文化关系方面入手，分析了广受关注的"陈瑞献现象"。

季老首先亮明了自己的观点：

> 东西方文化的关系是三十年河东，三十年河西。陈瑞献就是在东西两大文化体系激荡冲撞中产生出来的人物，他身上也代表着东西文化发展的未来。陈瑞献的根是中国，而他成长的环境是新加坡。新加坡是东西文化交光互影最显著、最剧烈的地方。只有在这样的地方，才能出陈瑞献这样多才多艺几乎是全能的人物。
>
> 东方文化历史上曾经是世界文化的主流，自从工业革命以来，西方文化主宰世界已有数百年了，它给世界人民带来幸福和繁荣，同时带来麻烦与灾难。如人口爆炸、环境污染、气候剧变、资源匮乏、淡水不足、新疾病频发等，使人类的生存面临空前的危机。

出路何在呢？季羡林指出：

　　唯一的出路就是：三十年河东的现象再次出现；东西两大文化体系沟通融合，而以东方文化的综合的思维模式济西方文化的分析的思维模式之穷；在西方文化已经达到了的已经奠定的基础上，把人类文化的发展推向一个新的高度。只有这样，我们在上面提到的那一些危害人类未来生存的灾害才有可能得到遏制，人类才能顺利地生存下去。

　　我觉得，在陈瑞献先生身上，这种沟通融合东西文化的倾向已经表现了出来。所以我说，他代表着东西文化发展的未来。（**转引自王树英编《季羡林序跋集》，新世界出版社2008年版，第766页。**）

大师就是大师，见微而知著。从一位华裔青年学人的成就，道出人类文化发展的大势。高屋建瓴，令人信服。

第九章

高足爱徒

早年学生牟善初

1934年夏季,季羡林从清华大学毕业,回到济南高中,教了一年语文。因为季羡林在文坛小有名气,一回济南,山东《民国日报》的主编就找上门来,约他编辑文学副刊。季羡林愉快地答应了,副刊取名《留夷》,取自《楚辞》上一个香花的名字,据学者考证,就是芍药。他把自己学生的优秀作文发表在这个副刊上,每千字可得一元稿费。当时一元钱能买不少东西,对穷学生不无小补。季羡林也精心撰写了一篇游记《游灵岩》,发表在上面。季羡林的学生中有个叫牟善初的男生,作文成绩全班第一,他写的文章不但通畅流利,而且有自己的风格,这对一个十六七岁的孩子来说是难能可贵的。季羡林想,如果他能考上名牌大学,将来可以成为一位出色的作家。谁知过了差不多半个世纪,牟善初来看望自己的老师,他已经是一位出色的军医了,担任解放军总医院副院长。"文革"以后,牟善初带着儿女到北大看望先生,季羡林也曾带领孙儿孙女到解放军总院回访。后来九十多岁的季羡林在解放军总院住院的时候,牟善初和他的同事们,为老先生提供了一流的治疗和服务。季羡林教书育人大半生,弟子遍于天下。牟善初这样的例子不胜枚举。

牟善初,山东日照人,心脏病学家。1942年毕业于成都中央大学医学院,后留校任教。新中国成立后,历任第四军医大学内科学教研室主任、教授,解放军总医院、军医进修学院副院长、教授,总后勤部卫生部医学科技委员会委员,中华医学会理事。1951年加入中国共产党。

1950年牟善初从事血吸虫病防治工作,提出了锑剂药物所致的心电图变化及锑剂药物长、短疗程治疗方案。以后又开展了心电图、运动心电图、向量心电图、肺功能测定、血气分析、超声诊断、心导管检查及各种血脂参数测定等实验研究，并先后应用于临床。1958年应用心导管检查、心血管造影等技术，为我国第一例体外循环、心内直视手术的术前、术中、术后处置提供了依据。70年代中期以来，着重研究老年人心脏功能及心肌梗塞后心脏功能的改变，并在保健医疗工作中作出了重要贡献。

2001年11月12日，助手李玉洁于无意间发现季先生的棉裤有些不对劲，怎么硬邦邦的呢？细看才明白，不知道是什么时候，老爷子尿湿了棉裤，现在已经干了。再细问，方知，老爷子小便失禁，劝他去医院看看，老爷子不肯去，说忙。那时候，北大的教职员工看病，合同医院都在北医三院。重点照顾的若干位一二级老教授在友谊医院。每年搞一次体检。一开始，季羡林还有积极性，体检每年参加。因为每年都"平安无事"，他便不再重视体检。工作确实忙，他已经五年不去友谊医院了。季羡林不肯去医院，病就一天天拖着。12月7日，早晨起来，就尿急、尿频、尿不尽。时间不长，上厕所四五次。奇怪，今天怎么了？季羡林朝马桶里一看，自己也吓了一跳。怎么红红的？这不是血吗？小便中带血，而且量很不小。这还了得！于是李玉洁不由分说，一边向学校领导报告，一边就把他送进医院。西苑医院建议去大医院，他们想到了牟善初，直奔301医院。

牟善初为人淳朴厚道，不善言辞。85岁了，还穿着白大褂，出诊、查房。他经常来病房看望季羡林。这次经过医护人员精心治疗，季羡林于当年年底出院。

第二年8月15日，因为天苞疮，李玉洁和杨锐把季羡林送到解放军301医院牟善初原副院长的办公室。由于病房床位异常紧张，牟善初亲自打电话进行协调。下午4时，终于在南楼呼吸道科病房挤出了一个单间，把季羡林安置进去。这一层楼共18间病房，季羡林住的这一间门牌号是13。房间有五六十平方米。这里警卫森严，楼外有解放军战士日夜站岗。工作人员把所有的病人都称为"首长"。因为都是将军级的军官，称首长名正言顺。可季羡林是个教书匠，乍听人家叫自己"首长"很不习惯，感觉有些滑稽，便自嘲是"冒牌货"。这次对季羡林的身体健康情况进行了全面的检查。住院之后，301医院的领导十分重视。不仅是他的老学生、原副院长牟善初常来嘘寒问暖，现任的院长朱士俊、政委范银瑞，副院长秦银河、苏元福、王树峰、林运昌等都来探望。他们劝季羡林别急着出院，多住些天，彻底检查一下，把该治的病好好治疗一下。

于是，又进行了第三次会诊。季羡林本来是来治皮肤病的，因为病房实在紧张，借住在呼吸道科病房里。检查发现，他患有哮喘和肺气肿。这下子不必转诊了。连呼吸道方面的毛病也收拾了一下。当然，不只是呼吸道疾病。季羡林的血压，原来没有什么问题，这次服用激素，血压一度升高。大夫严密监测，属于应激反应，没有发生什么问题。口腔科大夫为季羡林治好了齿龈溃疡，眼科魏大夫为他检查、治疗了眼病，还为他配制了一副让他十分满意的眼镜。用季羡林自己的话说，是住了一次院，治了四种病。

治病间隙，季羡林还写了数万字的文稿，可以说是治病、工作两不误。他对解放军301医院的评价是：医德、医术、医风三高医院。

天疱疮治愈以后，季羡林急着出院，一连给牟善初写了两次信，终于在国庆节前夕获准出院。

2003年春，季羡林又一次住进解放军总医院。牟善初虽已不再担任副院长，但他仍然常来看望自己的老师，嘘寒问暖，协调治疗，张罗生日祝寿。他还绘声绘色地给在场的医护人员讲述当年老师是怎么教自己写作文的。他说，先生要求写文章要有起伏，切忌平淡。他还讲了一个故事。说是有个大户人家给老太太庆寿，有个客人说了一段祝寿词："这个太婆不是人"，一句话语惊四座；接着是"九天神女下凡尘"，大家转惊为喜。谁知他又说"生个儿子会做贼"，主人刚要翻脸，他又来一句"偷来蟠桃献母亲"。这段70年前的祝寿词，让季羡林的病房充满了欢声笑语。在场医护人员中不乏文学爱好者，其中自然有季羡林的"粉丝"。他们熟悉季羡林关于"文学最忌单调平板，必须有波涛起伏，曲折幽隐，才能有味"的主张，听了牟善初讲的故事，他们心领神会：季老这个主张的形成，真的有年头啦。

"鼎谈"学者蒋忠新

关于蒋忠新先生,前文已经提及,他是季羡林先生与日本池田大作先生"鼎谈"东方智慧的参与者之一,而他的参与是池田大作先生首先提议,经季先生首肯的,足见其学术见解和学术水平之高。

蒋忠新(1942—2002),上海人,中国社会科学院亚太研究所研究员。1960—1965年就学于北京大学东方语言文学系梵文巴利文专业,师从季羡林先生和金克木先生。毕业后,先后在中国社会科学院历史研究所、南亚研究所和亚太研究所工作。他毕生从事梵语文献研究和翻译工作,是我国著名的梵文学家。数十年来,锲而不舍,凭借自己深厚的梵文功底,发表译著、编著和学术论文20余种,为中国印度学研究做出了卓越的贡献。

1977年底,中华书局重新启动《大唐西域记》的校注工作,并列入出版计划。他们找到季羡林,希望他主持其事。季羡林欣然同意。他说:"《大唐西域记》的重要性尽人皆知,但是一千多年以来,我国学者对这一部书的研究,较之日本,远远落后,我认为,这是我们学术界之耻,尝思有以雪之。"就是抱着这种发愤雪耻的心态,季羡林邀集七位专家组成校注班子,他的学生蒋忠新是其中之一。他们在借鉴与参考了向达等人已有成果的基础上,重新对《大唐西域记》进行整理。这部书没有设主编,署名季羡林等校注,季羡林是实际主编。他除了参与注释,还审阅了全部注释稿,提出许多中肯的意见,对有些重要的注释条目,他甚至亲自重写,如长达三千字的"四吠陀"注释,就是他重写的。他还对历代学者的注释进行研究，对一些重要问题提出新解，纠正了前人，包括日本学者注释中的一些错误。1985年，中华书局出版了这部63万字的《大唐西域记校注》。这部书借鉴了中外研究者的研究成果，纠正了前人成果中的一些错漏之处，解决了一些前人遗留或者忽略的问题。几代中国学人的艰苦努力，终于有了结果。1985年，该书获得韩素音-陆文星中印友谊奖，1994年，这部书获得第一届国家图书奖。校注完成以后，考虑到这部书对一般读者来说，依旧难以读懂，季羡林接受了陕西人民出版社的建议，另组专家班子对该书进行今译。蒋忠新继续在季先生指导下，从事《大唐西域记》的今译，承担了第八、九两卷的翻译任务。

在梵语古抄本研究领域中，蒋忠新堪称是我国首屈一指的辨读考释专家。他先后读出和转写了民族文化宫图书馆、旅顺博物馆、中国藏学研究中心等处所藏的多种梵文《妙法莲华经》和其他佛典抄本。他的第一部《妙法莲华经》转写本（民族文化宫图书馆藏）发表后，受到国内外梵文学界的广泛赞扬和重视。季羡林先生赞誉这部转写本"具有在国际学术界扬国威的意义"。1982年6月，季羡林在重印梵文《妙法莲华经》的引言中写道：

"在所有佛教经典中，包括小乘和大乘在内，大乘《妙法莲华经》可以说是流传最广、影响最大的一部。在中国，这一部佛典有许多古今文字的译本。在国外，特别是在日本，它是一些佛教宗派的主要经典，有的宗派甚至以它来命名。其威望之高，可以想见。"

现在精印出版的这一部混合梵文《妙法莲华经》贝叶写本原存我国西藏地区，现收藏于北京民族文化宫图书馆。它虽非海内孤本，但同现存诸本相比，自有其特异之处，远非他本所能及。民族文化宫图书馆付出了巨大的人力和物力，精印出版这一部佛典，是对佛教和印度古代语言研究的一个重大贡献，而且对加强国际上梵文学者的交流，也会起有力的推动作用。我相信,这一部佛典的出版将为《妙法莲华经》的研究增添宝贵的资料,一定会受到海内外梵文学者和宗教学者的热烈欢迎。
(转引自王树英编《季羡林序跋集》,新世界出版社2008年版,第217页。)

季羡林的判断完全正确,这部佛典的出版在日本佛学界和欧洲梵学界确实引起了轰动。佛教梵文研究可谓季羡林学术的发端,是他的看家本领之一。在这个学术领域,蒋忠新是他当之无愧的传人。

蒋忠新的学术研究并不仅限于佛教梵文,对印度古代婆罗门教的研究他也造诣颇深。1985年,他把婆罗门教的一部法论《摩奴法论》译成中文。《摩奴法论》中文译名又作《摩奴法典》,蒋忠新指出Manusmṛti即"摩奴传承",狭义上专指"法论",是婆罗门教(印度教)伦理规范的一部法论,托名由印度教传说里的人类始祖摩奴所撰,实际写成年代不详,现今学者相信大约为公元前2世纪至公元2世纪。此书分十二章,内容涉及礼仪、习俗、教育、道德、法律、宗教、哲学、政治、经济、军事、外交等,构建出以四大种姓为基础的社会模式。该法论出现后,长期成为印度教的法制权威,至近现代仍具有影响力,并被视为研究印度社会的基本文献之一。季羡林为该书撰写了序言。他说:"这样一部由婆罗门一个种姓一厢情愿捏造出来的法论还有什么研究价值吗?有的,而且还很大。首先这部书给我们提供了不少极有价值的有关古代印度历史、宗教、哲学、政治经济和社会风习的资料。我这里只举一个例子,就是关于印度封建社会起源的问题。"接着,他对这个学术界争论不休的问题阐述了自己的见解。在序言的结尾部分,季先生对爱徒的译风进行了肯定和表扬。

总之,《摩奴法论》这一部书,对印度的古代与现代,对印度国内与国外,都产生了影响。即使是为了了解当前的印度,这部书也有极大的参考价值。欧洲梵文学者从梵学一开始建立就有不少人研究这一部书,是有其原因的。我们中国由于近代梵文研究起步较晚,所以对这一部书研究很不够。曾经有过一个译本,是从法文转译过来的,难免有其局限性。蒋忠新同志的这一本译本是从梵文直接译过来的,他的译风严谨而又细致。我们可以毫不夸大地说,这一个译本弥补了我们对印度研究工作中的一个空白,是值得我们热烈欢迎的。(同上书,第223—226页。)

蒋忠新研究员以优异的学术成就于1990年获得国家有突出贡献的中青年专家称号。由他发掘编定的《妙法莲华经》贝叶复制本曾由中国政府隆重赠予尼泊尔王室。他还先后作为访问学者应邀在丹麦哥本哈根大学(1987年)、美国哈佛大学世界宗教研究中心(1988年)和瑞士洛桑大学东方语言和文化系(1994年)进行研究工作,并任东京国际佛学研究所和日本创价大学国际佛教学高等研究所等学术机构的客座研究员。这些学术交流活动提升了我国印度学研究在国外的影响,提高了我国印度学研究的国际地位。

可惜天妒英才,2002年10月7日,刚满还历之年的蒋忠新因病去世。此时恩师季羡林因病正在301医院南楼住院。后来,蒋忠新的爱人王秀桂为签出版合同去拜访季羡林先生,季先生详细询问爱徒情况,王秀桂只得据实相告。先生闻知噩耗,泪流满面。并于当晚发起高烧,梦中呼唤蒋忠新的名字,三日后方退烧。关于此事,季羡林之子季承在《我的父亲季羡林》一书中有详细记载。

黄宝生、郭良鋆夫妇

黄宝生、郭良鋆夫妇都是季羡林和金克木教授的亲炙弟子,中国社会科学院研究员。

黄宝生,1942生,上海人,中国社会科学院学部委员,中国印度学会会长。郭良鋆1943年生。他们于1965年毕业于北京大学东方语言文学系梵文巴利文专业。黄宝生历任中国社会科学院外国文学研究所研究室主任、副所长、所长,《世界文学》主编、研究员,中国外国文学学会理事,中国翻译工作者协会常务理事。1980年开始发表作品。1984年加入中国作家协会。妻子郭良鋆是研究员、翻译家。

黄宝生的学术主要成果有:《外国文学史》《〈摩诃婆罗多〉导读》《书写材料与中印文学传统》《外国文学评论》《季羡林治学录》《神话和历史——中印古代文化传统比较》《语言和文学——中印古代文化传统比较》《宗教和理性——中印古代文化传统比较》等。其专著《印度古典诗学》获中国社会科学院第二届优秀科研成果奖;《印度古代文学史》(合著)获国家社科基金项目优秀成果奖。

黄宝生1997年获国家有突出贡献的中青年专家称号。他同时是印度总统奖和莲花奖得主。其中,莲花奖是印度最高国家奖项,季羡林是获得此奖的首位中国学者,黄宝生为第二位。

郭良鋆的主要学术成就有:《佛陀和原始佛教思想》、《佛本生故事选》(巴利语译著,合译)、《经集——巴利语佛教经典》(巴利语译著)、《故事海选》(梵语译著,合译)、《佛陀形象的演变》、《梵网经中的"六十二见"》、《印度教三大主神的形成》等。

黄宝生作为翻译家，他参与并在后期主持完成了印度伟大史诗《摩诃婆罗多》这部文学巨著的汉译。该书获得了首届国家图书奖。

《摩诃婆罗多》是享誉世界的印度史诗，它的汉语全译本，约有500万字，和《罗摩衍那》并列为印度的两大史诗，《摩诃婆罗多》现存的本子是在一部史诗的基础上编订加工而成的，其中有长篇英雄史诗，而且有大量的传说故事作为插话，有宗教哲学以及法典性质的著作，共有10万"颂"（诗节），20万行。内容篇幅相当于《罗摩衍那》的4倍，被称为百科全书式的史诗，规模宏大、内容庞杂。印度现代学者认为《摩诃婆罗多》是印度的民族史诗，内含印度民族的"集体无意识"，堪称是"印度的灵魂"。

《摩诃婆罗多》的成书时间约从公元前4世纪至公元4世纪，历时800年。它长期以口头方式创作和传诵，不断扩充内容，层层累积而成。它的成书年代处在印度从原始部落社会转化为国家社会的时代，也是从吠陀时期的婆罗门教转化为史诗时期的新婆罗门教（印度教）的时代。这部史诗以印度列国纷争时代为背景，描写婆罗多族的两支后裔为争夺王位继承权而展开的种种斗争，最终导致大战。大战的结果虽然是各有胜败，但双方将士几乎全部捐躯疆场，是一个历史悲剧。

史诗所写的故事不是一般的王族内争，而是显著对立的两类统治者的斗争，是弱小对强暴、受侮辱损害者对施加侮辱者、遭遇流放迫害因而接近人民的贵族对高踞王位骄横残暴的贵族的斗争。基调是颂扬以坚战为代表的正义力量，谴责以难敌为代表的邪恶势力。坚战公正、谦恭、仁慈，而难敌贪婪、傲慢、残忍。难敌的倒行逆施不得人心，连俱卢族内一些长辈也同情和袒护般度族。史诗表现了人民在乱世希望由比较贤明的君主，而不是由暴虐的君主统一天下的愿望。当然，史诗也是忠于现实的，它描写每逢大战关键时刻，般度族都是在黑天支持下采用诡计取胜的，因而使他们减却光彩。这说明作者对统治者的认识是清醒的，并未违背生活真实而一味进行美化。

这部作品很早就以各种形式传到了东南亚，对当地文学的发展有重要影响。它已被译成印度现代一些主要语言和英、法、德、俄语乃至爪哇语。汉语全译本共六卷，由金克木、赵国华、黄宝生等翻译。

《摩诃婆罗多》汉语翻译工作开始于20世纪80年代，最初由赵国华发起。《摩诃婆罗多》全书共分18篇。金克木先生译出全书开头四章作为示范，赵国华和席必庄于1986年译完第一篇（《初篇》）。但当时遇到出版困难，因为一般的出版社不敢轻易接纳这项旷日持久的出版计划。直到1989年底，中国社会科学出版社接纳了这项出版计划。正当《摩诃婆罗多》翻译工作重新启动之时，赵国华于1991年突发心肌梗塞，英年早逝。此后，这项翻译工作由黄宝生主持，并于1996年被列为重点科研项目。前后参加翻译工作的共有八位梵文学者，历时十多年，终于在2003年完成全书的翻译。

该书的翻译注重学术规范。全诗的篇、章和颂都标明序号。译文中添加了必要的注释。全诗十八篇，每篇前面都撰写导言，介绍其主要内容，进行简要的评析，也提供必要的文化背景资料或对值得研究的问题做些提示。中国社会科学出版社也将《摩诃婆罗多》列为重点图书，精心编辑和印制，于2005年正式出版。

黄宝生是参与编辑《季羡林文集》（24卷本）和《季羡林全集》（30卷本）的重要专家之一。对季羡林先生的学术成就与治学精神有准确的概括和精当的分析。1999年，他为《中国社会科学院学术大师治学录》撰写《季羡林》一文，称季先生为东方学大师。他说："中国东方学有季羡林这样一位大师，实为中国东方学之福祉。"所谓东方学是研究东方文化的学科，包括汉学、印度学、埃及学等。季羡林的学术起点是印度学，主要是用历史比较语言方法研究佛典语言，此后他的研究领域不断扩展，包括中印文化交流史、印度古代文学、印度佛教史、中国佛教史等。他将印度古代文化的研究与中国古代文化的研究密切结合，取得了辉煌的学术成就。同时，他创建了北大东方语文系，为中国东方学科的建立和发展做出了巨大贡献。黄宝生认为，大师之所以成为大师，并不在于"著作等身"，而在于学术上的创造性成就。季羡林的创造性成就与他的治学精神密切相关。而季羡林的治学精神对我们具有普遍意义。他把季羡林的治学精神归纳为以下三点：第一，坚持学术贵在创新的信条，凡写论文必须有学术新意，或提出新见解，或提供新材料，以填补学术空白和攻克学术难点为己任，以重复前人劳动为学术研究大忌。第二，重视考证。提出新见解不是靠主观臆想，而要以材料为依据，有一分材料说一分话，搜集材料要有"竭泽而渔"的气概，而在辨析材料方面，要有"如剥春笋"的精神。第三，追求"彻底性"。许多学术问题不是靠一两篇论文就能彻底解决的，需要不断发掘新材料，加以验证、修订、充实和完善。为了能够彻底，对有些学术问题需要终生抓住不放。笔者以为，这样的治学精神，是季羡林先生留给我们的宝贵精神财富。

英年早逝赵国华

前文提到的赵国华是黑龙江人。1960年至1965年在北大东语系师从季羡林、金克木学习梵文和巴利文，毕业以后到中国社会科学院工作，是最早着手翻译印度古代伟大史诗《摩诃婆罗多》的学者之一，1991年因病去世。笔者对这位学长了解不多，只知道他的学术专著《生殖崇拜文化论》颇具影响。

这部书是1990年由社会科学出版社出版的，部头不小。赵国华从伏羲八卦和河图、洛书这些远古的传说谈起，讲到半坡的鱼形图文，围绕原始先民生殖崇拜这个主题，以大量事实证实这是古代先民的普遍信仰。不独华夏如此，域外也是如此。而且中国的生殖崇拜文化独具特色。这种生殖崇拜至今仍有影响。他试图分析探索形成生殖崇拜文化的原因，以及对人类自身生产繁衍和社会进步的现实意义。

1988年，书稿完成，他拿给自己的老师季羡林先生看。季羡林既是一位得天下英才而教之的严师，又是一位百科全书式的学者。对爱徒这部长达30万字的书稿，季先生在工作繁忙的情况下，饶有兴趣地几乎一口气读完，而且一连看了两遍，并于12月22日写完了数千字的序言。据季羡林本人说，"这种情况是多少年未曾有过的"，足见季先生对这部著作的喜爱和重视。

季羡林先生认为，对生殖崇拜问题的探讨，前辈学者已经取得了或大或小的成绩，如卫聚贤、周予同、闻一多、郭沫若和国外的弗雷泽、杰文斯、马林诺夫斯基、布伊哥夫斯基、多尼尼、泰纳谢、弗洛伊德等，赵国华以这些先驱者的成果为基础，同时纠正了他们的某些错误与不足，独辟蹊径，大胆创新，利用自己广博的学识，贯穿古今，挥洒自如，为生殖崇拜文化这门学问开辟了一个新天地。季羡林指出：

> 从八卦和半坡鱼纹开始，赵国华把论题依次展开，讨论的范围越来越大，也越来越深入。他讨论的问题之多，令人眼花缭乱。但是，他并不是就事论事，他有一个中心目标，贯穿全书；万变不离其宗，他什么时候也没有离开这个中心目标，尽管有时候显得距离极远，但他说收回就收回。这个中心目标是什么呢？就是生殖崇拜文化问题。他雄辩地证明了，生殖崇拜文化与性文化不是一码事。这是本书的一条主轴。围绕着这一条主轴，赵国华讨论并解决了许多问题。这些问题多少年来就引起了大家的兴趣，或者争论不休，或者各执其是，始终没有大家公认的结论；有的甚至连解决的办法都没有能提出来；还有少数几个大家人云亦云，连其中有问题都没有发觉。赵国华却以惊人的洞察力和提出问题、解决问题的勇气，提出了自己的看法。在好几个地方，我都有豁然开朗之感。（转引自王树英编《季羡林序跋集》，新世界出版社2008年版，第231—232页。）

季羡林充分肯定赵国华提出的问题有些是具有理论意义与实际意义的。例如，他反驳几乎已成定论的"图腾说"就持之有据、言之成理；他驳斥"中国文化西来说"，也是有根有据；他驳斥格罗塞的艺术起源于生产活动的理论，理由也很充分。在赵国华的论证方法方面，季羡林充分肯定了他使用的"贯穿古今"的方法，认为这并不是一件小事。

恩格斯在《家庭、私有制和国家的起源》一书的第一版序言中有一段名言：

> 根据唯物主义的观点，历史中的决定因素，归根结底是直接生活的生产和再生产。但是，生产本身又有两种。一方面是生活资料即食物、衣服、住房以及为此所必需的工具的生产；另一方面是人类自身的生产，即种的繁衍。

赵国华认为"恩格斯关于两种生产的理论，是照亮我们探索远古人类历史进程的明灯"。赵国华冲破了研究人类自身生产的禁忌，当然他并不否定生活资料的生产。强调是两种生产而非一种生产决定了人类历史的前进。我们在研究历史时，自然不可偏废。在此，善于从传统国学宝库中发掘珍宝的季羡林先生从孔子所说的"食色，性也"中看到中国古代圣人与恩格斯所言两种生产的相通之处。进而提出"本能的力量和作用要充分肯定"。至此，读者朋友不难发现，季羡林教授不仅是写序介绍赵国华的专著，而且直接加入了对"生殖崇拜文化"问题的讨论。他的观点是："初民之所以努力生殖，之所以有生殖崇拜，在最初阶段上，恐怕主要是出于本能。""用本能说来补充社会生产力、社会意志说，是恰当的，是说得通的。"无疑，季羡林为赵国华的进一步研究，提出了重要的指导意见。他认为，随着对先民早期文化遗址的发掘，相信赵国华会不失时机地利用考古新发现不断充实、发展自己的研究成果。足见季先生对爱徒寄托的希望之殷切、之长远。可惜，该书出版的第二年，赵国华研究员因病与世长辞，实在令人唏嘘不已。相信赵国华先生的生殖崇拜文化研究会后继有人。大师的心愿，也只能寄希望于来者。

亲炙弟子张保胜

季羡林先生逝世以后,2009年7月13日中央电视台《新闻会客厅》播出《追忆季羡林——专访北京大学教授、季羡林第一代弟子张保胜》,以下为节目的内容:

主持人张羽:下面我们将请进季羡林老先生的第一代弟子、北京大学教授张保胜来聊一聊季老。其实所有的北大学生都应该知道季老,我刚入学的时候,新生会到未名湖边等季老早上遛弯,看季老走过来之后,大家停下来,等着季老步行或者慢跑过去,看着背影再走,都是这样的。

张保胜:是,这确实是受人敬仰的一位长者,一位导师。

张羽:给我印象特别深的一个细节是,1992年我从北大毕业,我是代表本科毕业生讲话,季老是代表教职员工,给要走出校门的青年学子最后一个嘱托,老先生走到台前的时候,首先标准的90度,给所有的学生鞠了一躬,当时满场掌声雷动,到这样一个身份的人,还保持这种谦虚谨慎,让学生非常感动。

张保胜:他一直是这样,不管任何人去了,到他家里,他都要站起来跟你握手,迎接你,走的时候必定把你送出门外,这是他的习惯。不管是什么人,学生也是如此。这是他一贯的作风,对人非常平易、和蔼可亲,对学生来说确实是自己的师长,像父母一样,就像慈父般的师长。在学术方面是一个严师,对我们搞研究的是一个严师,是这样的,一直如此。

张羽:您是季老唯一带过的一届本科生,是吧?

张保胜:不能说唯一的,我们班当时进来20个人,1960年,这是解放后第一批，他教本科生教的就这一期，后来就没有再上课，就这么一批，20个人，结果有三个学生开学以后转系了，剩了17个人，就是毕业了17个。

张羽：那时候您看过他的工作状态吗？

张保胜：工作状态，那时候他就是在家里边，上班之前，四点起床，在"文化大革命"中也是如此，四点钟起床，他就是在四点钟到七点钟，三个小时，他这一天时间把这三个小时抓住了，他就觉得还做了很多工作，他说时间对任何人都是一样的，都是个常数，时间稍纵即逝，你如果抓不准，就流逝过去了，所以他就每天如此，几十年如一日，这个不容易。

张羽：他怎么嘱咐学生呢？

张保胜：嘱咐学生也这样，就是对你们来说，不容易，当时是国家要12个农民养活一个大学生，你们来之不易，必须好好学习，这是党和国家人民对你的期望，这是常讲的，对我们都是这样教导，说是让我们认真学习，他自己是我们的表率，确实，天不亮他的灯就亮了，几十年如一日。

张羽：其实不光是您这样的嫡传弟子，我上大学的时候当时有很多学生，期望能去拜访一下季老，有时候就是不速之客，但是季老很客气地接待，然后给你沏茶，跟你聊天，能做到这点太不容易了。

张保胜：是，每年他们家里，老祖（季羡林的婶母——笔者）做自己的拿手好菜，给它起个名字叫作山东醋卤酱菜，这个菜有五花肉，有海带，有萝卜，等等。这个菜放在一起炖，用什么炖？用醋一起炖，炖了以后，他拿饭盒，两大饭盒给我扣在一起，叫我带回家吃，每年如此，非常关心，有什么好吃的他给你留着，非常亲切，这么个老人，非常亲切，确实给我感觉就像慈父一般，是师长，又是慈父，这样的感觉。

张羽：您刚才讲到在生活当中季老就像慈父，但是治学的时候就像是严师。

张保胜：严师，我给你举举例子，我当副教授的时候，季先生命令我，我都说师命，师命不可违抗，他让我给研究生出考题，出两份考卷，一个是印度史，一个是印度佛教史，两个考卷，我出了以后，我也觉得还是满意的，就送给先生过目，看看能不能批准，他看了，翻了翻，翻了两遍，看了，我说季先生您看，哪儿需要修改，你给我指导一下，我去修改。他不吭声，过了片刻，你拿回去重做，不用修改了，这个考卷没过关就是，你重做，我说好，自己乖乖去重做。

张羽：您没有问问先生说，先生，哪儿不合格？

张保胜：我问他了，他不说，我说你看哪儿不合格，我修改，他说不用修改了，你重做。他很不客气，平常你看非常客气吧，对我非常客气，到这时候，你重做，不用修改了，就是说没有修改的余地，重做，非常严格。我只能去重做，做了一份，最后他通过了，没问题了。实际上他在德国学习就是这样，他跟我们讲，他在做毕业论文，在德国做毕业论文的时候，这个论文当然很好，这是世界上，到现在应该还是世界的名著了，他的老师也很惊讶，对这个事情，他觉得挺得意，得意之余，就想在前面写几句话，写一个提要之类的或者前言，写一些感受，写一些什么，表达自己的心情，就拿上去了，感觉是很得意之作了，老师一看，看了以后，对季先生说了，拿支笔来，前边画一个括号，这个前言，后边画一个括号，全删除，都不要了，这是他给讲的故事。

张羽：季先生在治学上如何教导你们？

张保胜：严谨，他的治学就是说写文章不要半句空话，写文章要有新意，没有新意就不要动笔，一直教导。再一个论证、论据要采取竭泽而渔的精神，把世界上所有有关的资料收集全，读完了以后才去引证，再去下笔，否则只要有一篇你没读到，他说他自己有一篇没读到，就不敢去下结论，下笔写，他必须去找到，他这样教导我们，所以非常严谨，一丝不苟，做学问没有含糊的余地。

张羽：其实近二十年来，季先生可以说是享有大名，很多人可能没有读过他的书，或者不了解他所研究的学问，但是很少有人不知道季先生，但是就在这个时候季先生专门写了一篇文章，要辞去国学大师，辞去国宝，辞去学界泰斗这三个称号。

张保胜：对，这个我也知道。外界网上也有一些不同的声音，后来不知道季先生听说没有，他在301医院实际上与世界有点儿半隔绝，这些事情他不会知道，但是他就感觉名声太多了，对他也是个压力，他就想把它放弃，他跟我也说了，摘掉三个帽子。

张羽：他跟你沟通过这个事情？

张保胜：沟通了，我经常去看他，看他就说，我也问他这个事儿，他说他不能用这个帽子，他说国学大师的帽子，说实在的，他说我对国学没什么研究，我就背过几百首诗，对这个有涉猎，但是不能称为大师，他说我不够格。前几天看新闻还看到，他说我连国学小师都不够，当然这是谦辞了，但说明他很谦虚，什么泰斗、什么国宝一概不要，他意思就是说，要实际的，要求实际的，我做出的东西，对人们有益就可以了，不一定给我加什么头衔，这个东西拿出去了，作品拿出去了，人们受益了不是很好吗，不需要什么头衔，应该说是淡泊名利，这一点我印象也很深刻。因为泰斗、学术权威、国师，这些都没有个定义，你说什么叫国师？什么叫作泰斗？不像提个什么教授，提个什么衔，是个指标，这个没有指标，只是人们对他的尊称，这个可有可无，你不能说有了就是错误的，我主张，你说他是国师，对不对？我觉得未尝不可，他为什么不是呢？再拿出一个来跟他相比，也未必就比他高，当然有的方面比他高，他们研究过，这是很可能的，可以的。他搞比较语言学也好，国学文学也好，民间文学也好，他都是主编，找到他，敢承担，他有这个水平，你不能说别人就没有这个能力，有，你不能说他就不是，是与不是都没有一个严格的标准。你说划几分，没有一个等级，都是人们的尊称，这个事情我看，这个是次要的，季先生淡薄名利，把这个头衔抛开，这也未尝不可，说明他的一种风格，一种人品，一种品质，这是我们要发扬和学习的，就是教育我们不要为了一个名称，一个虚名，去评，现在这个学界的浮躁之风我觉得还是很盛的，为了这个名，有的不争气的学者不惜去抄袭，这个现在报纸上经常透露，这个是很不好的，所以从这一点，季先生对我们是很大的教育。

张羽：听说季先生走的消息之后，你当时……

张保胜：是，因为毕竟我们48年了，48年交往，朝夕相处，并且有这么深的私人的感情在内，所以这是没想到的，但是虽然说这个是意料之中的，但是又在意料之外。意料之中就是他在301医院，不能站立了，身体是这样的，不能离开医院了，这个事情是自然规律，但是突然在这个时间辞世，这是没想到的，因为前一阶段我去看过他两次，还给他送饭做饭，后来还有的学生让我给他搭桥，叫他们去访问先生，我也给他们说了，也去了，我就叫三个学生（周志明、邹山鹰和周奎杰三人7月1日下午看望先生——笔者），我说一个，你给他做点饺子，一个你给他熬点肉末粥，一个你给他买个小西瓜，为什么说买小西瓜呢？我说不要买别的水果，别的水果吃了怕过敏，他是过敏体质，不好，他喜欢吃西瓜，买小一点的，大了吃不了，这三个学生也去看他，也照我说的做了，送去了。都没想到，过了几天，没几天，突然，11号早上九点之后，可能到十点之间，一个朋友给我打电话，告诉你一个很不好的消息，季先生辞世了。当时非常悲痛，真像一声霹雳，我的天空好像一下子失去了光亮，前边一片暗淡，失去了精神支柱了，好像不知道方向了，确实有这样的感觉，感到心痛如焚。这个词有两个体会，一个是我母亲过世以后，这个心痛我才知道什么叫心痛如焚，这次又一次知道心痛如焚，这个如焚是不是恰当，我感到也不恰当，但是没有一个词来表示这个心情，确实是这样。

张羽：不过，张老师，季老享年近百，而且走得很安详，这也是修来的了。

张保胜：这倒是，走得没有什么痛苦。他的座右铭也是我们所学习的，就是陶渊明一首诗的最后四句，"纵浪大化中，不喜亦不惧，应尽便须尽，无复独多虑。"这四句，就是说走不走都没关系，是走还是不走，该走了我就走，不要多考虑，没有必要去考虑它。他就这么坦然，对人生也就这么淡泊，该我做的事情我做了，也无愧于心，现在该走了，那是自然法则，也是不可避免的，走就走了，他很坦然。他在写这个《八十抒怀》，写老年方面的文章经常提到，有的人对死亡很恐惧，他经常讲这个话，就是无复独多虑，他实践了自己的座右铭，也算是诺言吧，我看他真是我们的一个榜样。他觉得在世界上文学大师活到90岁都是凤毛麟角，85岁的也都是很少的，像孔子是73岁，孟子是84岁，他现在是98岁了，他觉得这是自然的，他很坦然。季先生这个精神，从开始，我们接触他一直到现在，每每都是给我们的教育，对我们的教导，这是终生难忘的，我们还必须沿着他指引的方向去做研究，去做人，去做事。

张羽：季先生留给你最大的影响是什么呢？

张保胜：一个是做人，要做人，淡薄名利，多考虑别人，少考虑自己，季先生不是说吗，是个好人坏人，就是看你利人利己这个分界线，利人多，利己少，就是好人，利己多，利人少，那就是，说不好听就是坏人了，如果完全利己，那就是最坏的人。首先要学会做人，这一点我们觉得，给我们留下的一个遗产要继承的。第二个是学术，要认认真真地去学，一丝不苟地去学，抓紧时间去学，这个是他对我们的教导，时间是常数，稍纵即逝，不抓紧它，就从你指缝里流走了，搞学问就是这样，要抓紧时间。再一个就是要认真，不能够大而化之，下结论，先有证据，竭泽而渔，把你的材料都收集来，看过之后，经过比较研究，你才去判定是正确还是错误的。这对我们做学问的是一个很大的指导，很重要的指导。

张羽：张老师也请您节哀，保重身体，我们也祝季先生一路走好。

作为季羡林的亲炙弟子，张保胜毕业后留校担任教学、研究工作，成为季先生的得力助手之一。季羡林担任北京大学南亚研究所所长时，张保胜曾担任副所长、党支部书记。下面，我讲一个永乐大钟上的梵字铭文的故事：

北京市海淀区有个觉生寺，因为清代乾隆朝把一口铸造于明永乐年间的大钟悬挂于此，故被称为大钟寺。觉生寺这个名字反倒差不多被遗忘了。现在那里是北京市古钟博物馆。永乐大钟铸造于1418年前后，是15世纪初世界上最大的佛钟。钟通高5.60米，口径3.30米，青铜铸造，重46吨。钟体内外尽铸汉梵经咒，字符总计23万之巨。汉字铭文为《金刚经》《心经》《法华经》等七部佛典。梵字铭文5000有余，从未有人解读过。梵文是印度的古文字，懂得的人不多。加诸大钟上的梵字字体与今天所习见的不同，不是天城体而是罕见的蓝扎体，所以很少有人能够读通。这些文字差不多成了"天书"。解读和诠释大钟上梵字经咒，是季羡林亲自指导他的入室弟子张保胜教授完成的。据季羡林初步研究判断：这些铭文每个字符是一个音节，多字合一联合表意。字符共有三种：第一种是种子字，是一种可以派生多种意思的字符，作参禅观想用；第二种是陀罗尼，从发音和表意看，属于咒语；第三种是曼陀罗，是由种子字和周围的艺术线条组成的小幅"文字画"。

2001年夏天，张保胜到北大朗润园看望先生。季羡林拿出一函《永乐大钟铭文真迹》，问张保胜对蓝扎体梵文有没有兴趣，张保胜看了激动不已。季羡林遂命张保胜承担大钟梵字铭文的解读和诠释任务。张保胜欣然领命，并请恩师季羡林担任特约顾问。

季羡林先生慧眼识人。他知道，在"文革"前跟随他学习了五年梵文和巴利文的张保胜，毕业后多年从事梵文教学和研究，在梵文文物的辨读方面下过功夫，翻译出版过印度教重要经典《薄迦梵歌》，发表了一些有分量的论文，如《敦煌沙符考》《沙符与法颂》《敦煌陀罗尼》《河北宣化辽墓出土的悉昙陀罗尼》等，还为湖北考古所、北京五塔寺石刻博物馆等单位解读过类似文物，是国内少有的梵文专家。季羡林相信他可以完成这项艰难的任务，解开这座有近600年历史的佛钟的奥秘。

永乐大钟上的梵字铭文总体上属于陀罗尼，即咒语的范畴。佛教密宗强调，凡咒语"但当颂持，勿须强释"，如今，世界上对佛教密宗的研究很热，出了不少密宗著作，我国在这方面还比较落后。季羡林认为，对陀罗尼的研究是有价值的。

它是古代的遗存，属于文物。凡文物就有文物价值。作为文物，哪怕是一片纸、一片瓦也应当细心地加以保护和研究。因为它记录着历史，蕴含着文物产生时期的社会、信仰和文化信息，折射着昨天的人类文明。而研究人类的昨天是为了更真切地认识今天，认识昨天和今天是为了更好地预示和规划明天。我们不能没有历史，没有对历史文化的研究和借鉴，就不能有现在和将来的发展。（见张保胜《永乐大钟梵字铭文考》序言，北京大学出版社2006年版。）

季羡林的这些主张，不仅对大钟梵字的解读具有重要指导意义，而且对弘扬中华文化、建设中华民族共有的精神家园具有重要的意义。

解读和考据工作分八个层次：一、解读，将原文蓝扎体梵文字母转写成拉丁字母；二、复原，将一个个平列的梵文音节连缀成单词和完整的陀罗尼；三、断句和断咒；四、定名，即确定咒文的名称；五、汉语音译，通常采用汉译佛经原有的音译，佛经上没有的要新译；六、出典，标出咒语的出处；七、意译，凡能意译的都译出汉文意思；八、诠注，把梵字的语法形式、意义、咒语的典故，象征意义等加以注解和说明。工作中可谓困难重重：第一，有的铭文字体细小，密密麻麻挤在一起，加上数百年的风化剥蚀，有的字迹已经模糊不清；第二，梵字铭文为等距离音节铸造，中间没有明显起止标示，断句断咒难度很大；第三，必须熟悉密宗经典，熟悉汉译佛经，而佛教经典汗牛充栋，寻找相关经咒如同沧海觅粟。好在张保胜治学勤勉细致，季羡林也对此倾注了大量心血。经过几个月的努力，研究初见成效。2001年11月19日，天气阴冷，刮着三四级北风。张保胜在大钟寺现场讲解梵文陀罗尼，90岁高龄的季羡林不顾众人劝阻，坚持坐在寒风里，认真听了两个多小时。那时候他已经患病，只是不动声色，在那里硬撑着，12月9日就被送进301医院。事后笔者对季老说："就是为张保胜站脚助威，也没有必要在那里冻两个多小时呀。"季老回答说："有必要。因为他讲的有些新东西，有的我还不了解。"季老对待学问和学生的态度，实在令人感动。

在经咒解读过程中，台湾学者林光明先生和中国佛教协会副会长雍和宫住持加木扬·吐布丹法师给予了大力支持，还有张保胜的同门师弟王邦维教授和高鸿博士热情相助，这项艰巨任务历时五年终告圆满完成。人们第一次了解了大钟上这些神秘的文字在说些什么。2006年，北京大学出版社出版了张保胜的专著《永乐大钟梵字铭文考》一书，季羡林欣然命笔写序。他满怀深情地写道："希望在不久的将来使我们的研究能上一个新的台阶，并逐步赶上世界的步伐。有志于此者，盍兴乎来！"

入室弟子王邦维

1979年夏天,中国社会科学院研究生院招考硕士研究生,当时四川大学历史系77级学生王邦维报名参加考试,以高分被该院南亚系录取。当时中国社会科学院与北京大学合办的南亚研究所就设在北大六院,季羡林教授担任所长。王邦维进入该所就读,成为季先生的四位研究生之一。开学不久,季先生与78、79两届四位研究生见面。那是在六院一间办公室内。季先生坐在桌子的一端,四个学生王邦维、葛维均、段晴和任远分坐桌子两边。先生先问了问每一个学生的一般情况,然后说:"你们先上梵文课,争取把梵文学好。有时间,各方面的书,也可以找来看看。"没有料到初次谈话就是如此简单。王邦维有些纳闷,该读些什么书呢?先生已经走出了办公室,他追出去问,也没有得到具体的答复。他真的感到有点失望。后来,他才渐渐明白,先生的话,简单却又不简单。季先生的学问之大,用心之深,超乎自己的想象。

从1979年到1982年,王邦维听季先生讲课,向先生请教问题,在先生指导下撰写论文,硕士毕业后留在研究所工作,又和先生在同一个研究室。1983年至1987年王邦维继续在季先生指导下在北大东语系梵语专业读博士。对学生提出的问题,季先生有时作具体答复,更多的时候是启发学生自己思考。读研究生,选什么论文题目,一般也由学生自己提出。先生并不表示肯定或者否定。他先问学生:为什么选择这个题目?打算怎样写?其结果往往是学生否定自己原来的想法,重新考虑选题。在不断的自我否定中,逐渐明白一些道理,论文也就写成了。

1982—1986年王邦维任中国社会科学院南亚研究所助理研究员。1986年调入北京大学。1987年任北京大学南亚东南亚研究所副教授。1992年迄今先后任北京大学东语系、东方学系、外国语学院、东方文学研究中心教授。现为北京大学东方学研究院教授，北京大学东方文学研究中心主任。自1984年起在国内以及德国、法国、印度、瑞典、爱沙尼亚、日本、荷兰出版或发表过多种著作或学术论文，内容涉及梵语与汉语佛教文献与文学、印度和中国佛教史、中印文化关系史。其中有些被国内外学者的著作引用，或有国内外学者用中文、英文或法文撰写书评。

王邦维的主要著作有：《佛经故事选》《大唐西域求法高僧传校注》《佛教史话》《南海寄归内法传校注》《唐高僧义净生平及其著作论考》等。季羡林对玄奘的历史文化巨著《大唐西域记》进行整理和校注，王邦维是参加者之一，承担的工作是：协助季羡林修改初稿，核对引文，绘制图表，校对等。这部书1985年由中华书局出版，获得了首届国家图书奖。王邦维还参加了《大唐西域记》今译的工作。

1981年，王邦维撰写硕士论文的时候，需要对古代的一些刻本进行校勘，其中包括藏在北京图书馆（现国家图书馆）的《赵城金藏》。这是稀世文物。研究所的老师联系借阅，图书馆方面答复：研究生不行。如果季先生这样的学者要看，是可以的。可是，当时季先生是研究所所长，又是副校长，社会兼职很多，工作繁忙。王邦维感到不好劳动先生。但季先生知道了此事，立即对他说："那我们找个时间一起去吧。"于是安排了一天，季先生专门带王邦维去北图。结果一切顺利，卷子从书库调出，王邦维立即开始工作。先生站在旁边看了一会儿，便拿出一摞《罗摩衍那》的清样开始阅改。整整用了半天时间，陪在学生身边，直到他校完录完卷子。回学校的路上，王邦维向先生致谢，先生只是说："今天很好，这件事就算功德圆满了。"

20世纪80—90年代，王邦维经常去季先生家里。在帮先生处理一些事情后，先生往往留他在家吃饭。那时候，师母和老祖还在，三位老人一样慈祥和善，给王邦维留下回家的感觉。王邦维对自己这位父亲般的恩师,是理解的。他们的心灵是相通的。在季羡林逝世之后,他在《师恩如父》一文中说:"我只是想说,先生的很多地方,其实没有被人完全理解。例如先生的学问,到底有多少人明白究竟呢?还有,在最近一些年的一片辉煌之下,先生的心绪呢?"他还说:

  先生在学术上取得的成就,可以讲的太多,很重要,但我觉得也许还不是最重要。我体会最深的是先生爱这个国家,爱这个民族,爱生活在这片土地上的人民,爱我们这些已经不年轻或者还年轻的学生。我想起先生曾经给我讲过他留学的经历,讲他当年怎样从德国回到中国,他在北大的经历,包括"文化大革命",中国的过去,中国的今天,中国过去几十年的变化,他个人的经历怎么跟国家的命运相联系。他希望的总是,中国怎样能够强大,中国的学术和教育,怎样能真正进入世界的前列。这些,大概是像先生这样九十多年前一个贫苦人家出身的孩子,由于天分和个人的努力,以及一些机缘而最终成为一位大学的教授,一位学术上的大师,必然会想到的。我的印象,这些年一直住在医院的先生,真正经常挂念的其实还是这些。先生在最后离开这个世界之前,所关心的事情,也都还是这些。(见《永远的怀念——我们心中的季羡林先生》,北京大学出版社2010年版,第28页。)

突厥语权威耿世民

耿世民,汉族,江苏徐州市铜山县人,生于1929年11月28日,新中国第一代民族语文学家,中央民族大学哈萨克语言文学系、维吾尔语言文学系教授,国际知名古突厥语文学家,博士生导师,享受国家特殊贡献津贴的专家。1949—1952年就读于北京大学东方语言文学系维吾尔语科,1952年全国高校院系调整时转至中央民族学院民族语言文学系维吾尔语专业,1953年毕业留校任教至今。

他毕生献身于民族语文教学与研究事业,于1953年创办了我国的哈萨克语言文学专业,讲授《哈萨克语》《现代哈萨克语语法》等课程,并编写了相应的教材。1956—1958年,苏联专家E.R.捷尼舍夫(E.R.Tenishev)受聘来中央民院突厥语研究班讲课时,任其助手,并承担该班的部分教学任务。1976年受新疆维吾尔自治区有关领导的委托,主持开办了我国第一个"古代突厥—回鹘语专业班",担任主要教学任务,并编著了我国第一套系统的"古代突厥—回鹘语教材"。这个班的开办和系列教材的编写,为我国古代突厥—回鹘语文学人才的培养和研究工作做出了贡献。该班学生中,相当部分已成为有成就的教授、专家。1985年起招收古代突厥—回鹘文献研究方向硕士研究生,1993年起招收博士研究生,为我国突厥语文学队伍的建设做出了重要贡献。

耿世民教授是一位语言奇才。上大学时,学习维吾尔语的耿世民曾到新疆北疆塔城地区额敏县哈萨克族聚居区参加土改。哈萨克语和维吾尔语虽然同属突厥语族,但差别还是不小,用耿世民的话说,相当于北京话和上海话的差别。一年土改归来后，他就掌握了哈萨克语，从此开始了对哈萨克语文学的教学和研究，开办了我国第一个哈萨克语文学专业并编写了相应的教材。古代突厥—回鹘语文学研究领域的绝大部分文献都是用德文发表的，因而德语在学习、研究古代突厥语中尤为重要。耿世民同样出色地掌握了德语，不仅发表了大量的德文论著、译著，还多次应邀赴德国几所著名大学讲学和参加学术交流活动。却少有人知，他学习的德语是在北大上学期间师从冯至教授选学的第二外语，历时仅一个学期。耿世民还"无师自通"地学会了几门外语。他学习土耳其语，因为在北京找不到学习土耳其语语法的任何资料，他就通过国际书店和中国驻保加利亚大使馆订阅了土耳其文的报纸和杂志，进行大量的阅读和自修，不到一年，他就掌握了土耳其语。同样靠着阅读和自修，他又把俄语和日语收入囊中。耿世民还是我国发现最古老突厥语——图瓦语第一人。在1956年一次对新疆哈萨克语方言的调查中，他走进了棕熊经常出没的布尔津县北端图瓦人居住地区。第一次判断出当地人所持语言为图瓦语。这是一种没有文字记载的最古老的突厥语言，他用国际音标和突厥文字母记录整理了这个第一手材料。后来，他又深入到甘肃、青海，发现了同样没有文字的裕固、撒拉语。这就是耿世民首次发现的古代突厥语中的"田野语言"。这一研究成果发表后立即引起了各国学者的关注。

耿世民是中国研究古突厥语文学的第一人。1956年，从事维吾尔和哈萨克语教学的耿世民，在北大东语系看到了德国著名古代突厥语文学大师葛玛丽的著作《古代突厥（回鹘）语法》。除语法外，书中还有文选和字典。学过德语的他借助字典基本看懂了书中内容，引起了他对古代突厥语文学的浓厚兴趣。古代突厥文为我国历史上6世纪至9世纪曾经活动在蒙古草原的突厥汗国、回鹘汗国使用的文字。但是从19世纪末丹麦学者汤姆逊解读古代突厥文字母一直到20世纪50年代，只有国外用德、法、俄、英、日、土耳其等文刊出的古代突厥碑文和写本的文本。我国当时除了从英、德文转译的不完全译文外，根本没有从原文直接翻译的汉文本。而对于突厥—回鹘文献的研究更是无人问津。葛玛丽教授的这部《古代突厥（回鹘）语法》为耿世民敲开了古代突厥语文学的大门，让他看到了一个崭新的世界。他下决心学好古代突厥—回鹘语文学，把古代突厥碑铭直接从原文译成汉文，以填补我国在这方面的空白。从此，耿世民开始了对古代突厥—回鹘语文学的刻苦学习和钻研。缺少汉文本的德语教材，他就使用俄文本德语教材。在只有外文教材和字典的条件下，耿世民终于走进这一领域。同年，苏联专家E.R.捷尼舍夫受聘来中央民族学院突厥语研究班授课，作为中国古代突厥语的"稀有"人才，耿世民承担了该研究班的部分教学任务，也成为担当苏联专家助手的不二人选。1959年，一部诞生于9世纪的古代回鹘文佛教剧本《弥勒会见记》在我国天山深处被发现。这部集中了歌舞、表演、对话的剧本长达27幕300多页，是中国古代突厥—回鹘文化发展的宝贵文献，一时成了无人知晓的"天书"。耿世民决心成为"解密"《弥勒会见记》的中华第一人。近两年时间，他每天工作到深夜，没歇过一天节假日。找不到重要外文参考书，他想尽办法通过各种途径从国外购买，还搞到了绝版书的微缩胶卷。他先把古代回鹘文转写成拉丁字母，到翻译成汉文，再翻译成德文，耿世民终于独自完成了《弥勒会见记》的翻译工作。后来，《弥勒会见记》前几章的汉文本被季羡林教授在对甲种吐火罗语残卷的研究中使用，为这部存世篇幅最长的吐火罗文献的解读，助了一臂之力。

  其实作为北大东语系的学生，耿世民在1949年入学时，便与季先生相识。那年夏天他被北大东语系录取，因为生病，10月才到学校报到。系主任季羡林告诉他，他原来想学的印度语已经额满，考虑到他在中学学过法文，建议他学习越南语。可是他本人却选择了维吾尔语。耿世民在《我与维吾尔学》一文中说："东语系主任季羡林教授虽为知名的梵文学家，但我在校时很少或从未听他谈到西域学、突厥-维吾尔学，甚至也未听他谈论过德国四次到新疆的考古成果（他当时的注意力似在别处）。我和他的真正接触是在'文革'后期。这时他被打入'黑帮'。我去看他，有时帮他从北图借还一些参考书。再后是，我应他的要求，把回鹘文《弥勒会见记》（*Maitrisimit*）前几章译成汉文，供他研究同书的甲种吐火罗语残卷时参考使用。1980年当我申请德国洪堡基金会研究金时，季先生给我亲笔写了德文的推荐信。"70年代末，他还一度跟蒋忠新教授学习梵文。后来，季羡林组织班子校注《大唐西域记》，耿世民是他聘请的七位专家之一。这部63万言的《大唐西域记校注》吸收了几代中国学人的研究成果，纠正了一些前人的讹误与疏漏，努力解决了一些前人遗留或者忽略的问题，为7世纪中亚、新疆的研究，东西方交通史的研究以及民族、历史、宗教问题的研究提供了可靠的一手资料。

耿世民教授还把我国在19世纪末出土的大量古代突厥汗国、回鹘汗国碑铭、11世纪维吾尔著名学者尤素甫·哈斯·哈吉甫所著《福乐智慧》文本，第一次直接从原文翻译成汉、英、法、德、日等文字并出版。这些研究成果，是中国在研究古代突厥—回鹘语文学领域的一个突破，也为中国在国际古代突厥语文学研究的学术界中获得了荣誉。致力研究古代突厥—回鹘语文学几十年，耿世民出版、翻译了几百万字的著作。其中有他用汉、英、德等文出版的《维吾尔古代文化和文献概论》《回鹘文〈弥勒会见记〉研究》《敦煌突厥回鹘文书导论》等专著23部。用中文、维吾尔文、英、法、德、日等文字发表了《回鹘文亦都护高昌王世勋碑研究》《回鹘文（俱舍文）残卷研究》等论文160多篇。还有6部论著获得了中国社科院、国家民委和北京市颁发的优秀科研成果一、二等奖。他还翻译出版了世界著名学者用法、德、英、日、俄等语撰写的《古代突厥语法》《西域文化史》等名著17部。耿世民的研究和论著在国际学术界受到了关注和表彰。他多次应邀赴德国波恩大学、美国印第安纳大学、英国伦敦大学、丹麦哥本哈根大学、日本京都大学、土耳其安卡拉大学等国外著名突厥学、中亚学、东方学、宗教学中心讲学及从事研究工作与出席研讨会。国际著名的德国洪堡基金会在1992年授予他"国际知名学者奖"，这一荣誉，中国只有2人获得。世界阿尔泰学最高学术机构国际阿尔泰学常设会议在2000

年将其最高奖项PLAC金质奖章授予了耿世民。耿世民是中国唯一获此奖之学者。世界公认的古代突厥语文学奠基人、世界古代突厥语文学泰斗、国际乌拉尔-阿尔泰学会主席葛玛丽教授曾说过：

> 过去我们曾为日本同行在研究维吾尔古代文化方面所取得的成就感到高兴……现在我们的中国同行也在研究中亚和古代维吾尔方面取得了很大成就，其中有代表性的是耿世民教授……可称之为真正意义上的"语文学家"。在比较短的时间内他发表了众多有关中亚突厥-回鹘（古代维吾尔）语文献、佛教和摩尼教以及现代哈萨克语方面的论著，从而在很大程度上丰富了我们关于中亚和古代突厥语文的知识。我们衷心希望中华人民共和国的同行们取得更大的成果并继续加强这方面的合作。

葛玛丽教授的讲话，是对耿世民在古代突厥-回鹘语研究中的贡献和成就的高度评价，也标志了中国在研究古代突厥语文学这一领域已经在世界取得了不可替代的地位。

"非你莫属"王树英

2006年7月29日，一位国家领导人到解放军总医院看望季羡林教授。他对季羡林说："听说有人给您写了一本传记，叫《非凡人生》。"这本传记，是新世界出版社出版的《非凡人生——季羡林先生》，作者是王树英。

王树英，汉族，河北安国人，1938年7月生。1960年考入北京大学东语系印地语专业，1965年7月毕业。1965—1978年在北京大学东语系任教，1978—1983年在中国社会科学院南亚所工作，1983—1985年在印度尼赫鲁大学进修，1985年至今在中国社会科学院亚洲太平洋研究所工作。研究员，中国南亚学会理事。主要研究方向为印度社会文化，是印度学知名学者。主要著作有《印度文化与民俗》《走进印度》《宗教与印度社会》《印度民间故事》《印度》《中印文化交流与比较》《中印文化交流》《印度文化简史》《印度名胜古迹》《印度各邦历史文化》《印度教与文化》，并发表《印度少数民族结构及政府的政策》《印度民俗的特点》等论文多篇。

王树英先是季羡林的学生，后来成为同事。从20世纪60年代初期，到季老2009年去世，一直保持着较为密切的联系，可谓彼此了解，相交甚深。他主编了《季羡林论佛教》《季羡林论中印文化交流》《季羡林论印度文化》等。他读了一些书，发现有不少书的序言或跋是季先生写的，他饶有兴趣地阅读这些序言，发现有其鲜明的特色：内容涉及广泛，所论问题深刻；言简意赅，生动感人，寓意深长，发人深省。这些序言既有散文特点，有理有据，形象生动，诗意盎然，情深义重，余味无穷；又有论文的严谨，逻辑性强，持之有故，言之成理，令人信服。可惜这些既有广度又具深度的好文章，散见于浩浩书海，若随时间流逝而湮没无闻，岂非巨大损失？他决定把这些序跋收集起来。季老欣然同意，提前写了一篇自序，兴奋之情溢于言表：

> 听说有人要出我的序跋集。在欢喜之余，赶快抢先写一篇序。我为什么对于序这样喜欢呢？不，"喜欢"二字是不够的。应该说，为什么这样热爱呢？其中并没有什么深文奥义，只有一点零星的感受。
>
> 我舞笔弄墨七八十年于兹矣，几乎贯穿了我整个一生。从今天看来，我生得不算晚，但也只当了几个月的大清臣民，没有赶上写八股文考秀才。我从小学起写作文用文言文，一直到高中前半。读的是唐宋八大家，中间也读了不少桐城派的古文，据我看，桐城派的古文和八股文，实在是一丘之貉。只是八股文必须代圣人立言，而桐城派古文则多少可以抒发点自己的感情和思想而已。写这样的文章，仿佛必须峨冠博带，装模作样，装腔作势，戴着枷锁跳舞，而这些枷锁是自己装到身上来的。
>
> 在这样的情况下，如果偶尔给自己的一本书，或别人的一本书写一篇不太长的序或跋，则创作心态立即改变。在这里，装模作样，峨冠博带派不上用场。代之而来的是直抒胸臆，山巾野服。如果让我在这二者间选取一个的话，我选取哪一个，不是很明白吗？
>
> 这就是我热爱序跋的原因。（转引自王树英编《季羡林序跋集》，新世界出版社2008年版。）

季先生从1950年开始写序，半个多世纪写了二三百篇，要收集齐全，谈何容易？王树英不畏繁难，历时数载，苦心孤诣，广为搜罗，爬罗剔抉，终于将文稿收齐（相对的齐，其实还有若干遗漏——笔者）。谁知要出版亦非易事，出版社担心赔钱，还有人说三道四。王树英决心很大，即使自费，也非出不可。这部60余万字的《季羡林序跋集》终于于2008年正式出版。

最近，笔者听说王树英研究员牵头编纂的《季羡林学术著作选集》相继出版，他用英文和印地文撰写的介绍季老、介绍中国的书籍陆续在印度出版，特登门表示祝贺。王老师告诉我，2009年5月，他去看望季老的时候，曾当面列举了季老对印度、对印度学以及对中印文化交流、发展两国民间友好往来方面所作的贡献，表示要写一本《季羡林与印度》的专著。季老微笑颔首，说"（此事）非你莫属"。现在，年届八旬的王树英老师，正在精神抖擞地进行著述。我们期盼这部作品早日付梓。

日本学生辛岛静志

1980年7月15—26日，季羡林应邀赴日本参加"印度学佛学会议"，他下榻在东京新大谷饭店。这次访日，他结识了梵学和佛学大师中村元和梵学大家原实教授。日本学者为了欢迎季羡林教授举行了一场招待会。那时候，人们都知道季羡林是北京大学副校长，是敦煌学权威，对于他在印度学方面的成就却不甚了了。于是便出现了颇具戏剧性的一幕：宴会进行到高潮时，原实教授借着酒劲儿问季羡林先生："听说您在德国学习过梵文，教授是哪一位？"季先生回答："在哥廷根，教授是瓦尔德施密特。"原实接着问："您或许就是那位研究梵语不定过去式（Aorist）的Dschi Hian Lin先生？"季先生淡淡地答道："是的。"他乡遇到知音，自己多年前的成就被陌生的异国同行认可，如果换了别人，肯定会喜形于色，而季羡林却淡定若此，让这位原实先生佩服得五体投地。事后，他告诉自己的学生辛岛静志：他简直不能相信，40年代发表了两部德文专著，推动了佛教混合梵语研究的学者，30多年后竟然坐在自己面前。如果不是被问及，他是绝不可能主动提及的。季羡林先生虚怀若谷，从不炫博，真正做到了淡泊以明志，宁静以致远。

日本学者辛岛静志生于1957年。1976—1985年在东京大学学习和研究佛教学、印度学与汉语。1985—1987年，他在剑桥大学跟随K.R.Norrnan教授研习中世印度雅利安语和巴利语。1987—1991年在北京大学留学，师从季羡林教授，研究《法华经》，获得博士学位。1991—1994年在德国弗来堡大学师从Oskar von Hiner教授研究梵文典籍（民族宫图书馆旧藏《大众部出世间部律》《威仪法》梵文写本）。

1994—1997年任京都真宗大谷派教学研究所客座研究员，1997年任创价大学国际佛教学高等研究所副教授，1999年任教授，2011年任所长。2003—2004年任北京大学汉学研究中心教授。2005年任瑞典社会科学高等研究所客座研究员。2009年任法国最高学府法兰西学院（Collège de France）客座教授。

1987年10月，北大召开中日比较文化研讨会，中村元是日方代表团的团长。季羡林在北大临湖轩接待日本朋友，辛岛静志陪同自己的中日两位老师。两位印度学的世界级权威掺杂着中、英、德文的对话，引起了这位后辈学者的极大兴趣。

1989年，辛岛静志开始撰写博士论文，题目是《法华经汉译本与梵藏本对比研究》。《法华经》的梵文写本一套共12卷，是写论文离不开的，而这套书只有季羡林家里才有。所以，有差不多二年时间，辛岛天天待在季羡林的书房里。季羡林如同他当年的德国老师瓦尔德施密特和西克那样，把自己的看家本领毫无保留地传授给了这位异邦青年学者。辛岛写论文累了，可以随便翻阅老师的藏书，什么英文的、德文的、梵文的，应有尽有。还有先生放在桌子上尚未完成的散文文稿，都可以先睹为快。

有一年，毕业后的辛岛到北大来看先生，季老热情接待，还为学生的小孩准备了一套婴儿服装作为礼物。辛岛静志说，自己每当遇到困难和挫折的时候，总是想起自己的老师季羡林，想起老师的书房和书房门前的池塘。这时，他就会感到平静和从容。实原老师与季先生在1980年东京招待会上的对话，令他终生不忘。季先生教给他的，是远离世俗，平心静气地读书，老老实实做人。

散文妙笔卞毓方

卞毓方是当代文学家。代表作有散文《文天祥千秋祭》《煌煌上庠》《韶峰郁郁,湘水汤汤》《思想者的第三种造型》《凝望那道横眉》《高峰堕石》《书斋浮想》《少女的美名像风》《张家界》《雪冠》《烟云过眼》《犹太三星》等。散文特写集有《站在历史的窗台上》《啊,少年中国》《人生得一知己足矣》,散文集有《岁月游虹》《雪冠》《煌煌上庠》《长歌当啸》《妩媚得风流》《历史是明天的心跳》《千山独行》《寻找大师》《日本人的"真面目"》,传记有《季羡林:清华其神,北大其魂》《天意从来高难问——晚年季羡林》《季羡林画传》《千手拂云千眼观虹——季羡林、钱学森、陈省身、侯仁之、杨绛、黄万里的人生比较》《金石为开——金岳霖的艺术人生和欧阳中石的人生艺术》。

中国作协副主席何建明评论说:

卞毓方的散文写得好、写得比一般名家的好,是我作为一个出版人和当了二十多年文学大刊的主编在大量阅读当代诸多作品中所得出的一个结论。曾经在数年前我感叹过这样的一句话:看小说,要看李国文的作品;看散文,要看卞毓方的作品。这话后来被数家报刊转发,我怕是否会引起某些人的不满。可若干年过去了,竟然不仅没人出来指责,倒有不少人赞同我的话。这令我安慰。事实是:卞毓方的散文确实在当今中国散文界称得上是大家之作。现今的散文,通常看到的多数是写情或写景，作者围绕或事或景进行抒情、说理和实录、叙述。而卞毓方的散文作品我称之是"知性"散文，即在完成常态的写情写景之上的那种融入知识与智慧的文学。知性散文不易之处不仅在于一个作家的知识面，自然首先得有散文家的那种灵动的文采，擅长的景情叙述，更得有智慧的领提与捏拿和结构、章法上的考究。卞毓方在这方面是高手，甚至是哲学家和政治家的那种高手，故而他的散文可以博古说今、谈天说地，尤其是在论说政治和政治人物的文学中也变得丝毫不生硬、不胆怯、不回避，且能左右逢源、高瞻远瞩、入木三分。卞毓方身上还有一个品质是许多当代文人所不具备的，即他从来不为一些肤浅的赞美和轻易赏出的名利所动。他极少在文人圈里活动，又很少参与文坛的诸多议论或纷争，然而他的作品一经抛出，即能轰轰烈烈，震耳欲聋。这就是卞毓方，就是卞毓方的散文。

"南余（秋雨）"和"北卞（毓方）"的称谓，成为当今中国文坛佳话。

卞毓方，1944年生，江苏射阳人。1964—1970年在北京大学东语系学习日本语，"文革"结束后毕业于中国社会科学院研究生院国际新闻系，社会活动家，记者，教授，作家，长期从事新闻工作，供职于《人民日报》，文学硕士。1991年加入中国作家协会，1995年以来致力于散文创作。他的作品或如天马行空、大气游鸿，或如清风出袖、明月入怀，颇受读者喜爱。他的散文文化气息浓厚，被读者称为"大散文"。

作为北大东语系的老学生，卞毓方多次采访老系主任季羡林，写出了《季羡林：清华其神，北大其魂》《季羡林图传》《天意从来高难问——晚年季羡林》等作品。最后那本书的书名，出自宋代张元干的《贺新郎》，其下句为"况人情老易悲难诉"。当然，张词是化用了唐代大诗人杜甫的诗句"天意高难问，人情老易悲"。诗无达诂，笔者就不费笔墨妄加解释了，词中悲凉的意韵，相信每位读者都能体会得到。卞毓方选择这句词来作为讲述季羡林晚年故事的书名，是颇具匠心的。因为他确实看到了晚年季羡林大红大紫背后的孤独和悲凉。作为一位资深记者，他有自己的职业操守，采访时，也有一股打破砂锅问到底的劲头。写一位老人的晚年生活，家属的情况是不可或缺的。可是，他发现，在季老的病房里，凡与"亲属"有关的问题，是不允许问的。这是个禁区。他只好采取迂回战术，迂回到济南，找到季老的外甥女弥金冬；迂回到芝加哥，找到季老的孙子季弘；迂回到洛杉矶，找到老先生的孙女季清；迂回到多伦多，找到老先生的外孙何巍；转了好大的圈子，终于找到了就在北京的季承。他发现，老先生并非"孤家寡人"。再看老先生写的《一九九五年元旦抒怀》，只见满纸的感情宣泄，看不懂何以至此。卞毓方想：无论旧道德还是新道德，都不鼓励亲属间相互遗弃，不鼓励父子反目成仇。季羡林一生提倡和谐，身体力行，大声疾呼。他写了那么多提倡家庭和睦、父慈子孝，主张以"真"和"忍"处理家庭内部关系的文章。你看，1999年10月23日，季羡林作《梦游21世纪》，他写道：

  我梦到，在每一个家庭里，父慈子孝，兄友弟恭，夫妻相敬相爱，相忍相让。……在任何时代，人生都是一场搏斗，搏斗就难免惊涛骇浪。在这样的浪涛中，有胜利者，当然也有失败者。在整个社会中，家庭对这样的浪涛来说，就是一个安全的避风港。胜利者回到这避风港中，在温馨的气氛中，细细品味这胜利的甜蜜；失败者回到这个避风港中，追忆和分析失败的教训，家庭的温馨会增强他的斗志。回忆之余，奋然而起，他又有了足够的勇气和力量，再回到社会中，继续拼搏，勇往直前，必须胜利在握而后止。家庭的作用大矣哉！。

十天之后，即1999年11月3日，季羡林又作《希望二十一世纪家庭更美好》，文章说："家庭是组成社会的细胞，集无数细胞而成社会。家庭安则社会安；家庭不安，则社会必然动荡。"又说："一个人不可能没有一点儿缺点，也不可能不犯一点儿错误。只要到不了触犯刑律的程度……就应该互相理解，互相原谅。"依此，卞毓方判断，季羡林已经后悔了，他已经原谅了自己的儿子。他曾与笔者一道探讨，笔者完全认同这样的判断。于是，他给季承做工作，打消他的疑虑，并努力设法修复父子之间的关系。尽管一波三折，最后，机会还是来了。在季老的助手换人以后，分离了13年的父子终于团聚。原来似乎已经注定的悲剧结局变成了喜剧。谁能说不是天意？

季羡林先生是当代散文大家，这是举世公认的。他先后为爱徒卞毓方的散文集《岁月游虹》和《长歌当啸》写过序言，对卞毓方的散文评价颇高。在后一篇序中，季羡林根据散文风格的不同，归纳为两派：松散派和经营派。前者"无拘无束，松松散散，潇洒自如，信笔所之，天马行空，所向无前。"代表作有蒙田的《随笔》，苏轼的《记承天寺夜游》；后者"对全篇结构布局，要仔细考虑，要有逻辑性，有层次；对遣词造句，也要仔细推敲，不能苟且下笔。"季羡林本人属于这一派。从六朝的骈体文到唐宋八大家，虽然风格各异，却无一不是"惨淡经营"。从古说到今，他把卞毓方归为惨淡经营派，而且是其中的成功者。他说：

> 说卞毓方文章属于惨淡经营派，有什么根据吗？有的，而且还不少。我逐渐发现，他对汉字的特点，对汉文炼字炼句的必要与可能，知之甚稔。这种例子到处可见。就拿《岁月游虹》这一个书名来说，不熟悉汉文特点的人能想得出来吗？再拿他新著《长歌当啸》中一些文章的篇名来看，许多篇名都透露出明显的惨淡经营的痕迹，比如"韶峰郁郁，湘水汤汤""煌煌上庠""高峰堕石""隔岸听箫"等。……总

之,一句话,我过去是俗话所说的,从窗户棂里看人,把卞毓方看扁了。现在我才知道,毓方肯下功夫,惨淡经营而又能获得成功的原因是,他腹笥充盈,对中国的诗文阅读极广,又兼浩气盈胸,见识卓荦;此外,他还有一个作家必须具有的灵感。(转引自王树英编《季羡林序跋集》,新世界出版社2008年版,第515—516页。)

季羡林先生说卞毓方"浩气盈胸,见识卓荦",看得是很准的。退休以后的卞毓方佳作连连,赢得了广大的读者。同时,他兼任聊城大学季羡林学院的名誉院长,还为季羡林基金会的筹建殚精竭虑,四处奔走,不遗余力弘扬季老先生的道德文章。他不愧为季羡林的好学生。

敢闯敢拼唐师曾

唐师曾，大大的个子，光头，戴副眼镜，绰号"唐老鸭"，新华社记者。

唐师曾生于1961年，1979年考进北京大学国际政治系，1983年毕业。1986年在中国政法大学任教兼读在职研究生。1987年考入新华社，以无线通信装备现场拍摄突发事件，是新华社第一个装备移动通信装置、不畏刀剑现场采访突发事件的记者，多次获新华社通报表扬，保持平均每天发表一张新闻照片达数年之久。提起唐师曾，大多数人首先想到的便是"战地记者"。

1990年底唐师曾只身去了伊拉克，随后的三年，他成为新华社驻中东记者，三年里，他四处奔波，走访了加利、卡扎菲、穆巴拉克、阿拉法特、沙米尔、拉宾、佩雷斯、穆巴拉克、沙龙、曼德拉等一大批世界政坛上的风云人物。凭着对战争敏锐而特殊的嗅觉，唐师曾先后写出了《我钻进了金字塔》《我从战场上归来》《重返巴格达》等纪实文学力作，在全国各界引起了不小的轰动。从1992年开始，唐师曾多次自驾车亲赴欧美、东南亚以及二战战场采访，亲眼目睹硝烟散尽后种种现状，收集大量一手资料、现场照片，历时13年写成《我的诺曼底》，这是献给反法西斯战争胜利60周年的一朵小花。

唐师曾的书都蕴含着深刻的人文关怀，他用文字和照片记录下了一幅幅真实生动的生活历史画面。这里有历史的变迁，有战争的创伤，有宗教的神秘，有种族间的仇视；有人类对生命、和平的渴望和呼唤，有人类对死亡、战争的恐惧和厌恶；有饱受战争之苦的妇女儿童，有被战争的狂热冲昏头脑的青年士兵，有极具神性色彩或以人格力量或以恐怖手段征服周围的著名首脑人物，也有性格各异但都为抢新闻玩命的各国记者。

由于常年在战乱国家辗转奔波，唐师曾受到了辐射，不幸罹患"再生障碍性贫血"和重度抑郁症，这使他遭逢了人生的最低谷。然而，"唐老鸭"是镇静而乐观的。唐师曾说，"我自知不是勇敢的人，可我追求生命的质量，盼望有限的一生能尽量体验多种感受。"正是这种执着追求自己的梦想的信念，使得他在行走中不断探索，不断超越自己的极限。这种和奥林匹克精神相契合的品质不仅体现在他多次深入战场，也体现于他对于极限体验的热爱。

他曾登上秦岭雪山拍摄了许多野生大熊猫的珍贵照片；他曾在可可西里无人区野外探险四个月；他曾"万里走单骑"，自驾车到达世界屋脊喜马拉雅山珠峰的大本营；他钻进过埃及神秘古老的金字塔；人迹罕至的马来半岛热带雨林和冰雪皑皑的南极也都留下了他探索的脚印。此外，他还曾自北京出发，经巴基斯坦、阿富汗、印度、尼泊尔，独自驾大吉普完成"新唐僧取经"。

怀揣悲天悯人的人文关怀，唐师曾在不断的行走中，用他独特的视角给我们留下了珍贵的文字和图片资料。他的作品引发了我们对战争与和平、对人类愚昧与进步、对人生的追求和意义等关于人类生存永恒话题的深刻思考。

唐师曾第二次去伊拉克采访，未经新华社的批准，是抱病自费前往的。对于体制内的工作人员，这种无组织无纪律的行为理当受到处罚。当他返回北京以后，面临被新华社开除的处分。他拿着《重返巴格达》的书稿，找到了自己的老副校长季羡林教授。季先生理解这位学生的处境，他仗义执言，为"唐老鸭"高唱赞歌。他给这本书写了一篇热情洋溢的序。他首先痛斥了一些人，特别是外国人关于"中国人没有冒险精神"的鼓噪，接着，"为积极的冒险主义大唱颂歌"，进而"为北大的冒险家和'叛逆者'大唱颂歌"。他又说：

唐老鸭师曾仅仅是改革开放后考进北大的一个小弟弟。他是一个普普通通的记者，人们可能称他为"小人物"。然而他的冒险精神却不小，他是"胆大包天"的。他一方面继承了中国历史上的冒险精神，一方面又继承了北大的"叛逆"精神。他曾步行走过万里长城，他曾在秦岭追踪拍摄大熊猫，他曾到可可西里无人地冒险，他曾独身开车环绕美国，他曾只身采访海湾战争，他曾赴南极进行科学考察，等等。其中任何一项都能令人舌矫不下，师曾却能集众奇于一身。

我们要为唐老鸭大唱颂歌。

然而问题还不就到此为止。唐师曾还有超越前人的地方。我们即将进入新世纪，新千年。我们人类当前面临的最大的问题是什么？在芸芸众生中能提出这个问题的人并不多，包括那些仍然热衷于争权夺利的各国领导人在内，他们也大都是懵懵懂懂，而能正确回答这个问题的人更为稀见。在一百多年前，恩格斯在《自然辩证法》中已经提出过警告："我们不能过分陶醉于对自然界的胜利，对每一次这样的胜利，自然界都报复了我们。"真不愧是马克思的朋友，这观察多么犀利，多么深刻，又多么正确。到了现在，自然界的报复日益明显：人口爆炸，疾病丛生，淡水匮乏，资源将尽，大气污染，臭氧出洞，生态失衡，气候变暖，这样的例子，举不胜举，哪一件不是大自然报复的结果？其中任何一件不解决，都能影响人类生存的前途。见到这种情形的人并不多。唐师曾是其中之一。他的行动不仅在于冒险，他胸怀祖国，放眼世界；他想促进人类文化交流，保护地球的环境；他不但看到人类的现在，而且看到人类的未来。因此，我们可以说，唐师曾不仅继承了中国的传统，继承了北大的传统，而且更重要的是，他以自己的行动发扬了这种"冒险"的传统，不仅仅是不怕死，不要钱，而且是远远超过了这个水平，达到了一个全新的超前的境界。（转引自王树英编《季羡林序跋集》，新世界出版社2008年版，第525—526页。）

季羡林在此站得很高，从中国的传统、北大的精神，讲到人类的命运，人类的未来，讲了一番令人信服的大道理。新华社有人主张开除无组织、无纪律的唐师曾，当然有道理。可是，他们的道理是小道理，一切小道理都归大道理管着。新华社的决策者们明白这个道理。于是乎，唐师曾保住了饭碗。这当然不能完全归功于季老这一篇序的神通。但应该说，不无关系吧。

而季羡林在遇到困难甚至危险的时候，唐师曾表现如何呢？一点都不含糊。近读鹭江出版社最近出版的季承的《我和父亲季羡林》一书，第173页有这样一段记载：

> 父亲因为受不了后任"秘书"的对待，早有撤换她的意思，但苦于没有机会向有关领导表示自己的意愿。于是他悄悄向著名记者唐师曾发出了要他来医院见面的请求。唐师曾和几位朋友，好似地下工作者一样，潜入301医院，取得了父亲亲笔写给温总理请求辞退后任"秘书"的信。又通过特殊渠道交了上去。很快北大撤回了后任"秘书"。

从事情的前因后果来看，这段记载应该是可信的。记得三年前季老与师母的骨灰归葬故里，在聊城我见过唐师曾，也曾有过简短的交谈。他随身携带了那次"潜入"301医院与季老谈话的录像，季老那时确实感到处于危险之中。听说唐师曾亦因此而受到很大的压力。唐师曾对笔者说："季老有恩于我，他有事，我不能无动于衷。"

经典互译薛克翘

薛克翘，1945年生，辽宁大连人。1964—1970年，1971—1972年，1979—1982年在北大求学，不是季羡林先生的入室弟子，而胜似其某些入室弟子。现为中国社会科学院研究院研究员，曾为北京大学东方文学研究中心特聘研究员，中国南亚学会前秘书长，中国玄奘研究中心副秘书长。其研究方向是印度文化和中印文化交流史，著述颇丰。

1964年，薛克翘考入北京大学东语系学习印地语，是笔者的同班同学。我们班共有20名同学，学习都很用功，可是把印度学作为终身职业的仅有薛克翘一人。我们生活在计划经济的大环境中，个人的命运与计划密切相关。可是我们浪费了大好的青春年华，绝大多数人后来分配的工作与外语无关，说起来，让人欲哭无泪。薛克翘为人正直善良，博闻强记，爱好文史，中庸而不偏激。1968年8月工宣队进校后，对立的两派实现大联合，同班同学又坐在一起搞"斗批改"。薛克翘是两派都能接受的人物，他头脑比较清醒，善于"抹稀泥"，对上头也能应付。大家选他当班长，他也确能胜任。同学们给他起了个外号——维持会长，他一笑置之。次年春天，从"牛棚"放出的季羡林先生奉命随我们班活动。身份是"活靶子"。经常被叫到什么地方去接受批判，或者"劳动改造"。薛克翘却对先生平等相待，没有歧视的意思，也没有在班里组织过什么批判会。那年秋冬两季，我们被疏散到延庆县新华营村，季先生依然和我们在一起，出早操，干农活，晚上读报纸、巡逻，先生也好，学生也罢，都是"接受贫下中农再教育"的对象，大家已经打成一片，相当和谐了。春节从新华营回校不久,就毕业分配各奔东西了。那时候,季羡林先生已经牢牢记住了班上每个同学的姓名、外号,脾气秉性,乃至专长和优缺点了。对薛克翘这个"维持会长"印象尤其深刻。

1971年暑假开学,东语系来了一批进修生,因为是来自唐山某军垦农场,故称为"唐山班"。其中有十几位学习印地语和乌尔都语,是北大和广播学院的64、65级学生。季羡林奉命为这些同学教英语和印度概况两门课。上课地点在外平,就是昔日的"牛棚",今天的塞勒克考古博物馆那个地方。季先生学识渊博,教课认真负责,语言生动幽默,同学们如坐春风之中,每周都盼着听他的课。这个班仍然是薛克翘当班长,师生关系水乳交融。1972年二次分配,大家都对季先生依依不舍。每有机会回校,必去十三公寓看望恩师。

薛克翘分配到云南,长期不再接触外语。1978年,北大东语系借调他参加编写《印地语汉语大辞典》,回到熟悉的校园,他产生了报考研究生的念头。当他与季羡林先生谈及时,季先生说:"十年'文革',许多人都用非所学,学业荒废。人才的浪费是最大的浪费。你能回来编字典也算是一个拨乱反正。今年南亚所要招收一名学印地语的研究生,你报考是顺理成章的。"在季羡林的鼓励下,薛克翘报考研究生,被中国社会科学院研究生院录取,指导教师是刘国楠先生。以下是薛克翘关于读研的一段回忆:

> 读研的头两年,季先生给我们78级、79级的两批研究生上课。他的课不固定,带有讲座性质。讲授的是印度原始佛教、印度历史和中印文化交流史方面的知识。他还给全所的研究人员和学生开过讲座,讲授研究工作应当具备的条件和研究方法。
>
> 我清楚地记得,在讲授印度佛教时,他重点介绍的是释迦牟尼的生平,介绍了当时印度社会的背景,生动地总结了释迦牟尼传教的几个特

点。在讲授印度历史时,他把自己新近读书的心得介绍给大家,重点介绍了印度历史学界近年来的研究成果。在讲授中印文化交流史时,他特别讲到了月兔的传说和二十八宿的梵文名称。在讲科研应具备的条件和研究方法时,他除了强调提高汉语和外语水平的重要性外,还强调了资料的积累和运用的方法,尤其强调了学风学德的重要性。我在一篇季先生关于学风学德的文章中曾经提到过,先生特别看重学风,身体力行。他的讲座看起来是教给大家治学的方法,但实际上也教给了我们做人的道理。(转引自卞毓方主编《华梵共尊:季羡林和他的家人弟子》,广东教育出版社2010年版。)

俗话说:"师父领进门,修行在各人。"薛克翘不仅跟季羡林先生学习了治学方法,而且学习了先生的勤奋和严谨。你随便在网上搜一下,《简明南亚百科全书》《象步凌空:我看印度》《中国印度文化交流史》《印度佛教与中国古代医学》《佛教与中国古代科技》《金刚乘悉陀修行诗试解》《印度民族凝聚力问题浅说》等,他的著作总有数十种。说著作等身并不为过。他的《中印文学比较研究》出版,北大教授段晴评论说:"中印文学的交流源远流长,原始素材丰富;对于长期坚持在这一领域耕耘的学者,它给予的回报必定也是丰厚的。近年来,薛克翘先生在这一领域中努力不辍,成绩斐然,引人注目,其《中印文学比较研究》(昆仑出版社2003年版)尤显他多年治学的功底,堪称一部集大成的中印文学交流史。这部书,对于初涉这一领域的学子,是入门的向导;对于资深的学者,是向上攀登的借鉴。"薛克翘确实是大器晚成,虽逾古稀之年,作为中印经典互译工程的操盘手之一,仍在为中印两国领导人都关心的重点图书而焚膏油继日晷,奋斗不息。

2009年,薛克翘回大连探望亲友。席间,提到季羡林先生,他发现有位大学生面露钦仰之色,也有位小官吏十分不屑,理由是:"季羡林有那么多的传闻,说明这个人不怎么样。"他受到很大的刺激。他想，季羡林先生生前身后，颇多微词。围绕他的财产，也上演了几出闹剧。对那些有损先生名誉的言行，每个人都有自己的看法，无法强求一致。仰慕者未必盲从，而鄙夷者未必高尚。金无足赤，人无完人。季先生不是完人，确是伟人。其一代学术大师的地位是不可撼动的。他说：作为学生，虽无力为那些传言一一辨伪，却可以怀一颗感恩之心，将自己的亲身感受公诸世界。

评传作者郁龙余

郁龙余，1946年生，上海人。中国印度文学、中印文化关系研究专家。1965年入北京大学东方语言系印地语专业，师从季羡林、金克木、刘安武诸师，学习印度语言文学。1970年毕业留校任教，1983年任讲师。1984年调入深圳大学中文系，1991年升副教授，1996年升教授。历任中文系副主任、主任、文学院院长暨院学术委员会主任和留学生教学部主任，留学生教学部和师范学院顾问。2005年至今，任深圳大学印度研究中心主任。

1992年获深圳大学教学优秀成果一等奖，1999年获广东省"南粤教书育人优秀教师"奖。

郁龙余主要从事印度文学和文化、中印文学、中印诗学比较研究。主要社会兼职有：中国中外关系史学会副会长，中国印度文学研究会副会长，中国南亚学会常务理事，中国比较文学学会常务理事，北京大学东方文学研究中心研究员、学术委员。发表《中国印度诗学比较》等论文70多篇，译著35万字，主编《东方文学史》（第一作者），编著《中印文学关系源流》《中西文化异同论》《中国印度文学比较论文选》，专著《中国印度文学比较》《梵典与华章：印度作家与中国文化》《中国印度诗学比较》。曾完成国家社科基金九五规划重点项目《中外文学发展比较史》、国家教委人文社科"九五"规划博士点项目《泰戈尔及其作品研究》和教育部人文社科"十五"规划项目《中国印度诗学比较》。

2016年7月，山东教育出版社出版了郁龙余和朱璇合著的《季羡林评传》。

此时季羡林的传记坊间已有数种,郁龙余带着他的研究生撰写评传,勇气实为可嘉。因为季羡林是位百科全书式的大学者,有一些他的冷僻学问,别说是大多数普通读者看不懂,就连一些学问大家,也未必能整明白。看都看不懂,评何来哉?且看郁龙余如何评价季羡林的一生:

在该书绪论里,他定下的基调是"从大学问家到大思想家",他用了两个关键词"博大精深的大学问家"和"引领潮流的大思想家"。以后分十章加以论证,可以概括为"九家一世界","九家"即当代中国的首席印度学家、彻悟真谛的佛学家、开宗立派的东方学家、不可或缺的翻译家、名副其实的比较文学大家、独树一帜的散文家、文化交流的伟大重镇、胸怀世界的敦煌吐鲁番学家、笃信马克思主义的大学问家。而"一世界"说的是传主的情感世界,分为"季羡林的爱情全景图"和"'和谐人瑞'的情感进程"两节。据郁龙余自己说,这最后一章他写起来最为得心应手。这样的叙述和评价准确与否、正确与否,此处不做评论。笔者只想说,郁龙余小心地避开了季羡林生前坚辞的三项桂冠:国学大师、学术(界)泰斗和国宝,可是,他又给季羡林加了一项更大更华丽的桂冠——圣人。他写道:

> 人类有两个世界,一是物质世界,一是精神世界。物质世界最辽阔的是海洋、天空和宇宙;精神世界比海洋、天空、宇宙更宽广、深邃。了解、把握物质世界是难的,了解把握精神世界更难。一个学者能熔铸古今,汇通东西,是说他对物质世界和世俗社会有足够和深刻的认识与把握,是世俗世界中的智者。如果他能经过证悟,对精神世界的真谛了然于心,能预流并揭示人类的发展大势,就从世俗社会的智者升华成为圣人。季羡林经过一辈子的努力,在晚年证悟到了精神世界的真谛,从大学问家发展到了大思想家,成了"人中麟凤"。
>
> 中国春秋时代,出了一位圣人孔子,他的学说影响了中国几千年。

这种影响今天依然存在，而且正在不断扩大到全世界。在当今的地球村时代，中国又出了一位季羡林，他是孔子的老乡，更是孔子事业的继承者和发扬光大者。（转引自郁龙余、朱璇《季羡林评传》，山东教育出版社2016年版，第46页。）

或许，季羡林生前已经料到，会有人给他戴这顶帽子的。他说："我七十岁前不是圣人，今天不是圣人，将来也不会成为圣人。我不想到孔庙里去陪着吃冷猪肉。我把自己活脱脱地暴露于光天化日之下。"（见《季羡林全集》第4卷，外语教学与研究出版社2009年版，第361页。）

至于是不是圣人，季羡林自己说了不算，某一位或某几位评论家说了也不算，唯有历史和它的创造者人民，说了才算数。在此无须多费口舌，还是说说郁龙余与季羡林的师生缘吧。

郁龙余大学毕业之前，专业课学习时间不长，与季羡林直接接触有限。1970年毕业留校以后，他们的接触逐渐增多。在"文革"后期，季羡林被"解放"后，在外文楼回到了自己的办公室。这时办公室空空荡荡，只有一桌、一椅、一书架而已，而且落满了灰尘。郁龙余来帮助他打扫，清理掉抽屉里的鼻涕纸，擦洗了办公桌和椅子上的浮土，又去擦拭靠东墙的书架，整理书架上仅有的十几册图书。

此时，季羡林发话了："这些书都给你，拿走吧。这是过去文字改革出版社送的。你不必管那些汉字注音，看看内容就好。"原来这是一些文学作品，汉字上加注了拼音，其中有《红楼梦》中的《尤三姐》、《儒林外史》中的《范进中举》《五河县》、鲁迅的《门外杂谈》、罗家伦的《真挚的爱情》等。郁龙余发现，其中还有一本谭云山的《观光祖国诗及其他》，是印度中印学会1959年出版的，扉页上还有作者的题词，是赠给季先生的。他好奇地问："谭云山是什么人？"季先生说："这个人很了不起，是泰戈尔的朋友和学生。这本书，你可以好好读一读。"

季先生的这些赠书，对后来郁龙余去深圳大学中文系任教无疑有很大帮助。特别是读了谭云山的书，对这位老一辈从事中印文化交流的学者有了初步认识，这为后来他接受谭云山之子谭中教授捐赠的《谭云山文献》，建立深大"谭云山中印友谊馆"，乃至建立印度研究中心打下了基础。

1984年，为了解决夫妻两地分居问题，郁龙余从北大调到深圳大学。临行前，去季先生家辞行。郁龙余请季先生写封推荐信，鉴于情况复杂，季羡林先前几次推荐的人未见任用，季羡林没有答应郁龙余的请求。不过，此后师生联系并未中断。郁龙余在深圳筹备中国比较文学学会，他给予大力支持。在写作、办刊和科研方面提供了许多具体帮助。当然，季羡林撰写《糖史》时，需要用电脑检索《全唐诗》，郁龙余也提供了力所能及的帮助。对此事，季羡林在书中写道：

> 唐代诗文渺如烟海，我不可能从头到尾认真翻检。听说深圳大学将《全唐诗》输入电子计算机，我于是写信给郁龙余教授，请他协助。蒙他不弃，转请有关同志，将有关'蔗糖'的条目利用电脑检出。（转引自《季羡林全集》第18卷，外语教学与研究出版社2010年版，第100页。）

1997年，郁龙余被任命为深大文学院院长，郁龙余请季羡林担任顾问，季羡林欣然应允。2005年7月，深大成立印度研究中心，郁龙余任主任，他仍然聘请季羡林担任顾问。郁龙余"上马"不是季先生"扶"上去的，可是他送了一程又一程。2003年深大老校长蔡德麟先生到301医院看望季羡林，季老对他说："蔡校长，你深大我的弟子很多，但是真正跟我学的就是郁龙余。"郁龙余认为，这话是对自己的极大勉励。

跋

昨天晚上，我做了一个梦。梦见我的一群大学同学来到寒舍，翻看了我的书稿，他们议论纷纷，十分热闹。

甲说："你这就写完了？不行，不过瘾！还有好些人你没有写呢。中小学季老有那么多的老师，你才写了三四个。那个教他古文的王昆玉、杜大肚子，教英语的郑又桥、冯鹏展、尤桐，教史地的祁蕴璞，教伦理的完颜祥卿，多了去了，老先生都写过文章的，可是你提都没提！"

乙说："是啊，是啊。北大这么多的同事，你才写了几个？咱们党总支老书记贺剑成，和老主任搭档几十年，配合得多好！还有副书记张殿英，现在还张罗那个《东方文化集成》呢，还有副系主任黄宗鉴，咱们教研室的殷洪元、徐晓阳、金鼎汉、马孟刚、刘安武老师。外系的，老先生朋友也不少啊，黄昆、黄楠森，还有那个当代毕昇，叫什么来着？对了，是王选院士，他们关系可好了……"

乙还未说完，丙插进来说："还有几位大家，怎么也不该落下，王元化、白化文、刘梦溪，你看人家给季老写的寿序，嘿！绝了！还有启功先生、袁行霈、陈建功、梁衡，都值得写，应该写呀。"

丁是位女权主义者，她的声音很高："老梁，这就是你的不对了。你怎么净写男的？女的才几个，连十个都不到！香港的大明星林青霞专门到医院探望季老，还写了文章。还有那个施汉云，专门为季老写了本书。还有于青、韩小蕙，咱们那个非常有才的师姐林江东。对了，季老刚回国的时候，当过他助手的马理，是马裕藻的女儿吧？还有后来的助手李玉洁、杨锐……"

丁的话音未落，戊又发话了："我看，你写了陈瑞献，没有见面也可以是好朋友。我赞成。只是写得太少了。依我看，英国的汤因比、法国的学者玛扎海里，咱们中国的科学家金吾伦、吴文俊，还有解兴武、王明局都值得写一写。"

同学们你一言，他一语，我被吵得头都大了，苦笑着对他们说："亲爱的同学们，请少安毋躁。本人才疏学浅，孤陋寡闻，限于篇幅，限于时间，这个稿子，只能就此搁笔。自然会留下诸多遗憾。怎么办呢？我希望大家，都拿起笔来，写一写我们敬爱的季先生。记得2005年，我去医院看望季先生，我对老先生说：'我看了别人给您写的几种传记，不是特别满意，我也想写一写。可以吗？'季老回答说：'他们能写，你也能写。只是记住：实事求是，既不要夸大，也不要缩小。'我认为，这话是对我说的，也是对你们说的。作为弟子，我们对先生都有所了解，我们都感念老先生的恩德。我们何不把自己所知道的真实的季先生写出来，留给后人呢？"

有人说："这个主意不错，同意的鼓掌！"到底有几个同学鼓掌，我记不起来了。

2016年10月16日
写于北京西郊温泉